天縱伊夫 · 著

傾城傾國

河南文藝出版社
· 鄭州 ·

目录

2

中部

3

序幕

巫臣，那时还叫屈巫，一生中最引以为傲的就是祖父屈完。

周惠王二十一年（公元前 656 年），春秋列国争霸正酣。三月的一天清晨，当春秋第一霸主齐桓公率领着齐、鲁、宋、陈、卫、郑、许、曹"八国联军"浩浩荡荡、气势汹汹从蔡国杀向楚国时，他做梦也没料到早有一人正气定神闲地守候在蔡、楚两国边界的路边，欢迎他这个入侵者。

这个人就是屈完。

屈完生得中等身材，高鼻梁，丹凤眼，白净面皮上留着淡淡的八字须，长相甚是俊秀。其身着大朱华服，系着高冠，腰裹金带，身佩着陆离，不仅服饰极其考究，连脚上的方头屦也像身上的衣服一样一尘不染，清爽逼人。

此刻他伫立在一辆由五匹白色骏马拉的簇新锃亮的高盖轩车上，手扶车轼，神态自若地目视滚滚而来的入侵者的铁甲洪流，奇怪的是那神情仿佛不是在面对敌军，而是正在检阅自己的三军，神圣

1

得令人望而生畏，不敢有丝毫轻慢。

还有两辆两匹黑马拉的四面敞着的辂车，尾随在他的轩车之后，车上各有两名身着盔甲的侍卫，扶剑而立。三辆车呈"品"字形摆开，那气势比眼前的铁甲洪流毫不逊色。

三辆车所处的位置经过精心的布置。车队正停在大道西边转弯处一块略高的平地上。过往的军队不约而同被这个车队吸引，尤其被车上的这个人吸引，朝阳直射在他的脸上，闪着金色的光芒。

终于，伴着马嘶人喧、尘土飞扬，齐桓公所在的中军车队远远奔驰过来。齐桓公也乘坐在一辆五匹马拉的轩车上，由于早起，这会儿正坐在车上打盹。突然轩车停住，他被惊醒，一睁眼，就看见了对面那支车队和车上那个光鲜的人，不由得站了起来。

看来此人正在等他，这会儿见他起身，便不慌不忙先施拜礼，朗声说道：

"来者可是齐侯？外臣是楚国大夫屈完，楚王让我致礼齐侯。齐侯住北方，寡君住南方，风马牛不相及也，没想到齐国却进入楚国，敢问这是为何？"

一听这话，齐桓公不由得睡意全无。这突袭楚国，本是攻其不备，楚国怎么这么快就知道？竟然还派大夫守在边界迎候，这是什么情况？齐桓公一边捋着胡须，掩饰着心中的慌乱；一边习惯性地回头看身后，找寻另一辆车上的相国管仲。齐桓公极度信任管仲，竟有些依赖。

管仲乘坐在一辆四匹马拉的轩车上，见状连忙命驭手驱车迎上。车还没停住，管仲就站起扬臂厉声质问道："大军压境，唯尔是问。"

"何问之有？仲父相国。"屈完仍不慌不忙先对他长揖，然后彬彬有礼地问道。他在管仲职务前加上只有齐桓公才有资格叫的仲父以示格外尊重，证明他对齐国国情颇为熟悉，知道管仲在齐桓公心中的地位。

"这，"事发突然，管仲也怔了一下，但毕竟是天下名相，马上就想好托词，大声宣道，"昔周武王封吾先君太公于齐，使召康公赐命我先君太公：'五等诸侯和九州之长，你都有权征讨他们，以共同辅佐周王室。'召康公还划定了我先君太公征讨的范围：东到海边，西到黄河，南到穆陵，北到无棣。你们楚国当岁贡包茅于周王，但你们并没有交纳，周王无以缩酒。还有，周昭王南巡荆楚没有返回，我国君特来查问。"

听他话完，屈完略一沉吟，这才徐徐答道："周室东迁，朝贡或缺，天下皆然，岂惟楚国？虽然如此，贡品没有交纳，这是寡君的过错，楚国怎敢不供给呢？但周昭王南巡没有返回，还是请到汉水边去问一问吧！"

对无足轻重的小事说明原委，诚恳认错，但对周昭王之死的大事则坚决否认。当年周昭王南巡过汉水时因船沉而亡，楚国与此毫不相干。管仲也是欲加之罪，才强词夺理地诬陷，屈完毫不客气地断然驳回，且语气不亢不卑，其应答得有理有利有节，即便是天下名相也不得不哑口无言。当然，礼数还完全不会少，这时只见他先对管仲长揖，然后又转向齐桓公施拜礼，两人只得被迫回礼。可不等两人回话，他又不容置喙："外臣有请齐侯暂缓进军，容外臣禀报寡

3

君后再行定夺。"说罢手一挥,那三辆车就依次掉头,朝着楚国方向绝尘而去,很快便消失在初春的原野中。

齐桓公和管仲君臣在原地面面相觑。他们实在没料到楚国早有防备,更没想到楚国竟有这等应答得体的人物,还真不能小觑。本来在他们根深蒂固的印象中,楚国素来野蛮无礼,粗俗不堪,只会攻城略地,打打杀杀,不可理喻,本不屑一顾。也是近年来楚国扩张太猛,屡屡威胁齐国的盟国,威胁齐国在中原诸侯中老大的地位,他们才不得不打着替周王行道的旗帜,纠合诸侯,想教训一下不知天高地厚的楚国。

在此之前,齐楚两国从未有过来往,更没交过手,齐国并不真正了解楚国实力。也是为了确保万无一失,管仲才献了一计,即楚蔡两国接壤,先以征讨蔡国为名出兵,再出其不意攻楚。计划进行得很顺利,蔡国一攻就溃,他们便挟得胜之师转而攻楚。只是没想到刚到蔡楚边界,就遇上屈完"迎接"。这表明出其不意、攻其不备之策已成泡影。

可箭在弦上不得不发,也不能就此退回,因此屈完一走,齐国君臣就商议先陈兵楚界,观察一下楚国动静再说。

后面的故事大家都耳熟能详,由屈完代表楚成王在召陵与齐桓公和各诸侯国结盟,史称"召陵之盟"。

结盟那天,齐桓公仍心有不甘,他要炫耀一把,好让楚国领略一下联军的军威,内心里也不无挽回那日大丢面子之举,因此早早令诸侯国的军队在营地前一字摆开,列成阵势。他亲自陪着屈完同乘自己的五马戎车观看军容。古人乘战车都是立乘,当时尊者在左。

齐桓公便立于左,屈完在右,御者在中,两人扶轼几乎并肩而立。

看着旌旗猎猎、盔甲擦拭一新、持戈执戟而立、整齐有序的军阵,齐桓公不无得意地说道:"诸侯们难道是为寡人而来吗?他们不过是为了维护先君之间的友好关系罢了。你们楚国也同我们建立友好关系,如何?"

屈完谦恭地回道:"承蒙您惠临并屈尊接纳敝国,这正是寡君的心愿。"

齐桓公又扬起左手指了一下军阵,既自夸又不无威胁地道:"看看这些强大的军队吧,寡人率领他们作战,谁人能够抵挡?寡人让他们攻打城池,又有什么样的城池攻克不下?"

谁知屈完听罢只是呵呵一笑,然后才不动声色地答道:"齐侯之所以能主盟中原,是为周天子宣布德意,抚恤黎元。如果齐侯用仁德来安抚诸侯,哪个敢不顺服?如果齐侯用武力的话,那么楚国就以方城为城,以汉水为池,齐侯的兵马虽然众多,恐怕也没有用处!"

这一番软中带硬的回答,让春秋第一霸主不由得大睁双眼,他扭头看着屈完,只见屈完一脸平静、神态自若,仿佛两人并不是在唇枪舌剑地针锋相对,而是在谈论一件毫不相干的趣事。他暗想,有这等臣子的国家能差到哪里去?他对楚国更加刮目相看。于是,匆匆阅兵一毕,他就领着众诸侯和屈完代表的楚国歃血为盟。

齐楚结盟,这是春秋前期大的历史事件。虽然中原诸侯第一次联合抗楚,使楚国暂时不能北进,但楚国只凭一国之力便能和平地与中原诸侯缔结盟约,这个事实说明了楚国的实力。

在兵临城下之时,单身迎敌,智阻虎狼之师,挽狂澜于既倒,什

5

么时候想起,什么时候就让屈巫骄傲。他与生俱来就认定他此生的使命就是承接先祖的荣光,并发扬光大,让楚国也成为像齐国一样的天下霸主。

上部

一　屈巫

　　光阴荏苒，日月如梭，转眼已到楚成王四十年（公元前632年），距"召陵之盟"已过去了二十四年。"召陵之盟"之后，因忌惮齐国兵威，楚国暂时停止北进，改向进攻淮河中下游，并于楚成王三十四年（公元前638年）在"泓之战"中击败宋襄公。此时管仲和齐桓公相继去世，齐国中衰，楚国便取代齐、宋开始纵横中原。晋国因晋文公回国即位迅速崛起，便成为楚国争霸的最大竞争对手。于是，两个新兴的大国不可避免地于公元前632年在城濮进行了对决，史称"城濮之战"。此战以晋胜楚败而告终。战后楚国不得不退回到大别山、桐柏山一线休养生息，而晋国以弱胜强，一时也无力南下。

　　暮秋时节，北方早已天气转寒，但南方仍树木葱郁，正是一年中不冷不热的好时光。

　　这一天，在西南名山太和山（今湖北省武当山）的主峰金顶上，就有两人席地而坐，开怀畅饮，享受着这难得的和平光景。这两人甚是奇特，一胖一瘦。胖者光着头，白面无须，硕大的头颅寸草不生,在秋阳映照下像镜子一样闪闪发光,身上却裹着件讲究的黑色华服,寸肤不露;瘦者,厚发浓须,面目被遮蔽不清,全身近乎赤裸,只在私处系着一块赤布,就如同一个破门帘半挡着门,嶙峋瘦骨暴露无遗。

他们就是当世的方外高人楚狂和桑扈。楚狂为狂人,历来睥睨一切;桑扈为隐士,一向看透一切。他俩也是厌倦于兵连祸结,无人可辅,壮志难酬,这才跑到太和山上结庐而居,日出而起,日落而卧,优哉游哉。那天不知谁无意中得到一坛佳酿,便双双在此山最高处对着满目的青山,你一口我一口地捧坛纵饮。一只通体雪白的小灵猴,蹲在一边相伴。只见它睁着晶亮双眸盯着说话人,东一转头,西一转头,机械得就如提线木偶一般。

两人酒酣耳热之际,不免纵论起时势来。

楚狂道:"平王东迁,周室衰微,列国相争,诸侯争霸,实开夏商周以来亘古未有的变局。"

桑扈道:"变则通,不变则壅,变正是道法自然,天道循环。"

楚狂道:"只是列国相争,诸侯争霸,王霸迭兴,就如同走马灯一般令人眼花缭乱。"

桑扈道:"也不尽然。百十年来,看似热闹,实不过就齐桓始霸,晋楚坐大,郑庄、秦穆、宋襄走走过场,现晋文称霸,如此而已。"

楚狂道:"仁兄高见,寥寥几语,就拨云见日,道尽天下大势,令愚弟茅塞顿开。只可惜楚成王与齐桓公、晋文公并世而立,本争霸有成,却于这城濮前功尽弃,倒令晋文公一战霸成,实在使人难以释怀。"

桑扈道："大可不必如此耿耿于怀。晋为周同姓之大国,虽因骊姬之乱实力受损,但晋文公流亡十九载仍能承祀,此当天意所至,本不可与之争锋。加之此战晋君臣同仇敌忾、志在必得,而楚君臣异心,主帅子玉又骄横轻敌,晋胜楚败看似偶然实属必然。就两君相较,楚成王虽也属一代英主,但较之晋文公老成谋国仍稍逊一筹,所败也在情理之中。"

楚狂道："如此说来,日后当由晋得志天下。"

桑扈道："非也。现天下之强莫过于齐秦晋楚,但齐局于海滨,秦僻处西戎。当今天下,唯晋楚雄踞南北,实力相差无几,因此今后争霸天下者仍非晋楚莫属,晋岂能一国独大?"

楚狂道："可楚新败,元气大伤;晋如日中天,尚能相抗乎?"

桑扈道："楚强始于武王,又经文王励精图治,扩疆拓土,得以楚地千里。成王即位,周王赐胙(腊肉)曰,'镇尔南方夷越之乱,无侵中国',遂经略中原,扬威于天下。由此看来,积三王百十年之功,即使楚伤筋动骨,假以时日,仍能重振雄风。"

楚狂道："只是要待何时?"

桑扈道："莫急。我夜观星象,紫微移于东南,合该有异数已应运而生,以扭转乾坤。"

楚狂道："既然如此,你我身为楚人,当不能再置身事外。"

桑扈道："自然。只是世事吊诡,都有定数,当下远非我等出山之日,还是先痛饮完此酒再做打算。喝。"

两人边说边饮,直到暝色四合,空山寂寂,才双双颓然醉倒,怡然睡去。只有那小灵猴见两人睡熟,这才不慌不忙如婴儿一般蹒跚而行,抓起黑坛捧起,像两人一样仰面朝天畅饮起来……

就在这两个方外之人谈天说地之日,我们的主人公屈巫悄然降临人世。

屈巫出生时虽不像楚成王时楚国著名的令尹斗谷于菟有着虎乳喂养的传奇,但他父亲屈干、祖父屈完及整个家族也都盼星星盼月亮一样企盼着他的出生。他们为此已等了十几年,这又等了整整一夜,他才于拂晓时,严格意义上是寅时,也就是凌晨的三点到五点之间的某一刻,姗姗来迟。当时没有钟表,只能这么说。

那晚,屈干一直守在内宅的室外。他在院子里焦虑不安地来回走着,时不时会走到房门口停下,隔门朝里张望一眼。里面灯火通明,两个侍女静静守在内室门口。偶有人出来,拿什么东西又匆匆而进,不外乎忙着女人生产的大事。他自不便也不好过问,只得又返到院中,继续走来走去。他这样反反复复走了半夜,都快绝望时,无意中抬头看了一眼天空,正是黑夜与白昼交替时分,虽然夜色依旧笼罩,但紫微星已经淡得似有似无,东方渐渐露出了鱼肚白,宣告着新的黎明马上到来。就在这时,他突然听到了那声响亮的婴儿啼声,在静寂的夜色中分外响亮。接着啼声又持续不断传到他耳膜里,就这他仍不敢确定,心嗵嗵直跳,生怕是错觉,就如期待了太久之人,往往难以置信好事会降临。这时一个年轻的侍女欢天喜地地从屋中朝他跑来,嘴里喊着:“生了生了。”“生了什么?”他喝道,心一下子悬在嗓子眼上。“公子,是个公子。”侍女答。本来屈干是个异常沉稳的人,平常难得见他有任何慌乱,哪怕火烧眉毛,这会儿一听,立马就像上足了劲的发条似的,双手掮着黑色深衣的衣边,急匆匆就朝上房跑去，那架势就像一只受到刺激正拍翅欲飞的鹅。

屈干径直跑到正房里的榻边跪下。他掩饰住激动，但语气仍不免颤抖地对躺在那里的屈完道："是个儿子，阿父。"正处弥留之际的屈完这时竟嘴一张，轻声咕噜了一声："麟之趾，振振公子，于嗟麟兮！"然后眼睛一睁，突然也如同那啼声般响亮地说了句"天佑我屈族"，这才双睛一闭，溘然长逝。

屈完吟的是当地诗歌《麟之趾》中的一句，意思是"麟的脚趾呵，仁厚的公子呵。哎哟麟呵！"诗的本意无非把贵族的公子比作祥瑞之兽麒麟予以赞美，后常被引申为贺人生贵子、得麟儿。毫无疑问，屈完提着生命中最后的一口气，就是在等待孙子的出世。孙子来到人间，老人这才了无牵挂，安心而去。也正由于屈巫的出生伴随着祖父过世，因此府中人都说老太爷并没有走，这个孩子就是老太爷转世。

老太爷实在太有范了，形象光彩照人，行为举止高雅，就如同玉树临风，令人高山仰止，且不只在府中，就是在朝堂之上他也是众星捧月式的存在。屈巫与生俱来长得就像爷爷，就如同一个模子所刻，其一颦一笑、举手投足也都与爷爷如出一辙。不仅府中上下称奇，弄得屈干也时常疑惑儿子是不是父亲转世。

儿子一岁时，当父亲的按常例得为其起名。起名前屈干专门沐浴更衣、焚香祷告，郑重其事地请卜尹观从来府卜筮。卜筮盛行于夏商周，是见微知著、预测吉凶祸福的大事，有大智者方能从事，远非现在是个人就敢在街边摆本《易经》云天雾地那么简单。卜筮由命官掌管，多用来占卜军国大事，在楚国就是由观氏家族世袭。这观从虽初出茅庐,但家学渊博,技艺纯熟。他使出浑身解数,先用龟板占了一卜,见兆纹大吉,有些不敢相信,便再改蓍草筮,卦象依旧大利,便对屈干郑重执了一礼道:"恭贺大夫。卜筮不过三是为定例。兆吉本不应再筮,观从破例为之,仍为大吉,足见公子贵不可言。《易》曰:'君子慎始,差若毫厘,谬以千里。'望大夫好自为之,必有大成。"

屈干彻底放下心来,索性就挑了个"巫"字做儿子之名,因为巫字有通灵之说。后来这个叫屈巫的及冠之时就表字"子灵"。古人的名虽都由父亲所起,但字或号则是及冠成人后自起。字或号跟名多少也有些内在逻辑联系,或同义反复,或反义相对,或连义推想,往往对名进行补充或解释,这叫"名字相应",互为表里,故字往往也称作"表字"。至于巫臣之姓名是他后来迫不得已另起,纯属隐姓埋名,此是后话。现在我们就称他屈巫。

屈巫是屈干的独子,而屈干是屈完的独子,他这一支三代单传,所以屈巫的出生才会对屈家血统延续具有如此重大意义。传递香火对中国人而言向来都是头等大事。多少年了,这屈干的存在似乎就是为了传继香火。他不停地唱当时祈祷多子多福的诗歌《螽斯》:"宜尔子孙,振振兮。""宜尔子孙,绳绳兮。""宜尔子孙,蛰蛰兮。"田没少耕,地没少种,劲没少费,总算功夫不负有心人,来自息地的如夫人给他生了这个命根子。中年得子,有了香火传人,自然宝贝异常、舐犊情深,再加上这种父亲转世的传说,使他对儿子不仅有父子亲情,还有几分对已故父亲的崇敬和怀念。他深知自己非父亲那样力挽狂澜的国家栋梁,又看孩子如此天赋异禀,就把儿子作为自己的希望、家族的希望着力培养起来。

按照当时楚国公族约定俗成的习惯，以六艺授子，也就是教授礼、乐、射、御、书、数六种技能。按理这一套本是中原诸侯教育子女的路数，但这个时候早已传到了楚国。国家专为贵族子弟设有"国学"，内含小学、大学。王室、公室、卿大夫、士的子弟满八岁入小学，到十五岁成童时入大学，由天下名师统一执教，悉心培养。屈巫天资聪颖，学习刻苦，很快便对御、射、书、数、礼、乐六艺无所不通、无所不精、无所不能，成为他那一代人中的翘楚。

楚人以武立国，本性尚武，贵族尤甚，但屈干略有不同，他也尚文。他一辈子都生活在声名显赫的父亲的光环下，养成了乐天知命、安分守己、与世无争、不事张扬的性格。这种性格最适宜于潜心学问。他喜欢读书，虽不为人知，其实属当时楚国最博学的人之一。他精通《鬻子》，便在儿子一入大学，就私下在家里给儿子加了《鬻子》一艺，由自己亲授。在书房里，他手执《鬻子》，对着这唯一的学生开讲道："鬻子曰：'发政施令为天下福者，谓之道……'"

这《鬻子》本为楚国的先祖鬻熊所著。汉朝司马迁的《史记·楚世家》道鬻熊"子事文王"，又记楚武王语："吾先鬻熊，文王之师也。"汉朝贾谊《新书》更称周文、武、成三代之王均以鬻熊为师，请教国事。是不是如此，史有争论，莫衷一是。鬻熊曾为周朝的奠基者周文王的管火之官火师则确凿无疑。公元前1042年，周文王之孙、周武王之子周成王大封异姓诸侯时正是感念他当年为文王"掌火"的"勤劳"，这才封其曾孙熊绎为子爵，楚得以建国，司马迁谓之"封子男之田，姓芈氏，居丹阳"。因此，楚人一向推尊鬻熊，视之为楚之始祖。其《鬻子》一书,原书虽已佚,但从仅留存下来的两卷也不难看出鬻熊作为政治家、思想家的风范。在当时,正是通过对《鬻子》的学习,令屈巫的境界、眼界、政治素养更是明显高出时人一筹。

天气晴好之时,屈干就把私塾课堂放在家中后园水榭里。水榭茅椽蓬牖,临着一个小湖。小湖原是城中最大的湖琵琶湖东南一角的泥沙淤积而成,堤坝右边凿有渠道和琵琶湖相通,这是屈完的杰作,为小湖引进了活水。小湖岸边树木丛生,从水榭望过去,远处的琵琶湖烟波浩渺,甚是壮观;近前的小湖碧绿如翡翠,光亮如明镜,甚是明媚恬静,两者珠联璧合,既养眼又养心,实是读书学习的不二之选。此时,父子俩各执一案,相向而坐,不仅学《鬻子》,也谈古论今。

这一天正课结束了,两人来到榭外的抚栏并肩临水观景。正是草长莺飞、惠风和煦之时,处处洋溢着生机与活力。触景生情,屈干想起了卫国的一首诗《淇奥》,就诵咏诗曰:

> 瞻彼淇奥,绿竹猗猗。有匪君子,如切如磋,如琢如磨,瑟兮僩兮,赫兮咺兮。有匪君子,终不可谖兮。
> 瞻彼淇奥,绿竹青青。有匪君子,充耳琇莹,会弁如星。瑟兮僩兮,赫兮咺兮。有匪君子,终不可谖兮。
> 瞻彼淇奥,绿竹如箦。有匪君子,如金如锡,如圭如璧。宽兮绰兮,猗重较兮。善戏谑兮,不为虐兮。

父亲诵咏完,屈巫垂手答道:"这是赞美德才兼备的君子之作,孩儿认为既有内美，外重之以修能，方为真君子。孩儿猜想，阿父是希望孩儿也成为这样表里如一的君子吧。"

屈干不由得捻须微笑，为儿子的聪慧高兴。

当然，屈干讲授最多的还是家族光荣史。中国人本来就崇拜祖先，古人更是如此，贵族家庭尤甚。所谓贵族精神传承，某种意义上就是血统教育的传承，以此捍卫与生俱来的根正苗红。

那一天他俩自然谈到了远祖屈瑕和先祖屈完。

屈瑕是春秋初年楚武王熊通之幼子。熊通于公元前740年杀其兄熊眴之子自立，在位五十年，励精图治，开疆拓土，从偏居南方的不起眼的蕞尔小邦成为令中原诸侯望而生畏的泱泱大国。楚武王说，"我有敝甲，欲以观中国之政，请王室尊吾号"，开楚国介入中原政局之先河。楚君自称为王，与周王朝分庭抗礼也始于他。之前屈瑕正因跟父王南征北战有功于楚，被封于屈（今河南省淅川县），于是后人便以封邑为氏，称他这一脉为屈氏。

屈瑕曾被其父任为莫敖。"敖"的本义是军事首领，相当于统帅。公子只有担任了统帅，方可称敖。而莫敖仅次于王，为一人之下、万人之上。屈瑕在楚武王四十二年（公元前699年）率兵征伐罗国之役中因轻敌导致兵败。虽父王并没有追究他的过失，他仍愤而自缢，以死谢罪。从此，楚武王才改令尹为首辅。以后楚国官职一般都称尹，同中原诸国官称明显不同。

对远祖屈瑕选择自杀，屈干难免双眼湿润，扼腕长叹，不胜感慨，而屈巫却平静地说道："阿父，孩儿却认为先祖做得对。先祖之败于当时有过，但能引颈于后则不为无功。大丈夫当为荣誉而存，死得其所,命何足惜!"屈干一听儿子此语,对他小小年纪就显示出如此的见识心中还是不由得暗感欣慰。

屈巫此言的确不无道理。屈瑕开楚国主帅兵败自杀的先河。或许正因为此,楚军才始终拥有强大的战斗力,作战勇猛,令人生畏。你想,主帅都能视死如归,士卒岂会贪生怕死?因此楚国的强大也就理所当然。当然,这并非一两句话就能讲清楚,在此只好一笔略过。

屈完就不用说了,作为楚成王时最著名的大夫,他是父子俩永恒的话题。一谈起屈完的丰功伟绩,不常动感情的屈干也免不了像儿子一样热血沸腾,热泪盈眶。屈氏自屈瑕起历经五代,族中有上百后裔,早已成为楚国的名门望族,但最杰出的还是他们这一支,其代表就是屈完。

那天,父子俩驱车远足到长江边,在江边的一高地上停下极目江景。大江自出三峡后,在江汉平原这一带骤然变得水面开阔。虽然江水无声地缓缓东去,但自有一种无言的力量充斥在天地之间。俩人默默眺望良久。屈巫是少年,在心中油然而生的是万丈豪气,这会儿要不是父亲在场,说不定他早就想大声而呼,一抒胸臆。屈干则心中不免杂有人生短暂、时光流逝的悲怆,年龄大了,这样的感觉总会触景而生。屈巫一转头正要指给父亲看江面上的一只正捕鱼跃出水面的水鸟,忽见父亲的脸色不知何时变得忧郁,就不免疑惑地问道:"阿父,怎么啦?"屈干摆摆手道:"没什么,只是当年阿父像你这么大的时候,你祖父也曾带我来此看水,可转眼间,江水依旧,却物是人非,难免会触景生情。""阿父不必伤怀。"屈巫宽慰他道，"阿父放心，孩儿定不负阿父教诲，当自强不息，报效家国。"他知道此时父亲想起祖父，既感念时光的流逝，也是希望他能光耀门楣。屈干不免心中有几分惊奇，果如父亲所言天佑屈族，要不怎会道出自己心中所想，心情也渐渐开朗起来，道："北方也有一条这样的大河，你祖父和我也曾想饮马于河，只可惜你祖父已去，阿父此生怕也难偿夙愿，只有待你了。"说着低头咳嗽起来。"饮马于河，孩儿谨记。"屈巫急忙扶着父亲关心地道，"阿父，我们还是走吧，这会儿江边风大。"

的确，屈巫最崇拜的就是祖父，他身上流淌着祖父的血液，但可能对父亲感情更深。自他记事时两人就朝夕相处，亲热有加。父亲在外虽不苟言笑，但在他面前总是和蔼可亲。大多数时间他俩不像是普通的父子，而是像兄弟一样共同学习探讨。这不仅让屈巫受到了严格的教育，也早早养成了勇于自立、担起进取的个性。

可惜天不假年，楚穆王十一年（公元前 615 年）冬，屈巫十七岁时，屈干去世。病逝前他断断续续叮嘱儿子要承续祖宗的光荣，担当家国的责任。屈巫则跪在他身边，握着他的手号啕大哭，痛不欲生。屈干爱怜地看着儿子，又挣扎着交代道："千万牢记：屈家子弟一定要文武兼修，不可偏废，才能行稳致远。"这是屈干的远见卓识。屈干又有遗表上呈楚穆王，请求令儿子接替他代表屈族参政。表曰：

"今赖列祖列宗之灵、君王庇佑，以老于户牖之下，臣之幸矣！数年以来，愧乏寸功，有负君王之望。今有臣之子屈巫，颇有其祖之风，可供驱遣，愿王察之用之，以偿臣愿。"

当时,权力世袭,父死子继,也是常例。

楚穆王,这个因楚怀王欲废其世子(太子)之位而弑父的楚君,虽史称其愚钝乖戾,似近昏庸,但远非那么不堪,展表阅罢,略一沉思,对低头跪在阶下的屈巫道:"屈氏有功于楚,日月可鉴。寡人也屡屡听世子说过你的才名,既是屈干遗愿,你就嗣为大夫,随世子上朝从政吧!"

"臣遵命。"屈巫跪拜道。由于是父丧后,又是人生头一次上朝,他行的是大礼。

楚穆王嘴里的世子,就是后来大名鼎鼎的楚庄王,这会儿正站在台下右边对他微笑,似乎在欢迎他加入其阵营。屈巫多少有些激动地走过去向他施拜礼,他高兴地回礼后示意跟随其后的两个同父异母弟弟公子婴齐、公子侧退后一步,由屈巫站在自己身边。这个举动看似无意,其实就是在向朝中表明世子和屈族就此联手,也暗示了屈巫在他心中的分量。本来他俩就是少时伙伴,闲时击筑而歌,倦时同席而卧,志同道合,一向甚是相得,现在又同朝为臣,二人都深感如愿以偿、心想事成,不由得喜出望外。虽然史书对此次会面并未有一字记录,但对屈巫而言有幸得遇旷世君王,自然如鱼得水;就楚庄王而言,喜得良臣辅佐,势必如虎添翼。大概此番相会,对这两个胸怀大志的人而言其意义就如同当年周文王之渭水结识姜子牙。

翌年,楚穆王病崩,楚庄王即位。

楚庄王十五年(公元前599年)仲秋望日(按:夏历每月十五,天文学上指月亮最圆的那一天),这天虽并非朝会之日,楚庄王一早却召屈巫进宫为一岁的世子起名（注：春秋战国时期，帝王之令分别称作"命""令""政"，直到宋代才开始通称帝令为"圣旨"）。世子虽不是楚庄王嫡长子，却是其最宠爱的许姬所生，且为一国之储君取名，可是事关社稷安危的大事，非同小可，自然也荣耀万分。屈巫自不敢怠慢，连忙沐浴更衣，穿戴整齐，登上轩车，匆匆赶往楚王宫。

二　楚庄王

　　楚王宫位于郢都(按:关于春秋郢都所在地有湖北省宜城皇城村和荆州纪南城之说,本书取荆州纪南城)城中的东南部,为城中城,建制和布局虽同北方王室一样基本上采用大城套小城的双城制,但总体布局则高度体现了楚国建筑的中轴对称、一台一殿、多台成组、多组成群的高台建筑布局格式。

　　宫中殿宇众多。按现在的专业术语来讲,既有空间宏大的"高堂",又有曲折相连的"曲屋";既有进深幽远的"邃宇",也有小巧精致的"南房"。这些大小不同、高低错落的宫廷建筑组合在一起,便形成了一个气势磅礴的建筑群体。

　　这会儿,楚庄王从轩峻华丽的凤殿走出来,正昂首阔步朝王宫后花园的水榭而去。凤殿属于"高堂"的一部分,挨着寝宫,为其日常起居办公之所。细皮嫩肉的近卫之臣司宫(太监首领)如美女捧心一般捧着拂尘迈着小碎步紧紧跟随。楚庄王边行边问道:"子灵到了吗?""莫敖早就到了,已等主子多时了。"司宫柔声细语地回答。

"嗯。"楚庄王满意地点点头。他脸庞宽大,鼻梁高挺,留着仔细修剪过的络腮胡子,乍看上去就如同草原雄狮威风凛凛,不怒自威。讲起话来底气十足,声如洪钟,再加上举手投足幅度大,又喜形于色,再看上去更像一名豪爽的武士而不是君王。

楚庄王姓熊名旅,楚庄王是其谥号。谥号是对有地位的人死后所封,属盖棺定性的称号,由于更能代表其一生的功过,后人称春秋时期的诸侯都不称其名而称其谥号,以示尊重。

这熊姓来源于前文论及的楚国的实际缔造者鬻熊。因鬻熊名熊,楚王一脉便由此以熊为氏。楚国强大始于楚武王、楚文王,争霸于楚成王,但终成于楚庄王。

楚庄王于公元前 613 年即王位,在位只有二十二年。虽然时间不长,但他是楚国历史上最具传奇色彩的君王。

楚庄王最广为人知的传奇便是成语"一鸣惊人"。楚庄王即位后曾三年不理朝政,沉湎于醇酒美人之中。汉朝赵晔的《吴越春秋》谓之"淫于声色,左手拥秦姬,右手抱越女";明末冯梦龙在《东周列国志》还活灵活现描绘"庄王右抱郑姬,左抱蔡女,踞坐于钟鼓之间",俨然一副荒淫无道之君的模样。自然,一些志士仁人就会心急如焚,似乎每个朝代都不乏这类以天下为己任之人,他们便纷纷挺身而出,解"君"于倒悬。当时对君王的劝谕流行说隐语,这就使得君臣对话犹如智力猜谜。话说这一天,有一个大夫进宫请楚庄王解谜。此人道:"有大鸟,栖在高处,历时三年整,不鸣亦不翔,这究竟是只什么鸟?"楚庄王听后回答道:"它可不是只普通的鸟。这只鸟,三年不飞,一飞冲天;三年不鸣,一鸣惊人。"

故事精彩绝伦,可信度并不高。事实上,楚庄王即位之初,日子并不好过。花天酒地、左搂右抱是真,那是春秋君王的特权和常态,而他对声色犬马之好也有目共睹,但并非没有发令,只不过令都不出楚王宫,只好不令。盖因他父王楚穆王就如同流星一般来去匆匆,多年的朝政又为若敖氏一族把持,就如同少年即位的天子一样,他再雄心勃勃,也力有不逮。

当时的楚国,属于典型的公族政治。这与中原各国通行的宗法政治略有不同。宗法政治实质是贵族统治,而贵族既可与诸侯同姓,也可为异姓。譬如《左传·宣公二年》谓"晋无公族",指晋国执掌朝局的重臣都非姬姓而是异姓;但楚国自始至终都是芈姓的公族执政。所谓公族,就是君主非嫡系后人,一般可理解为王族。是时楚国有斗、成、屈、蒍四大公族,均为不同时期的先王血脉一支坐大而来,其中蒍族源自楚王熊严四子中的第三子叔熊。屈族,上面说过是楚王熊通之后。蒍、屈两族虽也多显贵,但并不像斗、成两族那样如日中天,权倾朝野,屡屡威胁王权。

斗、成两族都源自楚国君王熊仪。熊仪因去世时葬在若地,其曾为敖,故被尊为"若敖",这是楚君有谥号的开始。其子斗伯比即以若敖为氏,称若敖氏,因其别封斗邑,也称斗氏。斗伯比在屈瑕死后长期为楚武王时的令尹,两个儿子斗谷于菟和成得臣,也都是楚国历史上著名的权臣。

据说那斗伯比少时去姑姑家探亲,姑姑嫁给郧国国君为夫人。斗伯比对表妹一见倾心,致其怀孕生子。为保全女儿名声和娘家人,姑姑只好瞒着郧君,偷偷派人将婴儿扔到了南郊,古称云梦泽的野外。谁料此儿命不该绝,母虎见之不食,竟然还以虎乳喂养,而这恰恰又被无意中去此处狩猎的姑父发现,这个婴儿才得以"虎口逃生"。此事在当时就传得神乎其神,还记在《左传·宣公四年》中。因为楚人称"乳"为"谷",称"虎"为"于菟",故其名为斗谷于菟。斗谷于菟及冠后字子文,楚成王任命他为令尹。

子文承袭了斗氏,在楚成王时三任、三辞令尹,是历史上干部能上能下的楷模。他还曾"毁家纾难",也就是不惜捐献所有家产来解救国难,更为他赢得了贤相之名。此事不论是否当真,但这也从另一方面证明斗氏家族之富,实可敌国。而其弟斗成得臣这一支便因其名成得臣而改称成氏。成得臣,字子玉,被子文推荐接任令尹。他是城濮之战楚国的主帅,其所率的中军主要由"若敖六卒"组成,一个家族之卒就可成军以抗衡当时的强国晋国,足见其势力之大到何种程度。因此,斗、成两族,看似两氏,从根子上讲实乃若敖一族,像最重要的令尹职位都无一例外地由这两族人担任,就如同一家之中的两兄弟轮流坐庄。

权力的过度扩张必然导致野心的极度膨胀。这令尹传到了子文之侄斗椒身上时,他就生了异心,同新即位的楚庄王势同水火。

关于斗椒也有传奇,同样记在史籍中。《左传·宣公四年》载:"初,楚司马子良生子越椒。子文曰:'必杀之。是子也,熊虎之状,而豺狼之声,弗杀,必灭若敖氏矣。谚曰:狼子野心。是乃狼也,其可畜乎?'子良不可。"这便是成语"狼子野心"的由来。似乎冥冥之中早已注定一些人生来就有反骨,是叛臣贼子。这虽不乏宿命论的色彩,也不排除后人以先见之明为子文涂脂抹粉,但不管怎么说,斗椒从没把这个还满脸稚气的"傻大个"放在眼里,他早就虎视眈眈,只等着机会取而代之。似乎老天也在帮他,朝他所期望的局面发展。

正应了雄才多磨难。楚庄王即位后不仅饱受斗氏掣肘,事不由己,人祸天灾更是接二连三,先是被他当世子时的两个老师斗克、王子燮作为人质挟持出郢,这好不容易摆脱人质危机,喘息方定,楚国接着又遭受了有史以来最大的天灾。史载楚庄王三年(公元前611年),楚国大旱,河流断流、湖泊干枯,赤地千里,颗粒无收,饥民流离失所,社会动荡不安。而西边的庸国又雪上加霜,乘机鼓动已经降服的"群蛮"叛乱,一时间告急的文书堆积成山。楚庄王令斗椒率军征讨,斗椒借故不行,无奈只好临时征调各地兵力前去平叛。从秋到冬,迟迟得不到胜利,令楚庄王一筹莫展。

那天朔风怒号,吹得昏天黑地。楚庄王独自背着手站在凤殿的窗牖前,望着乌云翻滚的灰色天空,一脸落寞。看到屈巫进来,他神情沮丧地道:"子灵,这天越发的寒了。除了要援军,就无丁点喜讯传来,看来寡人只得再去一趟令尹府,求斗椒亲自率'若敖六卒'出征了。"

楚庄王和屈巫关系非同一般,所以他才会如此直言不讳。

"不可。"屈巫摇头后说道,"臣以为求人不如靠己,君王不能总受制于人。常言道打蛇七寸,当下之势,君王何不借机亲征庸国?"

此语一下子触及了楚庄王心中的痛处,他有些无奈地摊开手道:"寡人何曾不作此想? 只是兵权和精兵都握在斗椒手中,其奈若何?"

"也并非如此。"屈巫胸有成竹地道,"臣大约估算了一下,王卒加上王族、屈族、蒍族的私卒足以成军。有此力量在手,君王至少有七成胜算。"

如同大海中捞到救命稻草一般,楚庄王眼睛不由得一亮,但旋即又暗淡下去,有些灰心地道:"此言固然在理。只是这众多人马如何在斗椒眼下出城?"

屈巫道:"这个不妨,冬狩(冬季围猎)也是惯例,就借冬狩之名出其不意。"

"寡人愿闻赐教。"楚庄王一听一扫颓丧之态,忙跨步迎上亲执其手兴奋地道。他早有另起炉灶之心,这会儿总算找到了切实可行的路径。两人相携于案前坐而细论,越议越"敞亮",不知东方已白。

正得益于这次撇开斗椒,御驾亲征,并取得胜利,才宣告了王者归来。对庸国的征服不仅令"群蛮"瞬间土崩瓦解,国家转危为安,也令楚国彻底解决了后顾之忧,从此可以全力北上。随后楚庄王一发不可收,于楚庄王八年(公元前 606 年),还率军以征伐陆浑戎之名,至于雒水(今河南省洛阳市洛河,三国魏改"雒"为"洛"),观兵于周疆,问鼎之轻重大小。

"问鼎周室"是楚庄王雄视北方的一次试探性动作。尽管如此,天下震动,标志着一代雄主已横空出世,楚国因城濮之战而中止的霸业又犹如朝阳即将喷薄而出。

斗椒这时才如梦初醒。他本是一个优秀的统帅,不甘心权力的沦丧，就于楚庄王九年（公元前605年）趁楚庄王第一次率军伐郑时发动了叛乱。

当初有人报楚庄王拟出城冬狩时，斗椒还不以为意，轻蔑地对左右道："国难当头，竖子还玩物丧志，真是不可救药！由其闹腾，不足为虑。"而此时楚庄王羽翼已丰，很难撼动，叛乱很快被平息。事后楚庄王毫不留情地屠灭了若敖一族，只留子文之孙箴尹（谏官之首）克黄改其名为"生"，延其宗祀，让斗、成二氏从此在楚国销声匿迹，成为黄历。

大概也由此时起，楚庄王对公族起了防范之心。尽管他仍不得不起用蒍族的蒍敖为令尹，屈族的屈巫为莫敖，但让两个弟弟公子婴齐、公子侧分别为左尹和司马，以强化王权，平衡制约公族。尽管如此，按职务分工，令尹为首，管军政，莫敖为副，负责祭祀和外交事务，但令尹由左尹辅之，军事由司马掌管，只有屈巫独当一面。且春秋时各国的大事不过就是国政、祭祀、征战、外交，他就占了两项，一时间也就成为仅次于楚庄王、蒍敖的第三号人物，在楚国位高权重。而仅从君臣个人关系而言，屈巫更为楚庄王所倚重。这不，给世子取名，本来楚庄王也令"国学"中的几个博学之士给早早取了，可他一看不是"麒"就是"瑞"，不是"吉"就是"祥"，就极不中意，便令宣屈巫进宫重取，足见对屈巫的信任。

这时楚庄王走到了水榭前。屈巫已等在那里，见他过来赶紧迎上施拜礼，他摆了摆手道："罢了，又不是在朝堂之上，子灵与寡人也就别弄这些繁文缛节了。"

君臣二人看了一阵风景。楚庄王指着碧波荡漾的水面，不无得意地道：“这里如何？可比得上屈府后园？”

楚地多水，水榭是寻常建筑并不稀奇，但这水榭不仅建得轩峻壮丽，开敞通透，而且建在城中最大的河流——新桥河东岸，视野极为开阔。置身水榭中，不仅一河碧水相绕，河对岸的建筑、树木甚至行人均历历在目。人既可坐在榭室内观景，也可到榭外平台上抚栏眺望，实是观水赏景之佳处。由于此为王宫后宫游玩之处，外臣很难有机会进入。

屈巫道：“真是大开眼界。比臣府中的水榭，可谓天上人间。适值天高气爽之日，惠风和畅之时，能在如此良辰美景之中和君王在此相会，臣以为不像是商讨国之大事，倒像是朋友相聚畅述，自然会令臣神清气爽、心旷神怡。”

“哈哈，”楚庄王开怀大笑，道，“子灵真是出口成章，文如这流水，源源不断。”

二人说着由南门跞进榭室中，在案几前落座。楚庄王指着案几上的一堆竹简道：“子灵，你看看‘国学’里的饱学之士所取之名，真是浪得虚名。”

屈巫逐一看了后，摇了摇头，不无同情地道：“也难为他们。为世子取名岂敢造次乱取，不过是求稳罢了。殊不知名用于区别和寄寓，应以独特为佳。”

其实从得知消息屈巫就一直在认真思考，也算是有备而来。这会儿见楚庄王凝神倾听，便道：“臣听闻鲁国第十五任国君桓公给嫡长子，也就是后来的鲁庄公起名时，曾征询大夫申繻的意见。申繻提出取名需遵守的五个原则，即有信、有义、有象、有假、有类，还要

'六不'，即'不以国、不以官、不以山川、不以隐疾、不以畜生、不以器币'来取名。臣深以为然。由此观之，君王不妨选用'审'字。"

"为何选用此字？"楚庄王不解地道。

屈巫解释道："审，详观其道也。闻而审，则为福矣。用于世子，简直天造地设。"

"妙哉！"楚庄王细加品味，不由得拍腿称好，当即表态道，"就用此名。"然后又含笑夸奖屈巫道："比令祖，子灵能武有过之无不及，能文则毫不逊色，真乃文武全才也！"

楚庄王这会儿之所以称屈巫"文武双全"，是前面提及的他亲征庸国不仅全靠屈巫提议谋划，也全赖屈巫一言之力助他取胜。

那庸国本是巴、秦、楚三国间的大国，横跨长江至汉水这样一个广大地域，历来强盛，素为"群蛮"之首。唐朝《括地志》载："方城山，庸之都城。其山顶上平，四面险峻，山南有城，长十余里，名曰方城。"向来易守难攻。当时，正值隆冬，一场突如其来的寒流造成大雪纷飞，积雪盈尺，天寒地冻。从入秋就出征的士卒大都单褐露踝，不免饱受冻馁之苦，怨声载道，军心不稳。

那日一早，屈巫出帐去见楚庄王，忽见士卒们蜷缩一团，在刺骨的寒风中瑟瑟发抖，大都连动弹一下的欲望都没有，就知道了久攻不下的症结所在。他立即脱下裘装，只着单衣去大帐中见楚庄王。楚庄王看见他穿着如此不合时宜，不免有些诧异。屈巫并不加理会，只是建议道："君王，三军苦寒，何不去看望一下将士？"这令楚庄王如醍醐灌顶，对众将道："还是子灵深知寡人之心。等什么？还不将衣服速速脱去。"边起身边脱下身上的锦裘。众将赶紧效仿。

楚庄王便身着单衣，带着屈巫和众将，踩着早已冻得硬邦邦的地面，一个营帐一个营帐地看望士卒。这个举动很奏效，相当于领导访贫问苦，与群众同甘共苦。饥寒交迫的士卒感动地说，就像是大王给大家发了棉衣，倍感温暖。于是，士气大振，人人奋勇，个个争先，一鼓作气就攻进城内。楚庄王由此知道屈巫知兵。

相比较楚庄王而言，屈巫虽也虎背熊腰，但举止如书生一般儒雅，行为就像豹子一般反应敏捷。他一听楚庄王此语，赶紧站起避席，谦虚地道："君王过誉矣！臣怎敢与先祖相提并论，再说楚国只有君王是文武第一。臣不过是小巫见大巫。"

这话也并不全是碍于君臣名分的阿谀奉承之词，屈巫深知楚庄王自许甚高，心雄万夫。屈巫过去即便和楚庄王再相知，那也是过去时，现在他是王，而且越来越成为威震天下之王，自己是臣，君臣有别，不能喧宾夺主，抢其风头。何况楚庄王英明果武，较之先王，更为出众。

果不其然，楚庄王听罢又哈哈大笑，很是受用，笑声未歇，就招手让他复坐，道："寡人早说过了不以君臣之礼。'小巫见大巫'，真有你的，给世子取名不说，也捎带给寡人取了一字——大巫。既然同'巫'，自当共饮。"说着，便对一直侍立身旁的司宫道："愣着干吗，还不摆席？着许姬母子前来致谢。对了，也召季芈同来。"

这可是天大的面子。这有点类似于时下当兵的活干得好了，当领导的会亲自设家宴作为奖赏一般。司宫忙应答着退出水榭招呼安排。不一会儿，丝竹之声便在瘦乐尹（管理宫廷乐队的官员）的指挥下在水榭外的平台上响起。山珍海味和佳酿也随即由掌管国君膳食的胖太官亲自领人送到,摆满几案。

接着,许姬由楚庄王的小妹季芈陪着,就如同香云霭霭一般从南门飘进。屈巫赶紧起身长揖施礼,道:"参见许后、公主。"当时诸侯嫡妻都称夫人,只有楚国国君因自称为王,嫡妻便得称后。当时的楚后本是著名的樊姬,许姬因受楚庄王宠爱,又是世子之母,屈巫改称其许后,也不算僭制。

果然许姬一听此称,极为高兴,便笑靥如花,偕季芈向他回礼毕,两人这才向楚庄王施礼。楚庄王踞坐在位上大大咧咧地对二人道:"免礼。季芈来得正好,为兄想听听你的意见,你可是宫中最有学问之人,刚才子灵为世子取了一'审'字,不知以为如何?"

季芈身着一身霓裳羽衣,留着时样宫髻,粉面桃腮,顾盼神飞,令人见之脱俗。她是楚穆王的遗腹子,此时正是二八年华,反应快,一听就先拍掌称好道:"好名字。'闻而审,则为福矣'!"楚庄王不由得笑着夸道:"几日不见,季芈学问果然大进,都能和子灵想到一块,了不得。刚才子灵也是此话,这才打动寡人。"季芈一听倏地转过身来,眼睛晶亮地盯着屈巫,高兴地问道:"巫哥哥,果真吗?"屈巫含笑不语算是认可。先前他也曾见过季芈,但"未几见兮,突而弁兮",她已变成大姑娘了,只是活泼开朗的性格没变。

楚庄王又问道:"许姬之意呢?"这边许姬正檀口轻点地念着"审,熊审",听闻楚庄王问起,便应声回答道:"吾王,小君也认为是不可多得的佳名,读音也动听。"当时诸侯夫人往往习惯在诸侯或外臣前自称小君或细君。许姬边说边从侍女怀中接过世子亲自抱着,对屈巫施了一礼道:"小君代世子谢过莫敖。"屈巫忙对着她回礼,又对世子施了一礼后，这才抬眼端详这个未来之君，见其正熟睡在襁褓之中，便道："世子福相，仰见君王、许后之德。这都是臣分内之事，岂敢言谢？要说臣还得感谢许后，令江山社稷后继有人。"

许姬一听此语，更是高兴，道："莫敖客气。日后小君母子还需莫敖多加扶持。"

"那是臣的荣幸。"屈巫道，"世子一岁庆生，只是来得匆忙，未带贺礼，不日定当补上，许后切勿见怪。"

许姬道："莫敖不必费心，送世子以名比任何礼物都强。"

这时楚庄王在一边摆手道："罢罢罢，尔等就别再没完没了，寡人肚子早等得咕咕叫了。"一听楚庄王如此放粗语，两人不由得相视一笑，各自入席。侍女早接过世子抱着先行回宫。

季芈看了一眼屈巫，并不入座，反而捻着发梢微笑着对楚庄王建议道："王兄，天少云而高，云轻薄而淡，如此良辰美景，又无外人，何不露天而饮？"

"这真是奇了，季芈又能和子灵想到一块。好好好，"楚庄王习惯地一拍腿，宠爱地对小妹道，"寡人就听你的，等会儿可要代为兄多敬子灵三爵。"

众侍从闻声早就在水榭外的平台上另辟四席，又将食物移将过来。四人起身分宾主相绕而坐，在徐徐秋风之下，对着秋波，伴着音乐，谈天说地，不时举爵互劝，大快朵颐，一直到日过中天，才尽欢而散。

告辞时，自然楚庄王、许姬、季芈先行回宫，屈巫长揖立送。季芈忽然回眸对屈巫嫣然一笑，道："巫哥哥，可别少了小妹那一份。"

说完这才跟着兄嫂如天上的白云一般飘然而去。

屈巫点头，直等到他们一行走远，复才起身回府。

一回到家，屈巫就着人速送了一份重礼与许姬，也给季芈备了一份厚礼。他知道公主素为楚庄王宠爱，这个礼数断然忽略不得，只不过礼物多为中原的诗书，他知道要投其所好。

三 少艾

　　从宫中回来，屈巫先到房中换装。

　　楚人讲究不同场合着不同的衣，引导着春秋的时尚潮流，贵族更是开风气之先。例如上朝，他们要穿朝服（冕服），这是上衣和下裳相连的深衣，相当于我们所说的一体长袍，不过长袍是直裾，而深衣为曲裾，包裹全身，更为深藏不露；另外其边缘会饰以另一色彩布料，使衣服显得更为华贵。由于楚人尚赤，深衣就多为朱色布料，一到朝会之时便红彤彤一片，恍如落霞，甚是壮观。祭祀要着缁衣，这是黑布制成的朝服，饰以白边。家常便服则是丝帛类的衣裳，左襟压右襟，中用丝绦（腰带）系之，穿起来方便舒适。当时衣裳分开，上衣下裳。裳并不是现在意义上的裤子，而是裙，也可以理解上穿长衫、下着长裙。进屋门时先脱下方头屦。这在春秋叫屦，战国时称履，唐朝以后才称鞋。鞋一般男为方头，女为圆头，布料为葛布，着色为朱。当然这是贵族所穿，平民大都为草鞋或木屐，一进屋就脱，室内光脚，贵族自不会赤露着脚，一般会穿着皮质的袜子。当时都是席地而坐,所不同的是贵族都坐在一块略高的木质的叫榻的地板上(国君所坐的更高,就如同一个木制小高台。如果国君降阶而迎,那是很给面子之举),上覆厚的麻布,我们姑且理解为铺着块地毯,因为中国古代椅子出现当在汉灵帝时期,那已是几百年之后的事了。

屈巫所住的房子是一幢深屋檐、大坡面顶的高台建筑。楚地多雨潮湿,夏热冬冷,因此建筑风格同北方明显不同,不仅台基高,而且深出檐,用木柱撑着,这样既防潮,又能遮阳挡雨。此建筑形貌如小型宫殿,台高三丈,夯土筑墙,用红色垩土粉刷,黑板瓦盖顶,饰圆瓦当。正面六根屋檐立柱都为一人抱的圆木,同双扇对开的屋门和窗牖一样漆成当时的流行色朱色,看上去流光溢彩,耀眼夺目。

屋内木板铺地,并以木板为墙,涂以丹砂,相隔成三大开间。正中最大的为庭堂,对着大门摆着一个五丈余宽的楠木屏风,上绘一只彩凤,凤身朝外,侧头而视。凤鸟虽属虚构,但楚人非常崇拜,视为楚国图腾。屏风前摆着主案几,南北各摆着两列附案几,中间空出的场地用于歌舞表演。两侧案几后为过道,北边的过道边摆着青铜编钟,便于府中会客和宴饮之时演奏。跟一般建筑不同的是屏风后开有一门,就像现在寺庙塑像后面的背门,由廊庑与内宅门相通,以方便家人、侍者自此门出入。

内宅则为院中院,里面院落、正房、厢房由抄手游廊曲折相连,自成一格。后园东接凤凰山,北临琵琶湖,花木扶疏,亭台楼榭参差其间。除了王宫后花园,整个郢都无出其右者,一向为人所羡。当初负责郢都筹建的是屈瑕之子,也正是借着这个光,屈族才得以在这里建家。若从风水堪舆角度而言,整个郢都只有这里依山傍水。之所以在楚国历史上唯有屈族如同常春藤四季常青,有山有水,风水上佳,恐怕也是一个原因。凡事有利必有弊,恐怕也由此埋下祸患,引新权贵觊觎,此是后话。

北开间为寝房,里面竹帘纱幔悬挂,屋东南临牖专门隔出了一块地方作为主人日常洗漱之地,就如同现在住宅卫浴设施的干湿分离中的洗漱间。条案上摆放着青铜盥器,如盘、匜、鉴、盂、盆、盒、皿和罐等,其中鉴里盛满清水,也由主人临时作镜子用。居西放着大榻,为其寝处。南开间就是他现在所在的书房,东、南、北三面都是木制架子,分门别类放着书简。西面临窗牖才是榻。榻上摆着一张朱红大案几,周边错落有致地摆放着青铜器装饰品。屋正中的双耳三足青铜香炉始终燃着香,香气袅袅,似有似无,弥漫室中,沁人心脾。这也是屈巫日常起居和办公的处所。春秋中前期,楚国的国家机器、官僚机构还处在初创期,除了郢都的父母官郊尹(管理郊外的官员)和司败(管执法、监狱的官员)有独立的衙门,环列之尹、门尹,也就是负责郢都、王宫警卫的有军营,其他官员都在家宅内办公,并无职司。只有大夫以上官员方能上朝,参与朝堂议事。

南北开间的房门并非开在墙正中,而是在最东头,隔着大堂相对,也就是人可以不经过大堂就可从屏风后相来往,这样便形成屋中犀的相对私密的空间。像那个人屏风一样,这也是屈巫自己改装的得意之作,他也不无得意。

这会儿屈巫就在侍女簇拥下,取下楚冠,脱下朝服,换了一身淡色丝绸衣裳,这才缓步从屏风后直接走进书房,盘坐在案几前读书。

闲来无事,屈巫喜欢读书。这既是父亲的身教,也与他长期负责楚国的外交事务有关。他需要及时了解各国动向。他手中掌握着或许是当时最大的谍报网,这始建于他祖父屈完,并在他手中完善。除了各处按期传回来的谍报,读书也是当时了解外国不可或缺的主渠道。家中藏书经过他祖孙三代的努力,极为丰富,几乎网罗了天下所有的书籍。当时的文字都记录在竹简或木简上,读书其实就是读简。

虽然多年来楚国一直以荆蛮自居,楚国国王熊渠就曾说过一句气壮山河的名言:"我蛮夷也,不与中国之号谥。"中原国家也从不承认它是"华夏",但它本源自华夏,生来就有向往中原文明的内因。屈巫由于常和中原诸侯国打交道,耳濡目染,更加喜欢中原文化。周朝的典籍和一些来自中原的书籍素为他喜爱,可谓手不释卷。这会儿他正在看郑国的书简。

正如两个方外高人所言,当时楚国争霸天下的主要劲敌是晋国(鼎盛期地跨晋、豫、冀、陕,疆域辽阔)。晋国是周朝最早分封的同性(姬姓)诸侯国,原在现在的山西汾水一带,在春秋早期的晋献公时崛起。晋献公假途灭虢,"并国十七,服国三十八",黄河中游皆为其所有,使晋国成为与齐、楚、秦并称的强国。后其子晋文公在前文所提的城濮之战中打败楚国,晋国便一跃而成为天下霸主。而郑国正处在晋楚之间,是楚国北方的主要邻国,楚国要洗刷耻辱打败晋国,须先迈过这道坎。当时的形势就是这样:欲霸天下,非攘晋不可;欲攘晋,必先得郑。再者楚国最早的发源地"祝融之墟"就在郑国的国都新郑,重返故地也是屈巫和楚庄王常议的事。虽然楚国自楚文王以来,已屡次对郑用兵,但郑国自恃有西北方向晋国这个强大后援,并不屈服。楚庄王即位后已先后五次对郑国用兵,但都无功而返。鉴于此,这一段时间屈巫一直在对郑国潜心研究,好知己知彼。读到兴处,他会习惯起身右手拿简,左手背在身后,在书房里来回走动。

当一个十七八岁年纪、满头黑发用象牙簪绾着,衣着一身绿色背衣(这是一种直领对襟的女式常服,一般为侍女所穿)的俏丽女子手托漆盘,领着两个抬着一个圆形青铜罍的侍女款款而进,他才反身上榻,盘腿复坐在几案前。

女子将漆盘放在案几上,跽坐在他正对面。这是一个彩绘云兽纹圆漆盘,里装一个考究的小红漆器盒和两个器壁极薄且光滑的白陶小碗。漆器是楚国的国器,其工艺的精湛早已享誉天下。而白陶小碗,是当时世人难得一见商代古物,有如珍宝一般。那女子用一个小木勺从盒中拨出一些叶片到碗里,再用一个青铜水舀从那青铜罍里舀出热水(那时没有开水瓶之类的盛水器皿,热水都得现烧,所以才用青铜罍装),优雅地冲进碗中,绿色枝芽便在水流中盘旋飞舞。

等水平如镜,色彩淡绿,女子双手捧碗奉上。屈巫双手接过,先观汤,闻香,然后仰脖一饮而尽,就像是履行一个极庄严的仪式。

府里上下都知道,每天傍晚这个时候,主人都雷打不动放下一切,饮这来自息地高山上的“南方之嘉木”。不错,他饮的正是茶。茶始于神农,但最早产于巴国,其实就是庸国。征服庸国,屈巫也被当地的茶文化征服,就养成饮茶的习惯。后来发现息地山上产的

"嘉木"更好,就开始饮息地之产。但饮茶真正盛行要等到唐朝,在当时只有他这样的贵族世家才有能力享受,开郢都贵族饮茶之风。

这会儿他如饮甘露,然后闭着眼似乎若有所思,又若有陶醉。这时候一般是不能打搅的。

等他将两碗茶饮后沉思完,那个女子才示意身后侍立的两个侍女抬走青铜罍,她自己将饮具收拾好,这才对他莞尔一笑,起身离去。刚走两步,忽见他刚才信手放在一边的竹简,便俯身放下漆盘,伸手拾起,见是一诗,正待放在架上,忽然被诗中的内容吸引,便聚精会神地看了起来。

这个女子叫少艾,就是十一年前那次屈巫跟楚庄王出征庸国时收留的一个孤女。上庸城破,他驰进城中王宫时,见白雪皑皑中,满目疮痍间,一个穿着蓝色深衣的髫年之女,正跪在一个同样颜色的衣饰华丽的妇人身边抹着泪。她们身后是残垣断壁,还有一块残木在冒着残烟。看见战车隆隆驰来,女孩抬起头目不转睛地盯着车上的他,紧咬着下嘴唇,小脸早让雪花和泪水染得乌七八糟。

双目对视,不知为何他竟然心中一动,就命停车。正如西汉《淮南子》所说,"古之伐国,不杀黄口,不获二毛",也就是不杀死孩童、不俘虏老年人是那个时代遵守的战争规则。他跳下车走过去弯腰探视妇人,见其已死去多时,一只手上还握着一只象牙簪,就取下,袖于袂中,然后把她牵起,一把抱放到车上。他留下几名士卒,嘱咐好生安葬遗体,这才上车扶轼站立,继续前行。

女孩像小狗一样蜷伏在车内的一角,仰着头盯着他,始终紧咬着下嘴唇。他蹲下用手抹拭了一下她的小脸,安慰道:"不用害怕,我再给你找个家。"女孩虽一言不发,但嘴唇微微张开。整个行程中,她都一直蜷伏在车右的一角一动不动。他载着这个战利品回到家中,牵着她的手亲自把她交给夫人。当时他也是新婚宴尔,嘱托道:"也是庸国王族之后,夫人好生养着,别委屈了她。"又将象牙簪交给夫人道:"这是其母遗物。"夫人恭答"诺",接过象牙簪,接近女孩。夫人本是城中另一世家申家之后,贤惠明达,对屈巫从来都是百依百顺,两人感情相投、琴瑟和谐。

夫人从不把这个小俘虏当作奴隶看待,常带在身边,对待她就像对待女儿,格外的照顾看重。虽然屈巫以后在内宅也时常见她,但每次见到他,她都低着头,不苟言笑,而侍女众多,他事又繁忙,对她也就渐渐淡忘。

三年前(楚庄王十三年,公元前 601 年)出征舒蓼回来,那天不知为何事烦恼,像他这种身份的人表面上众星捧月,前呼后拥,但内心其实极其孤独,就是再烦也无从说起,无人诉说,大都只能自己消化,就起身独自到后花园里散步。门前守候的应答侍女正想跟着侍候,被他拒绝,这会儿他只想独自呼吸一下自然的气息,以舒烦闷。

正是仲春时节,园子里浓绿浅绿相间,百花齐放,甚是灿烂。他赏花观景,心情顿感为之一爽。顺着弯弯曲曲小径一路信步徐行,忽然听见前面竹林背后传来喧哗声,清脆悦耳,如同泉鸣于涧,甚是动听。他不由得转了过去,发现原来是家中的几个女乐(女奴中从事歌舞的年轻女子)刚练习完,正在空地上玩女儿家的躲猫猫,自是花红柳绿一片春光灿烂。看见主人过来,一个个赶紧低头站立。只有中间一个穿着粉色的齐腰襦裙,脚上棕色圆头屦,长发辫垂腰的女子,因正扮演抓捕的角色,布巾蒙着眼,便没看见他。这会儿大概听见了他的脚步声,以为是躲藏的女伴,就伸着两手,朝他的方向摸了过来。

屈巫停住脚步,她眼看着就摸到了他,这也唤起了他年轻的心,就一动不动地站着。

她一上来不由分说一把抱住,欢快地叫着"抓着了、抓着了",清脆之音宛如莺鸣般动听。然后兴奋地把蒙眼布一攘,一睁眼,不由得脸一红,叫一声"主人",连忙敛眉低首垂手而立。

屈巫见她绒毛细细的额上、秀发中微微散出的热气和脸上泛起的红晕,不由得被她青春的健康姣美所吸引。不知为何他一下子就想起了她就是他从庸国带回来放在夫人身边的小女俘。这还是他第一次见她如此开心的欢笑和少女羞涩的容颜,不由得心中一热。他怜爱地笑了笑,问道:"抓着什么了?"

她喃喃地道:"主人。"

"抓着主人了。"他哈哈大笑,顿觉心中轻松,烦恼一扫而光。

"长大了。"他摇头感叹着继续朝前面的小湖走去,留下她木木地立在那儿,俩手机械地撕扯着蒙眼布。

用餐时,屈巫见她默默站在夫人案几边侍候,就停爵问夫人她叫什么名字。夫人放下象箸,答道:"如玉。""如玉,"他念了一下道,"诗云:'白茅纯束,有女如玉。'倒也形象贴切,不过叫来实在拗口,还是叫她少艾吧。""诺。"夫人欠身答。屈巫又问道:"怎么下午见她和女乐在一起?"夫人解释道:"这孩子天性喜欢乐舞,我也没工夫教她,闲来无事时就让她跟着女乐一块去修习,也好将来舞给夫君看。她们都差不多年龄，喜欢凑在一块。"屈巫饮了一口酒道："哦，原来如此。"当妻子的看了他一眼，会心地一笑道："姜早就想让如玉，不，该是少艾，到夫君身边伺候。夫君身边得有个可心的人，这孩子聪明伶俐，又知根知底，牢靠稳当。"

见屈巫沉吟不语，夫人又道："夫君放心，少艾已长成，可以侍寝。"

屈巫把玩着青铜爵，不置可否。

夫人见状继续道："明为望日，就是黄道吉日。择日不如撞日，不如就把事办了，不知夫君意下如何？"

屈巫这才点点头道："就依夫人。"

两人谈论的对象自始至终低着头站在一边，也看不清她听见这话的表情，只见她两只小手不自觉地将胸前衣襟不停地扯来撕去。

翌日晚，沐浴已毕的少艾就被带到夫人房中，头发被夫人亲手盘起绾住。夫人又让侍女从柜中取来一个象牙簪，对她道这是其母遗物，就斜插她发中，完成了她作为一个女子及笄的成人仪式。夫人让人送她到屈巫房中，又像母亲送女儿出嫁一样亲送出门。少艾回首怯怯地回望，嘴里嗫嚅地道"夫人"，不甚惶惶。夫人体谅地扬了扬手安慰她道："去吧，是女子都有这一天。你是夫君所救，他自会疼爱你。"

多年来屈巫都是自己独住。夫人有身孕后就搬住内宅，生子后仍如此，他只有需要时才会过去。就如同君王一样，当时的大贵族都独寝。当然并不是独宿，家里的女乐常来侍寝。他与别人不同的是，都由夫人统一安排，过来陪睡一晚，一早就走。

这或许也是他夫人的精明之处。屈巫从未纳妾。春秋时期，贵族除了正妻要明媒正娶，如夫人也需破费一点彩礼，作为家庭正式成员。家中所养女乐、封邑中的女子都是女奴，只是一个性工具，并无身份地位。贵族收一个侍女，就像吃饭喝水一样自然，并不需要征求她本人及家人的意见，也无须承担什么责任。豳地的诗歌《七月》中就有"春日迟迟，采蘩祁祁。女心伤悲，殆及公子同归"之句，道的就是一个采桑女唯恐被主人抢去的心情。只有生育一儿半女，女奴才有可能升到如夫人的行列，这还需要男女主人认可。

是晚，屈巫房中红烛高悬，床帷低垂。值夜的应答侍女见少艾过来，忙将门打开，待她进去复又关上。少艾低着头，独自期期艾艾地朝榻前移。她见主人已脱衣斜依在榻上，正就着烛光看简，只在下身处搭着小被，便远远停下。见她进来，屈巫放下简，招了招手，笑道："你不是抓着主人了吗？还不见过主人。"她这才磨磨蹭蹭走到榻边，低头开始脱衣。她把衣裳一件件脱下，最后连绢织的抱腹（内衣，背部袒露）也脱下，在榻角的几案上一一放好，这才迈上床榻，乖乖地在外侧躺下。她还从没有在一个男人面前赤裸着身子，便有些害羞。她背朝着主人，头发仍绾着，一动也不敢动，但身子不由自主地觳觫。

主人一直默默盯着她。这会儿先把她头上的象牙簪拔出，任凭满头黑发飘散，然后开始温柔地爱抚她。她只感到他的手在她身上游走。他把她翻过来平躺，她仍害羞地闭着眼，战战兢兢地任他作为。他一看两粒小红葡萄，就轻轻地撕咬，又看小腹平坦，白白净净的，不由……

她尽管不无惶恐,但早就知道自己的一切都是主人的,便坦然承受。他不由分说地进入,在那"生命不能承受之重"降临时,她不由自主地一把抱住他,仿佛这样才能减轻一些痛苦。她心想我要死啦。

　　她并没有死去,攒眉咬牙承受一会儿后痛楚就过去了,反而有一种说不出道不来的感觉在身体里漫延。

　　完事后,他疼爱地搂着她,道了一句"是该归家了",就独自睡去。她虽闭着眼,但迟迟不能入睡。夜是如此的宁静,只有这个男人轻微的呼吸声萦绕在耳边。她支起身,偷偷地端详着这个"给她家"的男人,见他睡得正香,这才起身下榻小心翼翼地穿衣,走到门前,又想起什么似的,转身拿起枕边的象牙簪,这才蹑手蹑脚地开门出去。见值更侍女正倚在门框上歪睡,也没声张,而是踏着月色回到内宅夫人房间西边自己的小屋子。她打了盆水,洗了洗,感到清爽了,这才和衣躺下。由于屋子户牖朝南,月光便水一般透过木窗牖照进屋里,照在她的脸上,一切都是那样静谧美好。她一直盯着窗牖外的圆月,看着它静静地行走在天空,不知为何突然想起了阿妈,想起了阿妈牵着她在后园的绿草地上奔跑时的情景。她摸出象牙簪紧紧握住,眼泪一滴一滴地从眼角流下,很久很久她才睡去。

　　第二天一早她就起来,自己把头发盘起来,插上那支象牙簪,就又悄无声息回到屈巫房里,低头跽坐在榻边。他一醒,她连忙起身伺候他穿衣,一脸平静,就仿佛昨晚什么事都没发生一般,这还真令屈巫有点儿诧异,心中又多生出了几分怜爱。大概一个男人占有一个女性后都会有此念想,何况她从不恃宠而骄,忘却自己身份和职责。若是侍寝,侍完寝总是等他睡着了就回到内宅自己房中休息,早晨一早再过来。他醒来时总会见她守在榻前。虽然他也交代过有应答侍女值夜,她不用如此辛苦,但她还是我行我素,也就由她去了。由此她成了屈巫没有名分的贴身侍女,日常起居全都由她负责。因为她对夫人总是一如既往的尊敬,从不因为同男主人朝夕相处而对其失礼,因此也深得夫人的信任。夫人病重期间,内宅的事都交由她打理;夫人过世后,内宅事务仍由她操持,就如同一个小当家人一样。

屈巫也是自从把她收了后,才发现她生性伶俐,秀外慧中,且贵族生活的习俗她似乎天生就会,服侍他更是尽心,尽管她还不解风情,不热衷于男女之事,但也从不拒绝,就越来越宠爱她。他发现她跟着夫人时,也学会了几个字,闲来无事,也教她一些,她进步很快。当然,毕竟有了男女之实,主仆之间就不像先前那样壁垒森严,私下在他面前她也放开了些,时不时流露出童真的一面,不像先前那般拘谨。这会儿她捧着竹简读诗,美丽的樱桃小嘴轻微地翕动着,就如同彩蝶在花朵上轻舞。这是秦地的《蒹葭》一诗,曰:

蒹葭苍苍,白露为霜。所谓伊人,在水一方。
溯洄从之,道阻且长。溯游从之,宛在水中央。
蒹葭萋萋,白露未晞。所谓伊人,在水之湄。
溯洄从之,道阻且跻。溯游从之,宛在水中坻。
蒹葭采采,白露未已。所谓伊人,在水之涘。
溯洄从之,道阻且右。溯游从之,宛在水中沚。

"何为'伊人'？主人。"读完了，她才抬头不解地发问。

"'伊人'呀，就是指歌者所爱慕、怀念和追求的美人，可望而不可即，可见而不可求。"屈巫道。他正坐在那里看她读诗，就如同欣赏一幅画。这会儿听她请教，便兴致勃勃地跟她讲起此诗的内涵来。当然，是用当时的话。少艾侧耳倾听，其实并不在听，而是在看，就如同当今的粉丝看着自己心中的偶像。不知从何时开始，她便爱上这个既是灭国仇人也算是救命恩人的男人，或许她早就爱上了他。跟府中别的女眷、女乐、女仆不同的是，她在这里没有自己的家和亲人。自从她看见他第一眼起，她早就把自个儿视作他的人，从没有过他想，只是大多数时间自己都没意识到罢了。而好为人师，即便屈巫也免不了这个男人的通病，何况他真的喜爱她，在她面前他总感到自己也变得年轻。

两人正聊得尽兴，忽听帘外有一个声音低沉地报道："主公，陈国大夫孔宁和仪行父求见。"

四　不速之客

原来就在屈巫从楚王宫回来之时，一高一低的两个身着深衣、满面风尘的中年男人也随着人流走过楚国都城郢都外的护城河，进了东城门。

东城门是郢都的正门，叫龙门。城门高大敦实，上建重檐歇山顶城楼，立在一马平川的江汉平原上。夕阳映照下远远望去，就像是天宫的南天门一样巍峨壮观。战国时的屈原《哀郢》中有"过夏首而西浮兮，顾龙门而不见"之句，道的就是此门。它有三个门道，宽八米的中间驰道仅供楚王和大夫以上权贵车辆进出，旁边两个宽四米的旁道供黎民百姓平时进出，其中左门道为进，右门道为出。由于当时楚国在诸侯国中的强大无敌，龙门只有中门道像城中其他几门一样早晚按时按点地开启关闭，两边旁道日夜洞开，任由人们进出。守卫此城门的门卒盔甲鲜明，相貌英俊。屈族子弟中就有几个被挑来守门。

只见这两个人在左门道口停下向两名执戈并排站立的守门的

士卒打听莫敖屈巫的住处。一名士卒遥指了道路。郢都的人都知道，楚国公族屈族聚族而居，全都集中在城东南凤凰山下挨着琵琶湖边一带。此处亭台楼阁鳞次栉比，其中那所最大的府邸就是屈府。

为了便于读者理解，这里扼要介绍一下郢都的城建。郢都始建于楚武王末期，楚武王暮年曾有两个壮举：一是征随国，最后如愿占有了天下最大的铜矿铜绿山；一是建新都郢。这都是楚国真正崛起的标志性大事。

新都郢地处江汉平原腹地，东接云梦，西扼巫巴，北连中原通衢，南临长江天险，兼有水陆之便，不仅自然条件优越，而且战略地位重要。据《楚史》载，楚文王即位（公元前 689 年），所做的第一件事就是迁都，将楚国都城由原丹阳（今河南省淅川县）迁于此。此时经过一个世纪的发展，早已成为南方乃至先秦时期最大的都市。

据对现存遗址的考证，郢都平面略呈长方形。土城垣东西长四千五百米，南北宽三千五百米，高约十米。现已发掘出城门七座，东墙一座，其他三面各有两座，其中北墙东门及南墙西门为水门。

同北方城市明显不同，郢都城内水网极为发达，共有四河一湖。四条河相互贯连，呈"斤"字形状。其中"短撇"为朱河，"长撇"为新桥河，"一横"为龙桥河，"一竖"为松柏河。松柏河连着城东南凤凰山下的琵琶湖。

朱河和新桥河连接南北两座水门，大致将市区分成东西两半。西部的西北部是平民聚集区；西部的中部是商业区，当时称其为蒲胥；西部的西南部是冶炼铸造区和手工作坊区，著名的铜币"蚁鼻钱"就出自这里。东部龙桥河以北是王公贵族的住宅区,四大公族中的斗、成、蔿三族都住在这里;以南就是前面已介绍过的楚王宫。楚王宫虽处在东南城门和东北城门形成的主轴线上,但按楚俗,以东向为最尊,以南向为次尊,因此楚王宫主建筑大都坐西朝东。虽在南北中轴线上开有南北宫门,只有东门叫茅门方,是王宫正门。楚庄王曾制定关于王宫出入管理的规定就叫《茅门之法》。虽然其源于《韩非子·外储说右上》,可信度并不高。如文中列举世子违法罚其驭手就纯属想当然的道听途说,要知道世子审就住在宫内,即位时才十岁,何来擅闯宫门? 不过这足以佐证"茅门"方是王宫正门。正门前有一条大道正对着这两名不速之客进来的东城门。大道以北是兵营、郊尹府和司败府(含监狱),以南是绿柳环绕的琵琶湖,湖东南隅是一处西南东北走向的平缓岗地叫凤凰山。山下西南处就是门卒所说的四大公族中屈族的住地。

屈府倚着山势坐东朝西,大门正对着东南城门通向王宫南门的驰道。厚实的赤色木质大门上装饰着两个大大的青铜门环,造型狰狞,似乎在无声地彰显着主人的身份和威严。大门平常紧闭,只有主人出门或车辆出入时才开,平常府里人员都是从北边的角门进出。

那两人跌跌撞撞地来到大门前,开始拍打青铜门环。门环在秋阳下熠熠生辉,在他俩的拍打下发出沉闷的声响。一个年轻家卒应声将角门开了一道缝,两人忙抢身上前。矮个道:"我是陈国大夫孔宁,这是大夫仪行父,我们有要事求见莫敖,有劳通报。"家卒老练地扫了他俩一眼,看他们的狼狈样,有些怀疑,但又见其佩的虽已经看不出颜色,可毕竟还是赤芾(蔽膝,是古代遮盖大腿至膝部的服饰。按周朝的礼制,大夫以上才有资格佩赤芾),这才半信半疑地道:"等着,容我禀报。"就啪地又把门关上。

大门里是一个庭院,足有四五亩地大,甚是宽敞。东边正对着前面所说的屈巫所住的望厦。原来房子依地势坐东朝西,就像现在寺庙的大雄宝殿在整个建筑群中最为壮观一样,是整个府中的核心建筑,其他房屋都围绕它依次展开。

院北是马厩、车库等功能性建筑,院南一排是家臣及护卫住处。家卒径直到望厦南厢房门口,恭敬地向里面的一个中年人——家尹守一报告。府中和朝中一样,也有各种家臣,也就是士这个层级。这家尹在府中就相当于朝之令尹,管理除了内宅还有外府里日常的所有事务。这守一和屈巫同龄,但面相较主人苍老,人又总穿着一套缁衣,且寡言少语,就更显老成。自小他就服侍屈巫,两人也算一起长大,知根知底。守一的父亲本就是老家尹,一向以忠诚可靠、办事稳当著称,素为屈干、屈巫父子俩赏识。前几年一去世,自然屈巫便着守一子承父业,同时也让他在各国多以经商的名义安插亲信,建立情报系统。守一也没辜负屈巫的器重,把府上管理得井井有条,几乎从不令他操心,各种资讯上报也很及时,很让他省心。

大堂门口有一乱发纷披、赤裸着上身,只腰间系着虎皮围裙、插着短刀的年轻武士正两手交叉夹在腋下,斜倚在门框上。他嘴里衔着一根草,见守一过来,才吐出草,拱手施礼。守一且行且还礼,径向大堂里而去,立在书房门口的梳着双髻的应答侍女忙躬身施礼,他也不理会,只侧耳倾听,待屈巫少艾二人说话间歇,这才报告。

屈巫一听,两道剑眉不由得一扬,暗思道:陈国会有何事? 难道是那事东窗事发?

这陈国是楚国东北方向的邻国,国虽不大,但属西周开国国君周武王亲封的"以备三恪"的重要异姓诸侯国("三恪之制"是一种帝王之制。西晋杜预认为,周得天下,封夏、殷二王后,又封舜后,谓之恪,并二王后为三国。其礼转降,示敬而已,故曰"三恪"),向为西周十二大诸侯国之一。国君妫姓,是上古圣君帝舜的后裔。像楚国一样,因担任周文王制造陶器的陶正一职的遏父已过世,周武王便封其子妫满为陈侯,并将长女大姬嫁给他,是为陈胡公。陈胡公也是陈姓和胡姓得姓的始祖。现国君陈灵公,是第十九任国君,已在位十五年。听名字这两人倒是其宠臣,这会儿竟一块到,究竟是何用意? 有道是无事不登三宝殿,肯定是有大事,先见了再说。想到此,屈巫边起身边对少艾道:"速速更衣。"

少艾连忙放下竹简,跟着他直接从屏风后穿堂而过,到北屋帮他换上朱色深衣,系好腰带,束好冠,又照照青铜镜,这才穿过庭堂出门相迎。

按礼,大国重臣本不必出门亲迎小国大夫,不拒其于门外也就给足了面子,但古人早就说过"惟仁者为能以大事小",故屈巫还是像往常一样降格出迎。这也是他交接邻国之道,从不以大欺小,以强凌弱。

守一正候在大堂门前,和那个年轻的武士低声说话,见状两人便紧跟其后也快步走下台阶,追随他朝大门而去。

站在大门前的那个报告的家卒一见主人亲迎,早就招呼同伴打开大门。

大门一开，这两人一见迎过来的屈巫，就如同走失的孩子望见亲人，也顾不得满地泥土，也不按寻常礼节，倒地便拜。矮个子口中呼天抢地道："莫敖救我。"高个子则语无伦次地道："救我莫敖。"

屈巫伸手一一相搀，道："两位大夫快快请起，室里说话。"

一行人这才按主左客右的礼数谦让着登阶进到庭堂。本来楚人尚左，尊位理应坐西朝东。可由于房子是坐东朝西，屈巫便礼让两人在南向坐下，自己居中作陪，守一和越人则肃立在其侧。少艾领着奉匜侍女从大屏风后走出，行沃盥之礼。又有侍女用漆盘托着楚式青铜爵，里盛白浆，摆放在来宾几案上。屈巫的白浆则由少艾亲手呈放其案边。前文说过，那时尚未流行饮茶，一般招待客人要么是水，要么就用浆。这浆也就是孟子曾道的"箪食壶浆，以迎王师"中的"浆"，理应是一种豆类的饮品，大致相当于现在的功能性饮料。

这两人有如饿狼，也不顾礼数，连连饮了几爵浆后才恢复了常态，这才上下左右逡巡。见少艾正踞坐在屈巫身边，坐姿极其优美，且长相秀丽，不由得被吸引，只管目灼灼似贼盯着不放。

屈巫当作没看见的样子，礼貌地问道："两位大夫屈尊，不知何事见教？"

孔宁、仪行父一听，这才忙把目光从少艾身上拉回。孔宁抢先道："家国不幸，乱臣贼子夏徵舒大逆不道，射杀陈侯。"仪行父补充道："夏徵舒不仅弑君，还自立为君，请上国做主，伸张正义。"

屈巫一听，就明所以。因为先前他曾读过陈国的那首讽刺诗：

53

胡为乎株林？从夏南兮？匪适株林，从夏南兮！

驾我乘马，说于株野。乘我乘驹，朝食于株。

读时就感到这"从夏南"之"从"字用意精深，一个国君竟然会去追随一个臣子，必有隐情。当即就派人前往陈国一探究竟，原来如此这般，所以便直奔主题道："陈侯是被弑于夏姬所在株林的吗？"

这似乎一下子戳到了来宾的痛处，两人面面相觑，许久仪行父才支支吾吾地回道："莫敖明鉴，正是夏姬所在的株林。"

屈巫一看他俩的表情就明白面前的这两个人果真就是诗中所指的"乘驹"者无疑，因为"乘马"者当是陈灵公。当时社会等级森严，只是国君方有资格乘五马大车，故可用"乘马"来代指。而小国大夫多以二马之车代步，才用"驹"来形容。这会儿屈巫看此两驹的落魄样，心中自不免有几分鄙夷，但表面上反而体谅地安慰道："两位大夫放心，无论何因，以下犯上，弑君篡国都罪不容赦。容我明日奏明君王，为你等做主，替陈侯申冤。两位想必也旅途劳顿，今晚就权在敝府住下，改日再移馆驿。"说罢扭头对守一道，"安排好两位大夫食宿，记住给每人换套深衣。"

"诺，主公。"守一欠身答道。

五　株林凶杀案

　　屈巫所提到的夏姬原是郑国公主,因嫁给陈国的司马夏御叔,而故名夏姬。在先秦,有贵族身份的男子向来只称氏与名,而不称姓。例如夏御叔是陈宣公的孙子,少西之子,本为妫姓,但因其父字子夏,子孙便为夏氏。这个时候只有妇人女子称姓,郑国为姬姓,所以才称其为姬。再如因齐国开国之主为姜子牙,齐僖公的著名二女就名宣姜、文姜,这姜就是其姓。另外姬在这时也是公主之意。而夏姬,除了公主的身份,我们便可理解为夫姓娘家姓的组合,这同现在有些人为子女取复姓名有异曲同工。

　　夏姬原是绝世美女,当时风传她不仅具有骊姬、息妫的美貌,更兼有妲己、褒姒的狐媚。这四个女子可非同一般,都是美艳无比、拥有倾城倾国的天下绝色。

　　这妲己是商纣王宠妃,其妖媚动人、蛊惑纣王荒淫误国。那褒姒为周幽王第二任王后,是烽火戏诸侯的主角。周幽王就为博她一笑,换来了西周灭亡。如果说这两者都是古时人物,离夏姬尚有距离,那骊姬、息妫则几乎就与夏姬同时代。骊姬以色事晋献公,令他杀死世子,驱逐儿子,致晋大乱,史谓"骊姬乱晋"。这被驱逐的儿子中就有重耳,即春秋五霸之一的晋文公,在外流亡十九年。而息妫正是陈国公主,本已嫁为息国息侯为妻,因容颜绝代,脸似桃花又被称为"桃花夫人",后楚文王听闻她的美貌,便强掳去做王后,致使息国亡国。夏姬竟集这样的四女于一身,足见其不同寻常到何种程度。

虽然关于她的美,《东周列国志》有云:"那夏姬生得蛾眉凤眼,杏脸桃腮,有骊姬、息妫之容貌,兼妲己、文姜之妖淫,见者无不消魂丧魄,颠之倒之。"

尽管这两段文字有如中国的工笔画,描绘得其貌比天仙。

对于她的美,我们只能想象,而且怎样想象都不为过。当然,女人要颠倒众生,只天生丽质还远远不够,必须有说头,擅风流,会炒作。风传她少时曾同仙人在床榻上"双修",学会了采阳补阴之术,确保了她青春永驻。她的偷情也是惊天动地,和庶兄子蛮兄妹相恋,还导致子蛮未成年就夭折。嫁给夏御叔,他又壮年而逝,这更使她不同凡响,艳名四播。大概她的知名度,已不亚于现在最当红的女星,一举一动都引人注目。

这还只不过是前奏,天大的事又接踵而至。

因夏御叔有封地在陈国都城宛丘近郊的株林,丈夫卒后,她就搬到此地隐居。

与她丈夫同朝为官的大夫孔宁和仪行父早就垂涎她的容貌,见夏御叔已去,有机可乘,便先后跑到株林成为她的入幕之宾。后两人又争风吃醋,孔宁失欢就把她推荐给了国君陈灵公。陈灵公一见,果然被迷得无力自拔,一有空就率着这两人往株林跑。国人看不过,便写刚才屈巫想起的《株林》诗加以讥讽。

诗中的夏南就是夏姬和夏御叔生的儿子夏徵舒的字,影射陈灵公君臣并不是去找夏南,而去找其母。只一个"从"字就一切昭然若揭,所以屈巫才印象深刻。

也是陷得太深,君臣还忍不住在朝堂之上忘情地公然互相炫耀从夏姬处得来的"美人之贻"——"衵服",也就是贴身的内衣,就像恋物癖者沆瀣一气。大夫泄冶是个正直老臣,实在看不过去,一天上朝时就苦口婆心劝谏陈灵公改过,未料陈灵公恼羞成怒,为免其絮聒,竟然纵容孔宁、仪行父派人刺杀了泄冶。尽管春秋时期对男女之事开放,但陈国君臣如此寡廉鲜耻的行为不仅在陈国内,就是在各诸侯国也传得沸沸扬扬。

孔宁和仪行父一提夏徵舒弑君,他就猜个八九不离十,只是碍于脸面,没当面道破。

事实是季夏的一天,陈灵公又带着两人到株林找夏姬欢会。酒酣耳热之际,君臣间自免不了互相调侃嘲谑。

灵公嘿嘿,对左席作陪的仪行父道:"你看,夏南躯干魁伟,有些像你,是不是你的种子?"

仪行父嘻嘻,回答道:"夏南双目炯炯,我看极像国君,肯定还是国君血脉无疑。"

右席的孔宁呵呵,从旁插嘴道:"国君与仪大夫的年纪恐还生他不出。他的爹爹极多,多半是个杂种,就是其娘夏姬怕也记不起了!"

说到此,三人拍掌开怀大笑。

此时的夏徵舒已长到十八岁,刚从外公家回来,承袭了父亲的司马官职,执掌陈国兵权。本来他对母亲与国君等的淫乱还只当看不见,能避则避,毕竟有国君。也是该着有事,这晚从宛丘回来在窗牖下无意中听见他三人的笑谑。正是血气方刚之龄,又加上他们到他家竟然还如此拿他开涮,实在忍无可忍,也是一怒之下便以抓贼为名带人冲进。陈灵公见势不妙夺路就逃,在马厩处被夏徵舒射杀。孔宁和仪行父见势不妙,扭头就跑,一口气跑出株林,跑出陈国,跑到了楚国找屈巫求助。灵公的世子叫午,听说消息也立刻出逃晋国。

夏徵舒一不做二不休,干脆自立为陈国国君。他本是陈国第十六任国君陈宣公之曾孙,也勉强算得上名正言顺。

送出陈国的两位大夫,屈巫返回到书房,背着手一直来回踱步思考如何应对。作为楚国负责外交事务的重臣,邻国内乱,他直觉这是一个千载难逢实现楚庄王霸业的好机会。当时诸侯间互相征伐虽习以为常,但还是讲求师出有名,而惩罚叛逆,无疑是天赐良机。同时这也不免激起了他对夏姬的好奇。按理她身为一个十七八岁孩子的母亲,至少也有三十四五的年纪,竟然还有这么大的魅力颠倒众生,一个国君还为此丧命,心中不由得闪现一睹其人之念。

"着越人备辂车。"他突然停下,对跟进来一直侍立在一边的少艾道。一般在郢都城中探亲访友或不愿声张时,屈巫都习惯乘此车,取其灵巧、快捷,不招摇。当然上朝得乘五马轩车,那是地位和身份的象征。这会儿正欲出发,又想起什么似的反身从书架上拿起一捆竹简。

六　越人

　　这越人就是那个站在大堂门前的年轻武士。越人是屈巫所取，顾名思义，就是越族人。他无论长相和扮相都明显与楚人不同。楚国男子不分贵贱，都将头发从头顶绾起，也就是我们常说的留有发髻，而他乱发纷披，赤裸的棕色皮肤上文着龙蛇的图案，乍一看，另类得甚是吓人。但若细加端详，他的眼睛深邃而大，身姿匀称矫健，又甚是英俊。

　　越人和屈巫也是不打不相识。

　　当时楚军灭楚吴之间的舒蓼国后正在凯旋，屈巫乘着战车刚驰出城门洞，越人突然从城门楼上飞身跳下，就像是一只俯冲的雄鹰。他一下子跳到车上，又像花豹一般跃起，挥刀就砍向屈巫。要不是屈巫手疾眼快，抓起车上放着的云纹皮盾抵挡，又拔出佩剑应敌，就着了他的道。

　　两人在狭窄的战车里刀光剑影，你来我往。拼杀中，屈巫一剑将越人的青铜短刀砍成两截。车周围的士卒赶忙围上，七手八脚用戈戟把他顶在一角。越人挣扎不了,才不屈地盯着屈巫这个破国仇人,眼中似乎喷着火。两个家卒上来将他捆绑起来,请示是否杀掉。屈巫见他身手敏捷,能从三丈高的城楼跳下而毫发无损,早就暗暗称赞,这会儿就一边取下饕餮纹青铜盔,用右手拭着额头上的汗,一边道"押回去"。他爱才,不忍心就此了结这个勇士的性命。

哪知越人很忠于旧国旧主,屈巫手下人怎么劝就是不降。自来府中,不说一句话,整天哼着一支歌子。守卫的家卒也听不懂,报告给屈巫后,屈巫一听旋律就知这是流传在越地的《越人歌》,为舟子所传唱。屈巫知道像越人这种硬汉,吃软不吃硬,只能感化。有一天就到了关越人的囚室,庭院北边马厩西边的一间空房。

屈巫掂着一把刀和一坛酒。越人双臂被绑,靠墙边坐着,见屈巫进来,才抬眼漠然地盯着他。屈巫用越语道:

今夕何夕兮,搴洲中流。

今日何日兮,得与王子同舟。

蒙羞被好兮,不訾诟耻。

心几烦而不绝兮,得知王子。

山有木兮木有枝,心悦君兮君不知。

越人一听心中不由得奇怪,这个敌国的大人物怎么会用本族语言唱歌曲,不由得靠墙站了起来。

屈巫道:"你很奇怪,是吧?我唱这首歌是想告诉你,楚国征舒蓼,是天道。楚国是百越很多人向往之地,所以才会有这首歌。当然,这会儿是我心悦君兮君不知。"他仍用越语。

屈巫把刀放在房中的几案上,先举坛仰头,咕嘟咕嘟地喝了一大口,这才将坛放下,复拿起刀,走到他跟前。扬眉刀出鞘,只见寒光一闪,越人不由得把眼一闭,心想真是一把宝刀,死在这口刀下,纵死无憾。他是真正的武士,爱刀超过一切。

谁知屈巫只是一刀将绑他臂膀的绳子挑断。

屈巫道:"壮士,你我是不打不相识。你的故国现也归属楚国,都是一家人了,希望我与壮士也能像两国一样化敌为友。今天我来不是劝降,只是请你饮酒。饮完,是走是留,随你,本莫敖绝不强求。"

越人睁开眼盯着他,有点半信半疑,身子动了一下,捆绑他的绳子如同死蛇一般掉在了地上。

屈巫晃了晃手中的刀,突然改用楚语问道:"你使刀,这刀如何?"

越人忍不住回答道:"我从没见过这样的好刀。"原来他果然会楚语。

屈巫心中暗喜,但表面上不动声色地赞了一句:"好眼力。"然后开始改用楚语讲道:

"此刀叫孟劳。"他讲起了刀的来历,如数家珍。

"它原是鲁侯僖公的佩刀。当年鲁国执政的公子庆父作乱,弑了两任君主。僖公在公子季友的扶助下即位,便捉拿他。公子庆父逃到了鲁国的邻国莒国。僖公为了让莒国帮助他抓获公子庆父,就承诺送份重礼给莒国。谁知莒国只驱逐了公子庆父,就自认为已兑现了承诺,并派猛士公子赢拿来取礼物。僖公认为莒国并没有践诺,就不愿给,那公子赢拿就率军在城外耀武扬威。僖公就令公子季友率鲁军出城御敌。行前,僖公就把孟劳赐给他。正因为有利刃在手,两军对垒时,公子季友才提出要和公子赢拿单打独斗。那赢拿仗着身强体壮、力大无比,并不把公子季友放在眼里,就同意了公子季友的提议,结果在打斗中疏于防备,被公子季友瞅着机会用孟劳将其杀死。这孟劳免除了生灵涂炭,也保住了僖公的君位,有定鼎之功。其虽长不满尺,但锋利无比,刃无血痕,说是宝刀实不为过矣!"

见越人听得聚精会神,屈巫又道:

"后来这孟劳就到了霸主齐桓公手里。当年齐桓公伐楚,与我祖父屈完定'召陵之盟',也是敬佩我祖父,才私下以此刀相送,这才传到我手里。那天我俩厮杀,要不是你的刀不如我的剑,我岂是你的对手?"说着,他把刀插进刀鞘,递给越人道,"宝刀配英雄,本莫敖今天就送给你了。"

越人做梦也没想到会是这个结果。这个诱惑太大了,他双手在衣上不自觉地抓了几下,抬起又放下几次,才迟疑不决地问道:"给我? 我刺杀你,你给我宝刀? 你不恨我?"

屈巫道:"各为其主,何恨之有?"

越人这才一把抓过刀,就朝外走,仿佛一个孩子抢拿了同伴的一件宝贝,生怕被再要回去似的。门口的两名负责守卫的家卒见他出走连忙举戈相拦。屈巫头也不回地道:"人各有志,放他走。"

越人走出屋外,眯了一下眼,他被关在屋里好多天了,已习惯了黑暗,这一下子来到阳光下反而不适应。他抬头看了看天,天空湛蓝,阳光明媚,正是天高任鸟飞的大好时光。他原本因旧主战死,想给旧主报仇,见屈巫乘五马战车昂扬而出,知是楚军高官,这才从城楼上跳下刺杀他,没想到失手被抓。刚开始他也想过自杀殉主,但求生的本能让他慢慢改变了想法。这会儿屈巫不仅给他自由,还赠他宝刀,如此慷慨礼遇,就是旧主也不会如此,着实令他惊讶、感动以至于心中折服。他犹犹豫豫地朝大门外走去,见大门角门前除了把门的两个家卒,并无异常。他猛一回头,身后也并没有人跟上。他明白屈巫的确说话算话,是真放他走。既然如此,他还不走了。这样的主子不跟跟谁?他转身返到室内,见屈巫仍背对着门一动不动地站在原地,就走到他面前单膝跪下,抱拳执礼道:"越人从此愿追随主公左右,鱼不离水,永为牛马走。"

这单膝跪地、抱拳施礼是越人独有的行礼动作。当时人们的见面礼节主要为揖、长揖、拱、拜。拱手为礼,是为揖;拱手高举,自上而下是为长揖;两手胸前相合是拱;两手胸前合抱,头向前俯,额触双手,是为拜。

"好,起来,我们共饮。"屈巫高兴地搀扶起他道。

两人便在囚室里靠墙席地而坐,如同难兄难弟,就着那坛,你一口我一口,开怀畅饮,直到坛底朝天方休。

自此越人就跟着屈巫。他本无家,现又无国,就把屈府当了家,把屈巫当作主人,赤胆忠心。

更奇的是越人不仅武艺高强,还与生俱来就拥有与动物沟通的本领,再难驯的马到他手里都乖巧听话,就像天马见到弼马温孙悟空一般温驯。府中有一匹叫骓的枣红马一向桀骜不驯,就是屈巫都奈何它不得，但一见越人就如同狗见着主人摇头摆尾服服帖帖，屈巫干脆就赏给了他。那时马没有马鞍，而越人能骑着裸马日行三百里，是个奇人。他驾车，并不都是立在舆中，或跽坐在舆前，而是一屁股歪坐在车辕上，一条腿耷拉在下，但这并不妨碍他得心应手地驾驭，六辔在手，如舞长缨。何为六辔？辔就是缰绳。古代一车四马，马各二辔，本应八辔，但其两边骖马之内辔系于轼前，因此御者只执六辔。这御车本是个技术含量极高的活，就如同现在的飞行员需专门训练，远非一日之功。而越人天生就会。看他驾车就像是欣赏一门艺术，屈巫不由得引诗点赞他："执辔如组，两骖如舞。"（手握缰绳如丝带，车旁两马像跳舞。）就是夸他善御。既然如此，屈巫就提拔他当了近身侍卫，也就是由奴隶直接进入了家臣行列，火箭式上升。平常他值守在大堂门口，出门时就当驭手。

驭手在春秋可非同一般，诸侯的驭手是命官，如楚国的就称御士。公卿大夫的驭手也都是士这个级别才能担任，其位置的重要不言而喻。楚庄王七年（公元前 607 年），郑国讨伐宋国，当时宋国由元帅华元率军迎击。战前，华元特意令宰羊熬汤，以飨士卒。不料在分发羊肉过程中，不知何故，唯独把自己的驭手羊斟给忘了。翌日当两军对垒时，羊斟就直接对华元道："畴昔之羊，子为政；今日之事，我为政。"（《左传·宣公二年》），意思是"昨天分羊肉，你说了算；今天驾战车，我说了算"。这便是成语"各自为政"的出处。说完，羊斟一抖缰绳，直接把战车驶到了郑军中，令华元稀里糊涂当了俘虏。由此可见，屈巫对越人有多么信任。

这会儿越人正御车候在阶下。

七 都市隐者

伴随着清脆的马蹄声和辚辚车轮声，辎车驶出大门，顺大道往南门而去。行里许，快到南门时便左拐顺着城墙内墙朝里走，不久就到了一处院落。远远地就能听见淡雅又绵远的琴声从院中传出，回荡在仲秋的夜空中。

屈巫示意车子停在院门口，只携着竹简，缓步走进院里。车停下时，老门人早已把院门打开，看来他颇为熟悉这辆辎车。

院子不大，竹篱为墙、松木为房，掩映在青松翠竹之中。屈巫径直走近琴声飘扬的房前，将竹简放在旁边一块当案儿的石上，在窗牖下侧耳倾听，直到曲毕，这才击掌朗声道：

"几日不见，先生的琴声越发的古朴高妙，如聆天籁。"

"哈哈，公子谬赞，有污清听。"话音未落，一位一袭黑色深衣的瘦削长者已经应声而出。他留着一把过胸的山羊胡，须眉皆白，透着一股仙气。

见屈巫正弯腰将竹简双手捧起与他，长者不免满脸疑惑。

"这是周朝守藏史（国家图书馆馆长）楚人商容所作的《水经》，属下之人刚从周都洛邑送回，不敢独专，特地相送先生一阅。"屈巫解释道。

"多谢公子。"长者双手郑重地接下礼物后，高兴地礼让客人穿堂入室，到日常起居的琴房分宾主坐下叙话。相较屈府的富丽堂皇，此屋布置得朴素简洁、古色古香。最醒目的是临窗牖花梨木琴架上安放的一张古琴，暗示主人与众不同的高雅。

这个长者就是申叔时，楚国当时最博学之士。五年后，楚庄王让大夫士亹做世子审的老师，士亹曾专程登门请教他如何教世子读书，他就列举出《春秋》《诗》《礼》《乐》《令》《语》《故志》《训典》等多门课程，并提出相应的教学要求。这篇宏论后来记录在鲁国史官左丘明的《国语》中，成为先秦最重要的教育文献，足见其学识过人。

申叔时也是芈姓，原为楚国公族后裔，叙起来和屈巫的前妻申氏还沾亲带故，两人有甥舅之亲。在古代这是极其重要的社会关系，像汉王朝和少数民族的"和亲"就叫"甥舅之好"，常言道"见舅如母""娘亲舅大，父亲叔大"，足见男子与其姊妹的孩子存在着特殊的关系。只是申姓虽也是望族，但不像屈姓那么显赫。申叔时深居简出，低调行事，闲来以琴自娱，大隐于朝。他其实就住在凤凰山的东南边，和屈巫也就一山之隔。

虽然申叔时年长屈巫二十余岁，曾和他父亲屈干同朝为官，同为饱学之士，且政见一致，便成为莫逆。在朝中他俩同声相应，互为支撑，配合默契，堪称搭档。平日两人也常来常往，互通有无。相见时惯于以先生、公子相称对方,这既显尊重又显亲近。

屈巫道了事情的来龙去脉。

申叔时听后习惯性地捋着白须缓缓道:"这是天助楚国,机不可失。老夫只是担心,"他沉吟后一字一顿道,"夏姬之色。"

"这是为何?"屈巫不由得问道。

"恐王上旧病复发。"申叔时道。

前文提及,楚庄王在"三年不鸣"期间对醇酒美人的喜爱,虽有麻痹对手之意,但好色也是有目共睹。何况楚王有强抢他国他人之妻为后的传统,如息妫,其实楚庄王就是她的曾孙,所以申叔时才不无担心。

屈巫宽慰他道:"这个不妨。君王现以霸业为重。再说夏姬之艳也不过是传闻夸大而已,未必当真。果有绝色,我必以大义晓之。"

"这,老夫就放心了。"申叔时点头道。

屈巫又道:"我这次势必要随驾伐陈。齐国惠公过世,新君无野即位,我原本计划今冬明春出使齐国吊旧贺新,恐难成行。齐虽自齐桓过世,日见其衰,但不失为东方大国。楚齐交好对楚晋争霸异常重要,远交近攻也是既定国策,而朝中之辈多鼠目寸光,并无可依赖之人,我担心倘若所托非人,会误事误国。"

申叔时道:"这个无妨,公子只管放心而行。趁着我这把老骨头还能折腾,老夫就替公子走这一遭。"

屈巫高兴地起身长揖谢道:"有劳先生了。"

八　朝会舌战王弟

次日朝会时间，群臣齐聚楚宫。

楚宫是楚国的朝会之所，也是楚王宫中的地标性建筑。它重檐庑顶，建在七米高台之上。整个大殿长一百三十米、宽一百米，这是根据精确的考古数据而来，足证其高大巍峨。楚宫坐西朝东，隔着广场，正对着茅门。宫门前各立一个木制大柱子，这叫桓表，也就是后来华表的前身。这柱子本起源于尧舜，以供路人书写谏言之用，但楚人像对待其他事物一样，只根据需要为我所用，便改变了其用途，将其立于宫门前，就如同安放了两尊守门神。柱身浮雕云龙纹，柱顶端各坐一个青面獠牙、相貌狰狞的三面兽，因为东边为尊位，兽头就朝向北、西、南，既用于驱灾避邪，又彰显楚宫的威严肃穆。

楚宫里则玄玉为梁，龙蛇雕绘为椽。奇珍异宝，装饰其间。兰膏明烛高悬，照得大殿通彻明亮，如同白昼。真应了一句古话："不睹皇居壮，安知天子尊？"

一辆辆宝马雕车披着霞光，从"茅门"鱼贯而入，停在楚宫阶下的广场,公子王孙、大夫个个盛装而下,或引朋或呼伴,迈步而上,一时间广场里、台阶上,马嘶人欢,喧闹非常,呈现出泱泱大国的一派兴旺气象。

楚庄王冠冕堂皇,端坐在大殿居中一个略高的木台上,面前摆着大案几,上饰以云豹之纹。他左侧是令尹、莫敖等群臣大夫及众将,右侧是诸公子王孙。这等于是周礼觐礼的"活学活用",按周礼坐北朝南的方位,理应"同姓西面北上,异姓东面北上"。

拜见行礼毕。屈巫起身出列奏道:"启禀君王,陈国司马夏徵舒,弑陈国平侯,自立为君,世子午现已避难晋国。"

楚庄王一听不由得精神大振,用一肘支案,急倾前身问道:"哦,消息确切?"

屈巫答道:"千真万确。陈国大夫孔宁、仪行父昨晚相投,现暂居舍下。他们恳请君王出兵诛杀忤逆,主持公道。"

"众大夫意下如何?"楚庄王双手抚案,目光炯炯地扫视一周,问道。

众人交头接耳,议论纷纷。

前文提过,公子婴齐,字重,人称子重,现为左尹,是楚庄王庶出的长弟。不像王家其他成员譬如楚庄王似的浓眉大眼,他生得细眼薄唇,白净无须,同一个俊秀的美女无异。他说话也语音轻柔,娓娓动听,有如温文尔雅的君子。他一听陈国两个大夫不先来投靠自己,心中就有几分不快,便站出来奏道:"以臣弟看来,陈国本无足轻重,劳师远征,得不偿失。当今之世,唯晋国最强,中原诸侯一向从之。王兄争霸中原,劲敌应为其盟主晋国。当务之急还是引军北上,攻打郑国。郑国降服,晋国手足自断。臣弟以为攻郑目标不能轻易改变。"

屈巫一听,便据理反驳道:"左尹所言只是常理。现陈国内乱,我们应邀出兵征伐忤逆,师出有名,陈国民众必翘首相迎。且君王争霸,虽主要是和晋国一决高低,但陈国地处晋齐之间,平定陈国,仍可断晋手足,赢得各诸侯国的拥护。陈国还是我们赴齐的必经之路,由此可进一步加强与齐国联系,一箭几得,请左尹三思。君王,现陈国世子已避乱在晋,如晋发兵在前,我担心会错失良机。"

公子侧,字反,人称子反,是楚庄王另一庶弟,现为司马。他虽长得和楚庄王有几分形似,方头大耳,络腮满脸,身体粗壮有力,但如同一头发情的公牛,给人冲动鲁莽之感。这会儿见楚庄王和众臣对屈巫的话多露赞许之色,眼见风头全被屈巫抢去,自不甘心,就大声应和其兄子重道:"用兵要使民以时,眼下正是秋收,如何兴兵?"

他说的也是实情。楚国从楚武王时起,开始仿效中原诸侯组建中、左、右三军。所不同的是楚军建制由王卒、私卒、县卒三部分组成。王卒,也就是我们常说的御林军,分左右"二广",每广战车十五乘,车卒全由王族和公族子弟担任,徒卒不足才在国人(住在大邑之中的人)中招募,这是常备军,共三千人,平时护卫王宫和郢都城防,由环列之尹、门尹统领,战时由楚王直接指挥参战。再就是"私卒",是各大公族和贵族在所封食邑上拥有的武装,多由族中子弟为车卒、奴隶为徒卒,这可根据需要征发,最多能征发十万以上,前文所提及的"若敖六卒"就属此类。还有就是由县公统领的"县卒",这也是一支直属于楚王的正规军,由各县的农人组成,农闲时训练,战时应征作战。当时县卒主要来自两个大县申县和息县,称"申、息之军",各一万人,也是楚军的主力精锐。城濮之战,楚国战败,统军将领子玉引咎自杀,楚成王责罚他的原话就是:"大夫若入,其若申、息之老何?"

因此,楚军常备军队人数并不多,应付平常小打小闹尚可,出国作战必须临时征召,的确需使民以时。

屈巫成竹在胸答道:"可先发檄告知陈国,通达各诸侯,等入冬农闲,再行出兵。"

子反一听,只好不语。

楚庄王又面向令尹蒍敖问道:"孙叔何意?"

孙叔姓蒍,名敖,字孙叔,是一个面相苍老、左臂奇长、留着细长的"鲇鱼"胡须、头发稀疏得几至于秃顶的中年男子,别看其貌丑陋,但为人廉洁奉公,素负贤名,《史记·循吏列传》列其为人臣第一人。为了治理淮河,他曾主持修建了中国历史上第一个水利工程芍陂(今安徽省寿县南,与都江堰、漳河渠、郑国渠并称为我国古代四大水利工程),借淮河古道泄洪,至今仍造福于黎民。说来也怪,不只是蒍敖,这春秋时期有名的贤相多为"丑男"。像齐相晏婴也身材瘦小、其貌不扬;晋国执政郤克则是个驼背,走起路来还一瘸一拐,但貌丑丝毫不妨碍他们主政一方,多有建树,青史留名。恰恰相反,那些长得好的"小鲜肉",如郑国的公子段暂且不说,像宋国的公子宋朝和卫灵公夫人南子私通、周王室的王子带和兄嫂隗后私通、鲁国的公子庆父和兄嫂鲁庄公夫人哀姜私通,他们虽都只因其颜值就从当权的贵夫人那里获得一切,拥有一切,但往往死于非命,不得善终。不仅红颜薄命，颜值男的命也厚不到哪里去。你看，上天总是公平的，给你容貌就不会再给你思想，给你世俗的生活就不会给你声名。鉴于此，天纵伊夫对天下男人也有一评："有貌无脑是庸人，有脑无貌是圣人，有脑有貌是神人。"丑也好，俊也罢，各有活法，各有其命，还是各安其命方是正解。这会儿楚国第一"丑男"正端坐在左列首案几前，听楚庄王询问，便应声而起表态道："舒罪宜讨。"

群臣一听，纷纷附和，称机不可失、理应出兵。

屈巫扫视一周，见众望所归，才道："下臣已拟好檄文，呈请君王过目。"说着从袂中抽出一简。

司宫赶紧上前接过，楚庄王命宣。司宫声音细细，有如女子一般地宣道：

"楚王示尔：少西氏（夏徵舒又名）弑其君，神人共愤。尔国不能讨，寡人将为尔讨之。罪有专归，其余臣民，静听无扰！"

楚庄王颔首称赞："甚当！子灵果然考虑周详。只是齐君新立，吊旧迎新又何人可为？"

屈巫躬身答道："申叔时娴于辞令，素知礼，可以为使。"

"就依子灵所言。"楚庄王说罢，振袂而起，把手一挥道，"寡人心意已决，速发檄文，纠合诸侯，入冬进军。寡人将亲引三军，惩罚无道，扬威天下。"

屈巫和众人齐声："诺。"

九　绝代佳人

　　这次出师果如屈巫其言，出乎意料的顺利。陈国民众虽然对陈灵公的荒淫无度有所不齿，但对夏徵舒弑君的过激行动更不支持，因此接到楚国檄文，担心兵戎相见，玉石俱焚，老大夫辕颇竟领着文武百官齐聚宛丘北城门外，开门迎楚，不战自降。

　　宛丘原本是太皞伏羲氏的都城，世称"太皞之虚"。现中国著名的三陵之一的太昊陵（另两陵是黄帝陵、大禹陵）仍存淮阳县城关北，依旧游人如织，而春秋陈国的遗址早已无影无踪。天纵伊夫曾慕名而往寻找它的前世今生，但就如同他行走在其他古遗址一样，当地人一问三不知，却不无骄傲地回答，"中国的历史，一千年看北京，三千年看西安，五千年看安阳，八千年看淮阳"，说来说去还是伏羲氏。这也是中国人的禀性，向来以强者为尊，记住的只是光荣，而不是历史。

　　宛丘既名为丘，顾名思义，其城便建在一丘之上，只是此丘形如半岛，三面为湖水环绕，只有北边和陆地相连。于是，陈国人便因势利导在半岛的北根部建起城墙，正中开有一门，上修望楼，作为国门。只是不知为何这一国之都城的正门竟然叫墓门。大概是取语言拒敌之意，你想，墓门，墓道之门也，入侵者进此门就等于进入坟墓，岂不掂量掂量？虽可收不战而拒敌于城门之外之效，但毕竟是一国之都，仅一城门出入多有不便。为了方便农人耕种，又在东边水面最窄处建有一埝，地理学名词为地峡，连通东边的陆地，此陆地入口处也建一小门，因方位为东便叫东门。东门外因长满密密的白榆、柞树、杨树，风景清幽，很快就成为城中青年男女相会之地。寻欢难免喜极而歌，就有多首诗歌得以流传，以至于东门就成了男欢女爱的爱情之门。如《东门之池》的"彼美淑姬，可与晤歌"，《东门之杨》的"昏以为期，明星煌煌"，《东门之枌》的"穀旦于差，南方之原"（良辰美景正当时，同往南方原野处），就如同一条相约到成欢的完整记录。还有《宛丘》，干脆直言女舞者在此"无冬无夏"地跳舞，仿佛你只要通过墓门就能进入极乐世界。由此也可以看出，陈国作为东夷族人占主导的国家，又是以仁义著称于世的舜的后裔作统治者，国人喜舞乐欢爱远超征伐。

陈国人虽不擅武斗，但颇擅文斗。从西周到春秋，鲜见陈国为主挑头的攻伐之事，但直接评论国君的政治讽刺诗流传至今的就有两首。最著名的当是前面提到的《株林》，还有一首干脆就叫《墓门》。当陈国第十二任国君陈佗杀侄篡位时，陈国人就写了这首诗讽刺他。诗中道，"墓门有梅，有鸮萃止"，意思是国门外有棵酸枣树，猫头鹰在上面住。这会儿酸枣树早已蔚然成林，但来的可不是猫头鹰，而是南方的一只志在翱翔天下的凤凰。

楚庄王十六年（公元前598年），当楚庄王全身戎装、威风八面地站在六匹马拉的戎车上，踏着朝阳，风驰电掣而至时，城门外的酸枣树林前，早就黑压压地跪了一地人。按周礼规定："天子驾六，诸侯驾五，卿驾四，大夫三，士二，庶人一。"但春秋之时，由于周室衰微，"礼崩乐坏"，"政由方伯"，诸侯的僭越便习以为常。而楚国自楚武王时楚君皆称"王"，早已同周王平起平坐，所以楚庄王一直驾六。一些重臣像身边簇拥着的屈巫、子重、子反三人的战车和同行的一些小国诸侯都驾五，其他大夫则驾驷马或二马战车。何谓驷？套着四匹马的车。中间的两匹称"两服"，用缚在衡上的轭驾在车辕两侧；左右的两匹称"两骖"，以皮条系在车前，合称为"驷"。驷马高车当时最为流行，所以才会有"一言既出，驷马难追"之说。

这会儿，看着匍匐一地的陈国军民，楚庄王不怒自威地喝道："逆臣贼子夏徵舒现在何处？"

"闻上国天军驾到，已畏罪逃往封地株林。老臣为陈国大夫辕颇，愿领大军缉拿。"领头的一个须发皆白的老者施拜手礼自报家门后回道。

楚庄王就令子重领一军，由辕颇指使的一名陈国大夫带路，速速追拿夏徵舒。楚庄王自己则率领楚军和追随的几个诸侯国军队，由辕颇等陈国降臣在前领着，如同参加一场军事演习，浩浩荡荡驰入墓门，开进宛丘。

楚庄王直接住进了陈侯宫里。

兵不血刃就征服了一国，让大家都感兴奋。陈侯殿里，楚庄王端坐其上，那几个一同出征的小国诸侯和楚军将领分坐在两边，一片欢声笑语。辕颇等几个陈国重要降臣赔着小心候立在一边。

这陈国都城虽不大，宫殿却并不算小。由于陈国人是以东夷族人为主体，便崇拜太阳，因此陈侯殿内的主位后面的屏风上便绘有一个巨大的冉冉升起的太阳，只不过陈灵公这个太阳已经陨落，这会儿只剩下楚庄王这个太阳正光芒万丈。这时子重进来禀报："乱臣贼子夏徵舒抓到，请王兄发落。"

楚庄王大手一挥道："车裂以殉，以儆效尤。"又想起什么似的急忙问道，"夏姬呢？"

"也一并拿到。"子重道。

"善哉！"楚庄王命令，"带夏姬上殿。"

大堂一下子鸦雀无声，静得仿佛掉一根针都能听见。满屋子人都充满好奇地伸着脖子，就如同吊起的烤鸭，等着看这个"倾国"的女子出现。

仿佛好长的时间过去了，才见一个身着暗蓝色深衣的女子低着头缓缓走进。瀑布一样的黑亮乌发掩着脸，也看不清其表情。女子身材修长，合体的深衣更是把凹凸有致的身姿展露无遗。她的丰乳翘臀，这种成熟女性才有的撩人的性感美，最能刺激男人原始的欲望。一屋子眼光都不由得盯着她，追随着她，就像赌徒贪婪地盯着黄金。

她衣袂飘飘，款款而行，一直走到距楚庄王案几前两丈处才站住，所过之处，一种奇特的香味就弥漫开来，让人心荡神移。

"抬起头来。"楚庄王命道。

夏姬应声缓缓抬起了头。虽然因遭受巨大的打击以至于神情憔悴,但掩饰不住其非凡的美丽。

屈巫不由得想起了卫地广泛流行的一首民歌《硕人》。这是用铺陈的手法描写一个齐国美女庄姜的美貌,但其中"手如柔荑,肤如凝脂,领如蝤蛴,齿如瓠犀,螓首蛾眉"用来形容夏姬的天生丽质更为贴切。她的脸蛋并不是想象中的那一种妖冶狐媚之美,而是一种梅花雪蕊的美,用一句俗语就是梨花带雨的清纯美,即便是在此心境之下,颦眉蹙颏,目光忧郁,不经意的顾盼之间,仍脉脉含情。

屈巫一下子被震住了。作为世袭公族,他一生阅人无数,却从没见过如此的女子,就如我们现在常用"天使的面孔、魔鬼的身材、迷人的神采"来形容"神仙姐姐""梦中情人",但这多偏精神层面的爱怜并不激起情欲,而夏姬天真烂漫中透着玩世不恭的挑逗举止,这风骚的一面,尽管不属她有意为之,最能摄人魂魄,令人想入非非。刹那间,他感到自己的心脏几乎停止了跳动。

楚庄王也被夏姬的美貌和神态惊得目瞪口呆,好一阵子才回过神来。他此次伐陈本是冲着霸业而来,但这会儿见了夏姬又觉得应当是为她而来。他感到后宫佳丽虽然众多,就是他最爱也是最美的许姬,若和她比简直不值一提。怪不得陈灵公老儿会为她丧命,没有男人能抵挡住她的诱惑,我也不能。想到此,他就清清嗓子装模作样地喝问道:

"夏姬,你可知罪?"

"臣婢有罪,倾城倾国。"夏姬回答的声音不大,可众人听得一清二楚。她的语音轻柔明亮,如鸣佩环。

楚庄王一听,答非所问,没法开脱,便又"嗯啊"了一下道:"知罪就好。"想了想，又提示道："你可愿将功赎罪？"

"臣婢罪重，只求一死。"

这回答更答非所问。楚庄王本质上其实是一个粗人，只好直截了当道："你虽认罪，谅你一个妇人，又有何能倾城倾国？如愿跟寡人进宫，服侍寡人，寡人当既往不咎，赐你无罪。"

夏姬低头不语。

屈巫正坐在楚庄王左下首，和那几个小国诸侯坐在一起，一听连忙从心荡神摇中站起来道：

"君王，万万不可。"

"为何不可？寡人是王。"楚庄王一听有人竟然反对，定睛一看尽管是屈巫，仍不无愠色。

屈巫并无怯意，不慌不忙地说道："君王用兵于陈国，是讨夏徵舒弑君之罪也。若纳夏姬，是贪图其色也。讨罪是义，贪色为淫。以大义开始，以淫色为终，岂是君王所为、霸主该为？"

这段话字字千钧、句句有力，一下子击中了楚庄王要害。他内心激烈斗争起来，脸上的肌肉随之颤动，表情也不由得阴晴不定。他左思右想，右思左想，还是霸业比美色重要，便道：

"子灵之言甚是。只是这等世间绝色，再经寡人之眼，必不能自制。"楚庄王确实直率。

右下首的子反自夏姬进来，眼睛就直勾勾地从没离开过她，口水顺着嘴角吧嗒吧嗒直流，就像一个饿了多日的乞丐看见了色泽焦黄的烧鸡，眼里闪着恨不得一口吞下的贪婪的光。这会儿一听王兄已不收用，有机可乘，连忙起身施拜礼道："王兄，臣中年无妻，乞王兄赐臣为室。"

屈巫不屑地瞥了子反一眼,内心里对他的乘虚而入反感至极。平日就仗着是王弟,利欲熏心,啥事都掺和,啥好处都沾。休想!便又对楚庄王道:

"君王,万万不可许也。"

"什么?"子反一听,不由得以手按剑,双目就像是要喷出火来,直盯屈巫,怒气冲天地质问道,"为何不容我娶夏姬?"

屈巫转向他,仍不慌不忙地对他道:"司马休怒!据我所知,此女乃天地间最不祥之物。曾夭折了其兄子蛮,杀死其夫御叔,弑了国君陈侯,出逃大夫孔宁、仪行父,丧亡了陈国,这又致死其子夏徵舒,当得上倾城倾国,不祥莫大焉!天下美妇多矣,司马何必非要娶她,以待将来后悔?"

"这,"子反一听这全都是事实,一想这也太可怕了,便语气有些迟疑地道,"我不娶了。只是谁能娶得?莫非你想娶了不成?"说着,赌气似的一屁股坐下,"咣当"一声,几乎把地面砸一个大坑。

屈巫正待回话,楚庄王已息事宁人地道:"物无所主,人必争之。听说连尹襄老近日丧偶,还是赐他为继室吧。襄老听令,本王做主,赐夏姬与你为妻。"

后排一个身体黑壮、发须斑白、全身戎装之人应声而出,走到案几前,拱手谢恩道:"谢大王隆恩。"然后直起身好像不大情愿似的对一边的夏姬大声嚷道:"还愣着干啥?走吧。"

夏姬依旧低着头,也看不见她的表情,只见她身子微微颤动了一下,便转身随襄老而出,一屋子目光,除了子反仍愤愤不平盯着地面外,都不由得尾随着她,心中五味杂陈。屈巫也盯着她的背影,直到她已消失在殿门外,才突然想起什么似的匆匆追出大门。到门外一看,他俩正一前一后朝左边的楚军营地而去,便连忙叫道:"老连尹留步。"

襄老闻声停下,回过身不解地问:"莫敖有何见教?"

"红颜无错,美丽无罪,请好生相待。"屈巫道。

本来夏姬一直低着头,闻听这话,身子不由得又颤动了一下,她缓缓抬头看了眼前这个男人一眼。虽只是惊鸿一瞥,他分明看见她忧郁的眼中充满了泪水,且双唇微张,欲语还休,令人心酸而疼痛。

襄老答道:"诺。"

屈巫木木地站在那里,一直目送着丽人的背影随着襄老消失在拐角处,这才反身回殿。他心想虽然夏姬嫁给了这头从不知怜香惜玉为何物的猪,但也好过子反这头野兽,只是眼睁睁地瞅着美人名花有主,与己失之交臂,不由得一声长叹。

十 株林芳踪

　　屈巫在大殿门口稳了稳神,这才回到大殿中自己的位置上坐下,装作刚解决完内急才回来的样子。并没有人对屈巫刚才失态追出去太在意,只有楚庄王朝他大有深意地努嘴一笑。那意思似乎是说:伙计,我得不到,你也别想,咱们彼此彼此,哈哈。他们是玩伴,年轻时曾共同地热爱美女。

　　不过也仅此而已,很快楚庄王和大家的注意力就转到别的事上去。人大都健忘,就像在田野里无意中邂逅一朵鲜艳的花儿一样,看过了、赏完了,也就很少有人再流连忘返。也只有天生的情种或真爱之人才会刻骨铭心、念念不忘。

　　屈巫实在没有心情参与众人的谈论,更不愿等着参加庆功宴飨,而往常他总是这种场合不可或缺的灵魂人物。屈巫借口田猎,率军出城。

　　田猎是那时的时尚和习俗。周礼规定周天子一年至少要狩猎四次,为春蒐、夏苗、秋狝、冬狩。这也是当初屈巫之所以建议楚庄王用冬狩来摆脱斗椒而不引起他的怀疑的原因所在。一般农人冬季也要狩猎，如《七月》中就有"一之日于貉，取彼狐狸，为公子裘。二之日其同，载缵武功，言私其豵，献豜于公"之句，意思是："十一月上山猎貉，猎取狐狸皮毛好，送给贵人做皮袄。十二月猎人会合，继续操练打猎功。打到小猪归自己，猎到大猪献王公。"田猎并非全都是游戏，它既捕捉野生鸟兽，如麋鹿、兔、犀牛、狐、鱙等，"充君之庖"，也兼有驱驰车马，弯弓骑射，进行军事训练之目的。自然，这次屈巫并非真的要田猎，而是以此为借口出城不至于引人怀疑。今日一见夏姬，他忽然对她产生了强烈的爱慕之心，这是从未有过的。他压抑不住地想去看看她生活过的地方株林。这大概就是我们常说的爱屋及乌。

屈巫这次专门带着族中子弟子闫、子荡出征，这两个都是和他共高祖父的至亲，也就是我们所谓五服以内的同辈分子弟中的后起之秀，是他着力培养的对象。其中子闫经他保举现已为郢都东门的大阍（典守城门之官），他打算再向楚庄王保荐子荡为楚军王卒左右"二广"中的右广（楚王亲兵统领），这几乎就是职业军人，因为春秋时采取军政合一之制，并无严格意义上的职业军官。有战事，各级官员都首先要披挂上阵。三军统领也是临时指定，通常并非司马。到战国时才军政分开，例如相国一般就不再挂帅出征，而是由将军领兵作战。子闫已届中年，举止沉稳，但子荡刚及冠而立，正是血气方刚之时，仍需要历练，他才令子荡为御，陪他狩猎株林。

屈族参加此次征战的战车计有五乘。乘是当时军队的一个基本编制单位，由车上三名甲士（中间为驭手，左为射、右为战）、车后七十二名徒卒，再加上相应的后勤车辆与徒役构成。这有些类似于现代战争的步坦协同。按上面所说算来，每乘总人数近百名，屈族参战的族卒就有近五百人。他只带着屈府直接所属的二乘近二百人，朝株林而去。剩下的交由子闾率领同其他楚军一起驻扎在宛丘城中。

株林在宛丘城北二十里处，由一条官道相连。这走近了，才知要穿过一片梨树林。

正是早春天气，天气暖和，梨花便已开得正盛，远远地就望见一片雪白，铺在泛绿的原野上。道路穿梨林而过，走在道上，两边梨花相伴，清香满路。那一缕缕沁人心脾的花香，丝丝缕缕，令人神清气爽。

出了梨林，就望见有房舍倚卧在一小丘之前，有二十多间。房舍虽草顶泥墙，不甚华丽，但四周林木环绕，甚是清幽，有如世外桃源一般。也就是夏姬这样的绝世美女才配住在这里，屈巫不由得想。房前都是一畦畦苗圃，走近方知种着兰草、芍药，这会儿还没开花。只有绿绿的叶子在微风中摇曳，仿佛在欢迎他们这些不速之客。

一行人来到大门前，子荡一勒缰绳停住车，便敏捷地跳下，抢先将乘石放好，礼貌地搀扶屈巫下来。当时的车门都开在舆的正后边，男子乘车要踩乘石，女子则踩几。车门处还有一绳叫绥，供乘者上车时手拉。屈巫对他道："此地甚是清幽，今晚不妨宿营在此。你率人先到田野狩猎，为兄暂在此休息相等。"

子荡早就摩拳擦掌，一听交由他组织狩猎，更加兴高采烈，连忙答应着跳上车指挥着士卒朝原野开去。屈巫理解地摇头笑笑,人都年轻过,都有那份单纯的激动,这是人生中最美好的阶段。他想起了父亲屈干第一次让他组织狩猎时的情景,也是这样兴奋无比。

屈巫喜欢狩猎,狩猎对他也是家常便饭。先前他经常参加楚庄王组织的秋狝,自己每年也会带着族中子弟去云梦泽冬狩,曾亲手猎获过犀牛、狗熊等大兽猛兽,是个经验丰富的猎手和组织者。

冷兵器时代,一次狩猎就犹如一次作战。春秋时期记载的最大一次狩猎活动,是楚穆王九年(公元前617年),楚、宋、郑三国国君在孟诸的田猎。楚大夫申无畏当时为楚国左司马,便负责此次田猎的执法。狩猎时因宋昭公未按规定携带生火工具,尽管其贵至国君,申无畏仍执其驭手而鞭之,可见执法之严如同军令,并不能儿戏。

当时猎杀危险的猎物主要靠弓箭。大多数大型猎物在弓箭射中时,并不会立即死亡,而会负痛奔逃,往往需要猎手顺着血迹进行追赶才能捕获。猎物因失血过多而失去抵抗力,人们追上去再用刀剑杀死。因此,捕猎时必须尽量多人齐射,这不仅仅只是为了提高命中率,也是为了能够让猎物尽快失血,这样才能够在猎物未跑出视线范围内时就晕厥或死亡,免掉追逐之苦。

狩猎作战方式主要是伏击战。先勘察地形,选好伏击点。人分成四队。其中三队人员分别从三个方向敲锣打鼓、打草惊蛇以驱赶动物进入伏击圈。善射者一队携弓箭,进行伏击。动物能闻见人的气息,像麢两里外就闻得见人的气味,埋伏的人不能处在迎风口,得挑背风口设伏。

狩猎也有遭遇战。一次刚到围猎之地，就碰到二十多只麂正一字排开在一块地里拱食。屈巫就指挥人迅速冲上去，一阵齐射，一次就收获了十几只麂。但这种机会很少。虽然那时的动物不像现在这般视人为洪水猛兽，但本能的反应，一有动静，一看人来，就会逃之夭夭，不见踪影。

三年前的冬天，在云梦泽猎杀犀牛就是一次遭遇战，甚是惊险。他们刚出一丛林，越人就发现一只黄褐色的独角大犀牛正悠闲地在沼泽畔吃草，细小的尾巴还左右摇摆。屈巫立即率人从背风口潜伏过去，到了弓箭射程后，就示意放箭。猎犀牛要射头，只有头是它相对薄弱的环节，它的皮肤似甲胄，很难射透。哪知大犀牛头部虽中多箭，不仅不跑，反而向他们的方向猛冲过来。越人就在屈巫右边，赶紧起身一箭射过去，"嗖"的一声正中它的右眼，但狂怒的犀牛并不逃跑，反而加速朝他冲了上来。越人躲避不及，只好跃起，抓住犀牛的独角。犀牛角向上弯曲，且长在眼睛前，犀牛一甩头就把越人甩向了空中。越人来了个空滚翻，刚落到草地上，犀牛转身就朝他奔去。那巨大的犀牛蹄有千斤重，一旦踏在身上，他必死无疑。

说时迟、那时快，屈巫掂着剑就冲上去。可别想着他去杀犀牛，那犀牛皮糙肉厚，一剑下去就相当于挠痒痒，无济于事，而是一剑刺向其左眼，就如同打蛇打七寸，他想先把它弄瞎再说。犀牛负痛，疯了，成了名副其实的疯牛，又掉转身子朝屈巫冲过来。虽血流满面，但并不妨碍它直冲过来，用角顶他。其实屈巫有所不知，犀牛眼睛小而近视，一向看不清楚，所以才有"犀牛望月"的成语，但听觉和嗅觉极为灵敏，屈巫躲闪不及，只好顺势朝地一滚，只感到犀牛鼻子呼出的巨大热气扑面而过,他不由得骇出了一身冷汗,总算虎口脱险。犀牛咆哮着,朝周围乱撞,但已伤不着人了。旁边人围着持戈戟朝牛头牛脖牛肛门猛刺,就如同非洲大草原上的一群母狮正在围攻一只落单的野牛,一直到犀牛血流尽而死。

犀牛趴在地上,体型之大,就如同一座黄色的土丘。屈巫走过去,拔出还插在它眼中的血迹斑斑的剑,看着它庞大的躯干,心中全然没有胜利的感觉,反而有一种劫后余生的侥幸感。他朝后退了几步,向它长揖表示尊重。真的勇士都会这样尊重勇敢的对手,尽管它只是一只动物。

据说这是楚地有史以来最大的一只犀牛,需要十个人用杠子才能抬起。

从此,屈巫猎杀过麋鹿、大麕、野雉,但再也没见过犀牛。

…………

时光过得真快呀,不知不觉已从热血少年进入沉稳的中年。屈巫一边回忆往事感慨万端,一边带着那个出征时便一直在身边伺候的小家卒进到院中。

前院不大,但屋后却别有洞天。那是后园。据明人的《株林野史》记载,有乔松秀柏,奇石名葩,池沼一方,花亭几座。中间有一高轩,朱栏绣幕,甚是阔畅,此乃宴客之所。左右俱有回廊,轩后曲房数层,回廊周折,直通内院。园东是马厩,乃是养马之处。园西是空地一片,俱是梨花馥郁缤纷,香气袭人,正一所好花园也。

屈巫巡视一圈,才步进房中。只见一片狼藉,惨不忍睹,室内早被子重率领的楚军洗劫一空。

他让小家卒着手收拾清理,自己进到夏姬的内室。阳光正从雕花木窗牖透进来,零碎地洒在一个翻倒在地的古琴架上。他过去把琴架扶正,见一把古色古香的琴被扔在一旁,便小心翼翼拾起,放在琴架上。细瞅之下,这才发现琴额磕了一小角,一根弦已断,不由得既疼惜又暗自庆幸。原来这琴梧桐为面、梓木为底,漆膜坚硬而富有光泽,其断纹如梅花,此为梅花断,不历数百年断不至于如此。何况当时流行的琴统为七弦,此为五弦(古制五弦代表金木水火土,后周文王、周武王各加一弦方为七弦琴)。他虽不擅琴,但见多识广,一看便知这是稀有之物,必是夏姬所用,却如此被楚军糟蹋,故甚疼惜。

地上东一片西一片也都是零散的竹简。他一一捡起,逐一翻看,大都是郑国和陈国的诗歌,他读来只感诗香满口,引人入胜。也不知过了多少时辰,只觉得屋里光线变得昏暗起来,似乎有暗香飘来,忽然他嗅到了一种似曾相识的味道,他一下子想起了,这就是大殿中夏姬身上散发出的味道。他放下在读的竹简,闻香而行,转到床榻后,发现墙边并列摆着几个小黑陶罐。他拿起一个打开,那种独特的浓香便喷薄而出,在空气中涌动。他贪婪地吸着,仿佛要把它吸进肚里。从路上的梨花和房前种的兰草、芍药,他明白了这种香就是梨花和兰花、芍药提炼混合而成。

这时子荡冲进来,一进门就兴奋地报告道:“族兄真神了!此处人烟稀少,动物众多,狩猎大有斩获,不仅猎有野雉、兔子,还狩有两头大豕(豞)、四只麇鹿。”屈巫把罐轻轻盖上,夸道:“干得不错。记住派人给子闫送一半,令他们也分享战果。”又想起什么似的,对这会儿正站在门口的小家卒道:"把这几个罐子和琴、这些竹简小心收好带回府中。"小家卒"诺"一声,开始收拾。子荡有些不解地望着他,他不明白屈巫为何会沉溺于这些,在他眼里这都是破烂,而屈巫素来大方,往常所缴获的金银财宝全都赐给跟随的族中子弟,从不私占霸有。看他奇怪的眼神,屈巫笑了,解释道:"可别小看这些,这都是文化,这才是豪门贵族应当关注的东西,钱财之物倒是低档次的。"子荡似懂非懂地点点头。是呀,他怎么会明了族兄此时的心思呢。

睹物思人。屈巫知道夏姬并非徒有其表,如同一个花瓶。恰恰相反,她是一个喜欢种花养草的情趣女子,也是一个读书弹琴的知性女子,如此内外兼修、才貌无双的女子竟然在一堆臭男人眼里只成为淫荡的玩物,个个只贪其姿色,也就是所有人要的都是她的肉体,而不在乎她的心灵,这真是对她绝世之美的亵渎。他想,他绝不会这样做。此时此刻,他已拥有了我们后来诗人所说的"世人只爱你青春的容颜,只有我爱你朝圣者的灵魂"之爱情境界。

晚上队伍扎营在园子西边的一片空地上,只有屈巫独宿在后园的轩中。正是月圆之时,月华如水。看着月亮,他脑中不由得浮想起下午在房中看到的那首陈国《月出》诗:

> 月出皎兮,佼人僚兮。
> 舒窈纠兮,劳心悄兮。
> 月出皓兮,佼人懰兮。
> 舒忧受兮,劳心慅兮。

月出照兮，佼人燎兮。

舒夭绍兮，劳心惨兮。

屈巫吟咏着诗，触景生情，更激起了对夏姬的思念。也不知美人现在置身何处，是否也抬头赏月？说不定这会儿正躺在襄老的身下，一念及此，心里不免生出男性的嫉妒带来的疼痛。过了一会儿，又对自己的行为感到好笑。年轻时从没把女人当回事，快到中年，反而多愁善感，思恋起女人来，真是莫名其妙。正在这样自我排遣疏解之时，远处田野上火把闪闪，车轮滚滚，人声喧哗，似乎正朝此而来。出了何事？他正奇怪着，见子荡匆匆跑来报告道："族兄，各国诸侯求见。"

原来屈巫走后不久，楚庄王采纳子重的建议，宣布陈国为楚国的一个县，并任命子重为陈公，吞并了陈国。

随征的一些小诸侯国一听，既不敢怒也不敢言，但免不了兔死狐悲，便相约前去找他，因为大家在大殿上都见识了只有他的话楚庄王才听得进去。听子闾说屈巫田猎到了株林，便相约来到株林。他们哀求屈巫劝说楚庄王收回成命，保留陈姓社稷。辕颇老大夫更是声泪俱下地跪求。

屈巫一听，觉得楚庄王这样做实在不妥，这和纳夏姬没有本质的区别，都是把正义之举变成了一己之私。本欲随他们立即返回宛丘找楚庄王，可临上车前又改变了主意。一想到刚拆散楚庄王、子反纳夏姬的事，恐再多说反而无益。他想了想，还是把功劳让给申叔时吧，好在这里离齐国并不远，可连夜写信让子荡送给正在齐国出使的申叔时，让他速回劝说楚庄王。他安慰大家道："无妨，君王向来英明圣断，也不过一时之念。各位国君和辕颇大夫请先回去安心休息，容屈巫从长计议，定有佳音。"

大家都道："有劳莫敖。"这才愁绪满怀地离去，株林也才恢复到应有的宁静。

十一　归来

　　从陈国回来,楚军取道北线,顺便又陈师郑国西南边邑栎邑,展示了一下军威。在路上又颠簸了将近一个月,这才于仲春傍晚时分回到了郢都。郢都早就得到楚庄王凯旋的消息,主城门东城门的门道洞开,张灯结彩,官员和民众夹道欢迎,人人欢天喜地,脸上洋溢着快乐,充满自豪。

　　各贵族宅第的大门也全都大开,家臣家卒奴仆成排成列,立在两边迎接各自主人胜利归来。屈巫的戎车驾马打着响鼻,一直辚辚地驶进院里,停在望厦前的台阶下。

　　屈巫一眼就看见少艾等一群内眷正齐站在台阶上张望。少艾穿一身粉红背子(婢妾之服),正牵着一个龆年之童,接着听见她一声欢喜的娇呼:"主人回来了。"再接着那个男孩嘴里喊着"阿父"挣开她的手,飞快地从台阶上跑下,迎了上来。

　　战车停在孩子跟前。越人早递乘石,扶着屈巫下车。屈巫先摸了一下男童的头,高兴地道:"好,几日不见,又长高了。"

这个孩子是他的独子屈狐庸,是他与夫人所生。夫人病逝后,就由少艾带着。儿子一边摇着他的手一边道:"阿父又打大胜仗了。"

"嗯。"屈巫不置可否。他真不知此番征陈是否算胜。

"我也要像阿父一样上阵杀敌。"屈狐庸口气满满地道。

"有志气,是屈家的子孙。执干戈以卫社稷。我们屈族生下来就是武士,都有保家卫国、开疆拓土的义务。来,让为父看看你的本事。"

他解下青铜佩剑,递给儿子。这是一柄剑,刃呈柳叶形,中部起脊,护手呈兽头形,剑柄镶嵌着宝石。儿子立马双手拔出剑,努力舞着,小脸涨得通红。当时每把青铜剑重达四斤,这对一个儿童来说实在过重。看他力不从心的样子,让人忍俊不禁。

屈巫把剑接过来,插入剑鞘递给迎上来笑吟吟站在一边的少艾,对儿子道:"等再长大些,就没问题了。现在还得先长好身体。"

"诺,阿父。"

"去玩吧。"他又抚摸了一下儿子的头,爱怜地道。"嗯。"孩子答应着,蹦蹦跳跳地跟着越人卸车去了。

屈巫径直穿过大堂,往寝处而去。少艾捧着剑随行其后。

到屋里,少艾先把佩剑挂好,又领着门前的应答侍女替他脱去铠甲。屈巫穿的铠甲是由那次他亲手所猎杀的犀牛皮精心制成。据记载,殷商时期犀牛所能到达的北界,或还在内蒙古乌海一带。春秋时期的北界,则已缩减到了渭南山地、汉水上游、淮河流域直至长江下游。到公元前2世纪的汉代,中原就已经没有犀牛了。主要原因还是因犀牛是一种喜欢温暖气候的动物。从公元前 5000 年开始,黄河以北气候逐渐变冷,已不适宜犀牛的生存。人为捕杀,为了用其皮制甲,就如同现代人猎杀大象获得象牙。因此,春秋中期犀牛皮已不常见,楚军多数将士的铠甲都改用牛皮制作,但犀甲之称仍沿袭下来。

少艾道:"水已备好,主人。"她知道这是他的习惯,出征归来,总是先洗浴,洗去征尘。

他从屏风背面的后门直接走到内宅的浴室。浴室朝南,中放一个香柏木大澡盆,早就盛满了水,里撒辟芷秋兰,热气腾腾,馨香四溢。他脱光进去半躺水中,只露着头枕着盆边。少艾和几个侍女在旁伺候他洗浴。少艾站立在他对面,一直笑吟吟地看着他,时不时伸手试水温,并叫侍女添水保持恒温。热水装在一个叫浴缶的盛水器中。这种鼓腹、短颈、链环耳的器物,是楚国青铜器的特有器型,出土于河南省淅川县下寺,名字就叫鄬子佣浴缶。

前面也提过,自前些年夫人过世后,屈巫一直没有再娶。一来事情多,再者也没有看上眼的,家里内事自然便一直由少艾打理。虽然并没有明确其身份,但府里上下早都把她当如夫人看待。

这会儿屈巫隔着雾蒙蒙的水汽看过去,见她粉面含春,不施脂而白,玉指纤纤,如剥嫩葱,甚是鲜嫩。又见她满心欢喜地看着自己,就像是眼望亲人似的,屈巫多少有些感动,失去夏姬的郁闷也就减轻了许多,心情顿感好了起来。毕竟在外多日,也感到男性的生理欲望在身上膨胀,就道"还不同浴"?几个侍女掩着嘴笑,识趣地走出屋子,背站在门外。主人要洗鸳鸯浴。她们对这见怪不怪。

少艾忙把外衣脱了,只穿着裸露背部的心衣进到大桶里。他让她骑坐在他身上。这会儿她虽已不像先前那样害羞,但仍不是很放得开。

无意中碰到那昂然之物时,她不由自主地双股乱颤。

他笑谑道:"还颤什么?"

她脸一红道:"奴妾也不知,主人。"

屈巫笑道:"还是大点好,你早就该明白。"说着,便全力挺入……

事后他回到房中就睡着了,可能连日舟车劳顿,适才耕作又过于辛苦,醒来夜已深。少艾正踞坐在榻边等他醒来,嘴角则带着新婚女子惯常见的几分羞赧的笑意。见他醒来,忙侍候他穿衣束发,然后陪他到外面的庭堂里坐下用餐。

烛光下,主案几上早摆满了珍味佳肴。伴奏的乐师女乐早就在前各司其位准备演奏。贵族正食都击钟列鼎而食,所谓钟鸣鼎食之家是也。

屈巫在正中的主位坐下,扫了一下四周,就他自己,问:"庸儿呢?"

少艾道:"早已吃过,睡了,主人。"

"守一、越人呢?"他也常令他俩陪他饮酒。

"家尹本一直等着,见天晚了,先歇了。越人也吃过了。"她迟疑一下答道。

他摆了摆手,道:"都下去吧。"女乐、乐师、众侍女答应着,徐徐从两边厢退下。他实在没有心情,就打发了他们。见他们已消失在屏风后，这才又对少艾道："坐吧，你陪我饮。"她总是这样的乖巧，屈巫不发话，从不越雷池半步。

"诺。"她跪在他对面，从一个椭圆形的青铜兕觥（盛酒之器）里把酒斟进他面前的青铜爵里，又把自己面前的一爵斟满。他们饮的是香茅酒，这是最具楚国传统特色的酒。楚人向周天子进贡、祭祀神灵都用它，品质极佳。

他示意了一下，自饮了一大口。见他饮过，少艾才左手端上爵，右手提起香袂一遮掩，一抿嘴喝下去。那时穿着长袍大袖，都这个姿势饮酒，很是文雅。

屈巫问道："家里如何？"

"一切都好，主人。"她回答，又迟疑了一下，"就是越人近来有点反常。"

"哦？"这的确出乎意料，便引起屈巫警觉。对身边的人他向来都很注意，这是位高权重人的通病。这次出征陈国主要想没有战事就没有带越人，而是让他在家送屈狐庸上小学并教其习武。按理屈巫回来他应在跟前伺候，竟然不在，但没想到他会有情况。

少艾道："奴妾也是听家尹所说，又找庖人（厨师）核实过，越人现在常从庖厨拿食物出去。"原来越人生于草莽，习于生食，一直习惯手撕生吞、茹毛饮血，进城到府才改熟食，但即便参加宴饮，仍像原先惯于下手或用刀。当初屈巫曾教他用箸，说箸长七寸六分，代表人之七情六欲，顶方根圆代表天与地，可不能小看用箸，这是人兽之分的大讲究。而越人虽睁着清澈双眸用心聆听，也努力实践，无奈仍旧习难改，屈巫也就由他去了。越人也从不按时按点用餐，饿了就去庖厨抓块现成熟肉狼吞虎咽,果腹了事,向来吃荤不吃素。这从庖厨带食物出府的确不同寻常。见屈巫凝神静听,她又继续道:"奴妾留心观察,发现他常夜不归宿,好像外面另有歇处。"

"哦!"屈巫只眉毛动了一下,"饮酒吧。"

"是,主人。"少艾双手捧着爵陪着他饮,饮完就起身从墙边的青铜鉴缶里添酒再斟。本来鉴是装水,缶是装酒,但楚人把它套在一起,天热了把冰放在鉴里镇缶里的酒,起到保质的作用。到了冬天时,则在鉴中贮存温水,又可起到温酒的妙用,这样就可确保喝到"冬暖夏凉"的酒。少艾见他心情有些沉重,喝得快,一爵又一爵,她知道这酒虽口感醇柔,但后劲大,快饮极易醉,便想让他慢饮,就转移他的注意力道:"主人走后,奴妾新学了一段郑舞,想起舞为主人助兴。"

屈巫道:"好吧。"偌大的堂里,尽管灯烛高悬,明亮如昼,但就他俩,自不免形单影只,起舞想必能活跃一下气氛。

少艾唤进乐师后至席前翩翩起舞。她知道主人雅好歌舞,所以平常练得很上心,舞得煞是袅娜多姿。看着她曼妙的舞姿,醉眼蒙眬之中,仿佛就是一个夏姬在眼前翩翩起舞,还不时向他回头一笑,千娇百媚。他忽然想起看过的那首描绘舞女的陈国诗歌《宛丘》:

> 子之汤兮,宛丘之上兮。
>
> 洵有情兮,而无望兮。
>
> 坎其击鼓,宛丘之下。
>
> 无冬无夏,值其鹭羽。
>
> 坎其击缶,宛丘之道。

无冬无夏,值其鹭翿。

也不知这会儿夏姬怎样?是否也如同他这般借酒浇愁?还是在陪着那老家伙……没来由的嫉妒啃咬着屈巫的心,令他胡思乱想,不得片刻安宁。想着想着,酒劲上来了,不由得头一歪,一下子就伏在案几上睡熟了。

黎明时分醒来,屈巫看见自己正赤身躺在温暖舒适的被窝里,一时竟不知身在何处。他素喜裸睡,只有在床榻上他才能彻底放松自我,不再设防。屋角的人形高角灯还微微亮着,更衬得整个房间温暖舒适。少艾和衣趴在床榻边睡熟了,头朝向他。睡梦中脸蛋就像一个孩童,嘴唇还时不时蠕动着,让他爱怜。他不由得又一阵心动……

身为天生的王公贵族,府中有这么多女子,屈巫只要愿意从不会缺少女人,也不稀罕女人,但对少艾他感觉与别的女子不一样,尽管她从不会在床榻上讨好他,只知一味顺从。

十二　蹊田夺牛

就在此时，一辆辋车匆匆驶到了楚王宫东门前。车停下后，申叔时匆匆而下，拍门叩见楚庄王。门尹闻声而出，一看是他，便一边打着哈欠，一边好心地劝道："老大夫，刚过卯时，大王此刻正在安寝，能否等到天明再行觐见？这天马上就放亮了。"

"不行，我有十万火急之事面见王上。"申叔时不屈不挠地坚持道。

本来按规定申叔时出使应乘驷马轩车，接到屈巫的信，为了赶时间，他便乘快捷的辋车，日夜兼程，总算楚庄王前脚刚到宫中，他后脚就从齐国国都临淄回来了。

楚庄王这会儿并不曾入睡，仍在寝宫左搂右抱、颠鸾倒凤。出去了好一阵子，宫中几个素来得宠的妃嫔早等得望眼欲穿，岂能轻易放过他？他不得不一一交代，普降甘霖。于是，楚庄王从黄昏时起就有如辛勤的农夫耕耘在良田沃土上，不停地做着"俯卧撑""活塞"运动，即便是钢浇铁铸也难抵不停的风吹雨打，何况他毕竟还是个血肉之躯，早从不亦乐乎变成了疲于应付。因此，这会儿一听司宫在帷帐外小声报申叔时有要事求见，不仅不恼他打搅，反而如同囚徒获得大赦一般，赶紧搬开那如藤萝绕树般紧紧缠住自己的雪白四肢，只披着内衣赤着脚就朝寝宫门前奔去。"吾王，快去快回，还要……"帐中人呢喃着。"知道了。"他头也不回地答，逃也似的离开了这个人人向往的温柔乡。

申叔时正在寝宫门外垂首而立，见楚庄王出来，便赶紧施拜礼，道："老臣见过王上"。

"免礼。"由于歪打正着"救驾有功"，楚庄王一见就高兴地问道，"老大夫寅时就来，莫不是急着来向寡人道贺吗？"

申叔时道："非也。老臣奉命出使齐国，齐新君向老臣问案，老臣不能解，而君命不可违，老臣只好星夜赶回请教王上。"

"哦，这世上还会有令老大夫为难的问题？"楚庄王来了兴趣，道，"可讲于寡人。"

"一个人牵着牛从别人家田里过，牛践踏了一些庄稼，田主是不是就该没收他的牛？"申叔时郑重其事地长揖问道。

"牵着牛，踩坏了人家的庄稼固然不对，但因此而没收他的牛，这处罚也过重了，照价赔偿损失即可。"楚庄王说完又不免疑惑地问道，"这么简单的事还不明白？还用得着星夜向寡人请教？"

"老臣鲁钝，不能解，还是王上英明。"申叔时依旧郑重其事地长揖道。

见他那样，楚庄王不由得一拍大腿，恍然大悟道："老大夫哪里是请求寡人断案，这是在让寡人把没收的牛再让其主人牵回去。"

"王上实在英明。"申叔时仍一本正经地施拜礼道,"承蒙王上指教,老臣案件已解。老臣这就赶回齐国回复齐侯。王上请安歇,容老臣告退。"

说罢,申叔时缓步退出殿外,疾步返回到车上,又向齐国奔去。辐车在原野上独自朝东疾驰,前方天空已露出了第一缕阳光。新的一天开始了。楚国新的一页也翻开了。

顺便插一句,从申叔时进谏的水准来看,如果历史上真有"一鸣惊人"之事,进谏的当事人最有可能是他,而非《东周列国志》中所说的"大夫申无畏入谒"。前文说过,申无畏性格过于刚烈,并不知权变,难堪此任;更非《史记·楚世家》中言之凿凿的伍举。伍举是楚庄王四世孙楚灵王时的著名大夫,这时最多还处在襁褓之中。司马迁肯定张冠李戴了。这是为天纵伊夫读史纠错之举,望读者明断。

楚庄王远非一介武夫,他极有政治智慧,向来从谏如流,这也是他之所以会成为天下霸主的主要原因之一。申叔时一走,他并未回寝宫满足"还要",而是立召辕颇,也就是带头降楚的那个原陈国老大夫,灭陈后也一并将他带至楚国。进宫的还有孔宁、仪行父。楚庄王吩咐他们道:"寡人决定召回公子重,尔等可速赴晋迎回公子午,立他为陈国国君,延其宗祀。陈复国后要世世附楚,勿负寡人好生之德。"这些人一大早被突然带至凤殿,不知为何,本惴惴不安,一听原是如此,个个喜极而泣,头磕得如同鸡叨米,直到宫人再三催促,方感激涕零而去。辕颇一行离开郢都前,专门到屈府致谢复国之情。屈巫只传话出来,让他们记住楚王恩德。他们只得在大门前隆重地行了大礼，这才恋恋不舍离去。这新立的国君就是陈成公。成公在位三十年，终其一生都唯楚国马首是瞻。

次日朝会上，众臣仍争先恐后为楚庄王灭陈设县歌功颂德，大殿里溢满一片赞美之声。楚庄王端坐位上，面无表情地听着，一言不发。等众人纷纷表白完了，他这才表情严肃甚至有些严厉地说道："尔等所言甚是热闹，寡人只有一事不明，请众大夫解释。"看大家目光纷纷朝向他，他才继续道："一个人牵着牛打别人家田里走过，牛践踏了一些庄稼，该如何处罚？"

大家异口同声道，按价赔偿毁坏的庄稼。

"不错，都深明事理。"楚庄王点点头道，"可田主如果没收这个人的牛作为赔偿呢？"

大家又七嘴八舌地道："没收牛？太过分了。""这是强取豪夺。""这是欺诈，君子不为。"……

"既然如此，那么我们灭陈设县，是在赔偿庄稼，还是在没收牛？"楚庄王追问道。

大家一听，无人再吭声，大殿里一片静寂。

"这么简单的道理为何当初就没人劝谏寡人？为何现在就没一人反对在陈国设县？"楚庄王目光犀利地扫视了众人一圈，这才断然道，"寡人已决定将牵来的牛再牵回去，令陈复国。"

这变化也太大了，众人不由得愕然，只有屈巫一人应声离席奏道："伟哉！君王圣明。但臣以为，君王替天行道，主持公义，诛杀忤逆贼人之壮举也不能不彰。臣建议由陈国每乡迁一户入楚，划域而住，既然陈国为帝舜之苗裔，可名为夏州，以纪念舜德，更记君王牵牛返牛之不世功勋。"

"美哉!"楚庄王转怒为喜,高兴地赞道,"还是子灵深得寡人之意,就由子灵照呈办理。"

楚庄王灭陈又复陈之举,在当时影响极大,受到天下人交口称赞。如西汉《淮南子·人间训》载:"诸侯闻之,皆朝于楚。"《史记·陈杞世家》载:"孔子读史记至楚复陈,曰:'贤哉楚庄王!轻千乘之国而重一言。'"

散朝后,屈巫在众大夫的簇拥下,步出大殿,走下台阶。正待乘车回府,忽见司宫执拂尘、迈着小碎步匆匆忙忙赶上拦住道:"莫敖请留步,君王有召。"

"君王相召,所为何事?"屈巫一边跟着司宫朝回走,一边问道。

司宫警觉地扫了一下周边,尽管并无外人,还是声音低得几乎像蚊子哼般说道:"恐为申公。"

司宫当初还是小阉人(太监)时,曾找屈巫营救楚庄王,两人有深厚的患难情谊,所以便实情相告。

患难来自前面提到的人质事件。当时楚庄王的两个老师斗克、王子燮夺权失利,就打起了学生的歪主意。他俩仗剑夜闯楚王宫,某种意义上就如同押送俘虏一般把楚庄王押到车上,挟持着他离开王宫朝城外而去。慌乱之中,楚庄王只得朝正巧在身边的一个小阉人丢了个眼色,小阉人会意地点点头,连夜跑去找到屈巫。屈巫尽起府中家卒追赶,在庐邑和当地大夫戢黎合谋诱杀了斗克、王子燮,这才救得楚庄王脱身。小阉人也因此次特殊表现,被楚庄王任命为近卫之臣的首领司宫。

屈巫"哦"了一声,便随着司宫一直进到宫内后园那个最大的水榭中,见楚庄王已到,竟然一反常态,正颓坐在主案几前沉思不语。

屈巫施拜礼后道:"君王仍面有忧色,何也?"

楚庄王长叹一口气道:"寡人听说,诸侯自择老师的可以称王,自择朋友的可以称霸,自满自足而群臣比不上他的就会亡国。现在凭寡人这样缺才少能之人,在朝商议大事,群臣就没有比得上的,楚国大概要灭亡了吧。寡人为此心忧啊!"

说着,楚庄王一指案几对面说道:"坐吧,子灵。也无外人,就略去君臣之分。唉,满朝之中,也只有你、孙叔,还有申叔时善于进言献策,子重、子反及众大夫都不能为寡人分忧,只会唯唯诺诺,寡人怎能不忧?"

屈巫听罢轻轻一笑,如同恍然大悟般道:"臣还以为君王久别重逢,群英荟萃,雨露均沾,好虎自不免难敌群狼(难满足内宠),是以忧色,原为此呀!"也因他们是自小至大的玩伴,屈巫才会在只有两人之时如此些微放肆,以缓和气氛。果见楚庄王脸色转缓,这才满脸严肃地进道:"臣以为,君王能有此语,实是社稷之福,君王大可不必过于自责。君王本为一代雄主,想我楚国明君贤臣,君臣同心,将士用命,造就霸业,还不是势所必然,指日可待!臣却觉得君王之忧恐不在此,而在于兵不精矣!"

"哦?"楚庄王一听,精神为之一振,不由得支起身对屈巫道,"还不快快落座,子灵有何教寡人?"

屈巫近前坐下,不慌不忙伸展好衣服后才道:"君王英明,怕是早胸有成竹,岂需臣多言?"他知道两人虽是玩伴,但今非昔比,该适可而止了。

果然楚庄王转移了话题,问他道:"突召你来,确有要事相议。你也知申县对社稷之重要,现虽由寡人代管,但这并非长久之策。寡人想任命新申公与寡人分忧,不知子灵认为国中谁堪大任?"

楚庄王所提的申县北接中原,东连淮夷,乃楚国的北疆门户和挥师北进的桥头堡。作为楚国第一大县,物产丰富,农人众多,也向来为楚国最大的赋税收入和军队来源,其战略和经济地位较之楚国江汉、江淮地区更为重要。正因为如此,楚庄王才会在谁出任申公上颇费思量。

"臣以为申叔时。"屈巫答道。

"哦,为何荐他?"楚庄王不由得问道。

"申叔时老谋深算,又是申地人,甚当。"屈巫道。

楚庄王缓缓摇摇头道:"申叔时老矣,坐而论道尚可,但主政一方、练就精兵欠妥,并非寡人最佳人选。"他朝前挪了挪身子,双肘支在案几上,推心置腹地道:"子灵可知寡人属意何人?"

屈巫装作搜肠刮肚想了好一阵子才道:"臣实不知朝中还有超过申叔时之人。"心里则想,就是知道也不能说。

"哈哈,那人远在天边,近在眼前。"楚庄王朝后一仰,开心地大笑道,"寡人再三考虑,只有子灵文武全才,向为国家的股肱,堪比本王之子文。申公非子灵莫属。"

"还是君王知人,独具慧眼。既然君王主意已定,臣唯有遵命。"屈巫赶紧站起施拜礼,严肃地道。屈巫不再推托,他知道这项任命意义重大，不能再在楚庄王面前虚情假意地谦让，那只会令他反感。而内心里他早就认定申公之位的确没有比他更为合适之人。

果然，楚庄王满意地说道："记住，仅仅治理好地方远远不够。先祖文王当年征申后曾在此打造了一支劲旅'申之师'，为楚国开疆拓土立下了汗马功劳。现如今这支队伍已经老迈，不堪其用。要想打败晋军，报城濮之耻，确立霸业，寡人急需一支全新的'申之师'冲锋陷阵。寡人这才下定决心，令子灵治申。子灵责任重大。"

"臣一定不负君王重托，练就万人精兵。"屈巫誓言道。

"好，精兵万人，一年为期。还望子灵尽早启程，不负寡人之托。"楚庄王猛一拍案几道。他一高兴不是击掌、拍腿就是拍案几，逮着什么拍什么，虽动作幅度大，但甚是洒脱。

"诺。"屈巫又施拜礼道。

十三　齐国女间

　　到申县赴任前，屈巫还有一件要事没办，就是如何安置越人。他相信自己的眼光和判断，也相信越人像青铜一样的忠诚，肯定事出有因。因此，才在回家的翌日一起床，屈巫就招来守一，令他暗查此事。

　　这不他一从宫中回来，刚换过衣服在书房坐定，守一便进来报告事情的来龙去脉。

　　原来自屈巫出征后，越人每日除接送屈狐庸上小学并辅导其习武，并无事。他骨子里还是少年心性，喜欢喧哗热闹，又来城里时间不长，这一有空闲就难免四处游游逛逛。

　　前面说过，郢都经过近百年的发展，早已成为南方首屈一指的大都市。后人曾有"楚之鄂都，车毂击，民肩摩，市路相排突，号为朝衣鲜而暮衣弊"（意思是楚国郢都，车水马龙，人流如织，摩肩接踵，道路四通八达，早上穿新衣服进城，晚上就被挤破弄脏了），来形容其繁荣昌盛。考其出自汉人桓谭的《新论》，这话肯定夸大其词。

人口稠密、近三十万之众却是确凿无疑的事实。其人口规模可据现存水井数量测算出来。据对纪南城遗址的勘探发掘,在全城发现水井五百口以上,而水井是人类定居点最为确凿的标志。就像鱼儿离不开水一样,人类的集聚生活离不开水井。既然有如此众多人口齐聚于此,自然商贾云集。自然市井上什么行当都会有,像当时流行各国的吹竽鼓瑟、击筑弹琴、斗鸡走狗等娱乐活动,对不管哪里的青年人都有吸引力。

越人喜欢往人多的地方凑,哪里热闹就往哪里,就像头回进城的乡下小子,东张西望,看什么都新鲜,见什么都有趣,只恨双眼不够使。自然,他看别人,别人也会看他,就如同现在内地城市的市民好不容易看见一个黄头发白皮肤的外国人一样。他那副扮相也真够吸引眼球的,真值得一看。话说那天看热闹时间长了些,天擦黑,才往回走。他本来从府里出来,都是先由东往西再朝北走到蒲胥,前面说过,蒲胥之北是里闾(平民区),之南是手工业作坊区,而蒲胥就在两区交接的中间,是最为繁华热闹之地。一般他在这里盘桓数时,然后再从原路折回。这次临时起意改由先往北再往东,再朝南回府。刚行到西北部一里闾口,也就是一街巷口,忽见一男子携着衣物昂首向天而过,还撞了他一下也不停步,随后就有一女子追出。该女子披头散发,裸露着两只大白胳膊,在苍茫中泛着淡青色的光芒,很是扎眼,想必是匆忙之间赶出,也没顾得上穿外衣。他听那女子边走边哭诉道:"这不与钱也就罢了,为何还抢人衣物。"越人一听,不由得就停住脚步。

只听那男人道:"拿是看得起你,你要这男人衣物何用?不要不识好歹,没赶你走就是开恩。也不打听打听,这一片谁不知我不二大名,再不识抬举,就让你滚出郓都。"

女子一听,脚一停,不言语了,呜呜哭了起来。

越人虽不甚了解世情,但也看得出这个男人正在欺负女人。他是真正的勇士,天性中就见义勇为、好打抱不平,就转回身道:"这位兄长,怎同妇人相争,令人不齿。"

"你是哪里冒出的?"那人见有人出头,便停步回过头上下朝越人打量。天黑也看不甚清,要是白天估计看见越人扮相也不会那么嚣张,但听口音并非郓都之人,那人就威胁道:"敢管不二之事。"

"路见不平,人人可管。"越人道。

"我看你是吃饱撑的。"说着,这个自称不二的家伙转身冲过来挥臂兜头朝越人就是一拳。他原不过是横行惯了,全没把外乡人看在眼里,就像现在的城市混混看不起农村人似的。越人灵巧一闪,就势一个勾腿就把他摔了个嘴啃泥,左手中的衣物正好掉到追过来的女子脚下。不二恼羞成怒地爬起来,狠狠地朝地吐了口吐沫,又双拳乱舞地冲过来。他那点花拳绣腿当泼皮横行乡里还行,岂是越人对手。越人三下五除二,就把他打得满地找牙。要不是那个女子过来拉他住手,怕是早就让不二小命呜呼哀哉了。最后不二挣扎着爬起来,直到感觉距离安全了,这才回身朝越人嚷嚷着"有种你等着",狼狈而窜。

越人弯腰把衣物拾起递给了那女子。女子接过衣物,只看了他一眼,也不道谢,又哭哭啼啼只管回去了,把越人撇在那里。越人这样做完全是出于本心,本也没指望别人感激,也就没在意。越人是个一诺千金之人，正要走，忽想起那人逃走时曾让他等着，他还真的站在那儿等着。可等了半夜，也没见那人来，这才回去。从此以后，他每天都早早去那里站等，就如同太阳升起一样准时，又如磐石一般坚定。他那副扮相：披发文身，两手夹在腋下，腰插佩刀，甚是扎眼，过往行人看他还真怯他三分，都绕着走。那个不二岂敢再露面？或许他也纠集了几个小混混，但来人一看越人那架势，早就闪得无影无踪，哪敢出头？这类人终归不过欺软怕硬罢了。

等了几天，也不见那家伙再过来。那个被救的女子出来了。她在不远处倚闾柱而立，默默看他。南方多雨，雨说下就下，那天傍晚突然下起雨来。雨滴如乱珠打在地上，打在越人身上，他仍如石像一般站在闾口一动不动，身上全被淋透也毫不在意。雨一下，女子就跑走了，这会儿拿着一个大箬笠跑了过来。这是一种用竹篾、箬叶编织的斗笠，属南方最古老的挡雨遮阳的器具。她把它双手举在越人头上，自己淋着雨。她已观察越人好几天了，早就想把他让进屋中。她之所以那天阻止越人再揍不二，后来又迟迟不露面，也是怕越人甩手就走，不二报复。现在看到这个年轻的男人如此的顶天立地，值得依赖，值得托付，就被感动了。她为自己的患得患失而羞愧，才过来送斗笠。雨越下越大，她拉着越人的手不由分说就朝闾里走，任凭雨水浇淋。当然，要不是被她所牵，越人恐怕就不会跟着走。

原来这女子是齐国一个小有名气的女闾，也就是我们常说的青楼中的花魁之类，那时还不叫青楼，只称闾。也是年龄大了，想从良，才于去年被一个在齐国经商的楚商所赎并带到楚国。谁知刚来郢不久,还没等进商人的家门,商人就患急症死去,把她独自撇在事先给她租住的房子里。房东就是不二。他本是当地的泼皮无赖,现见她举目无亲、无依无靠,又颇有姿色,就白占她便宜,她也认了。谁知不二得寸进尺,还抢拿商人留下的衣物,她这才哭着追出。也活该不二倒霉,这次正巧被越人碰上,才吃了苦头。

女人像牵一头牛一样把越人牵进屋中,默默脱去他的湿衣,给他擦身。越人此前从没享受过女人的关照、温暖,现在看着由于衣服湿透了而略显的女性胴体,只觉血脉偾张,全身燥热。他全然没有抵抗力,任凭她作为。在这个经验丰富的女人的爱抚引诱下,两人成就了好事。这越人正值青春,一碰上这事,难免烈火干柴,一下子就陷入情网无力自拔。可越人虽然贵为屈巫卫士,但此前吃住用度都在府里,单身一人,并无钱财概念,这有人需要接济,便只好从府里拿出食物过去相送,这也是他的单纯处,庖人自不好拦阻,只有偷偷报与守一。守一想了想这是屈巫信任的越人所为,自不好处理,只好又告知少艾。这才令屈巫得知。

守一汇报着,屈巫不动声色地听着,并未多说。当天傍晚,屈巫便换了身寻常百姓常穿的黑色短褐,头上戴着帻,由守一相领,找了过去。

这还是屈巫有生以来第一次深入到平民生活的闾中,往常最多只是从街道经过时无意中用眼光扫过,并不存心。现在发现这里同府中就如同两个世界。仲春的日暮,天气依然凉爽,但行在这里,心里不由得燥热。房子一间又一间紧紧相挨,密不透风,让人看着就透不过气来。屋子形状一律呈“人”字形,茅草为顶,木板木条为墙,破帘为门。由于年久失修,又日晒雨淋,大多木头发槽,发出一股怪味,还不如府中的马厩牛栏整洁。看来楚国因征伐扩张带来的巨大财富并没惠及平民百姓,人们大多还是生活在水深火热之中。

自然屈巫前来不是怜贫问苦、体察执政得失,他是来实地考察自己卫士的忠诚。屈巫被守一引着走进一个院中。相对而言这里略为齐整。院中是一眼水井,井栏用条石围着。井栏旁边放着一个从井里提水用的汲水罐。那时只有王公大臣才有权有条件使用青铜器,普通百姓生活起居大多依赖陶器,从吃饭的食器,到煮饭的炊器、盛放东西的罐,以及这从井里提水用的汲水罐无不如此。院子东、南、西三面都是低矮的茅草房子,只有正南的那间是黄泥墙,有屋檐,前用两根方柱撑着,门旁还有一棵南方常见的小枇杷树,一边还有一个大石臼。守一示意越人就在这里。屈巫见门虚掩着,屋里有火光隔着门缝透出,便自己推开门走了进去。只见越人正背对着门和一女子围坐在里屋一角的火塘边用楚式陶鬲煮着饭,熊熊火光映照着他们的脸,场面很温馨。

原来这天越人刚到女子住处,把带来的稻米交给女人,女人把它倒进鬲中,俩人正生火做饭,屈巫就推门而入。他俩并没意识到屈巫进来,恋人往往总沉浸在自己的小世界里,对外界的反应不是一般的迟钝,听见屈巫有意地咳嗽一声,俩人才回过头来。越人一看,惊讶之余,不由得喊了声"主公",忙起身单膝跪地、抱拳行礼。那女子是风尘中人,看他突然出现也不免慌乱,她并不知屈巫确切身份,通过越人也猜出其主非富即贵,但还不至于失态,看来是见过世面,也忙跟着起身施了一礼。

屈巫仔细打量一下那个女人。这是一个二十七八岁的女子,面似银盘,骨架高大,而当地女子都细眼溜肩,娇小玲珑,一看就来自北方。其面相明显比越人大,穿着一身平民百姓中很少见的大红齐胸襦裙,头发插一支玉簪,这玉制的簪子,后来又名"玉搔头",向来非民间所有。当地民间女子都戴荆枝制作的髻钗,所以才会有"荆钗布裙"借指贫家妇女之说。

屈巫冷冷地对她发问道:"你是何人?姓甚名谁?"

"妇家姓齐名华子,大人。"

"何地人氏?为何至此?"屈巫毫不客气地就如同审问般道。

这个自称齐华子的女子道:"妇家为齐国临淄人,以间为家,因遇人命薄,中途死去,才流落此地。"

屈巫一听彻底放下心来,这并非仇家之设套。大人物最担心的是遭遇对手的潜伏。又见她说实话,应答得体,就感到人还能用,就点了一下头,面色变得和缓地对越人道:"起来吧,这事为何不早告知我?"

越人站起有点难为情地说道:"本想告知主公,看主公刚回事多,还没来得及禀报。"他说的也是实话。

主仆俩人说话时,齐华子自然而然地拽了拽越人的衣服,是在帮助他把起皱的衣裳伸展开。而越人看来已习惯被她照顾。屈巫明白了,像越人这种从小失家的男子常自觉不自觉地寻找母爱的呵护和照顾,姐弟恋对他可能更适合,就体谅地微微一笑,道:"按说你也不小了,这实属人之常情,并不为过。我本意过些时日就在府里家臣适龄之女中给你寻一门亲事。"

越人一听,急忙跪下道:"主公不用,越人不娶。倘若娶,非此女不娶,求主公成全。"

屈巫一听,面朝那女子道:"莫非你也是认真的?"

那女子连忙道:"妇家认真,决无二心。"

"那就好。"屈巫满意地点点头,又问齐华子道,"家中可有亲人?"

"只因双亲早早过世,妇家才安身间中。"

"既然如此,"屈巫道,"那我就成全你们。《南山》云:'取妻如之何?必告父母''取妻如之何?匪媒不得。'我是越人之主,也是越人的家人,现也算你的家人,既然你俩都双亲不在,今天就由我做媒做主,令你俩结为夫妇。"

这样的安排对两人如同喜从天降,越人和齐华子幸福地相视而笑。齐华子拉着越人齐齐跪拜谢恩。

屈巫之所以如此安排也并非完全临时起意。原来他常出使齐国,在临淄,也曾多次被招待着去"女间"消遣。这女间就是管仲开的"以安行商"的中国最早的国立妓院。按周礼,"五家为比,五比为间",则一间为二十五家。管仲设女间七百,足见规模之大,妓女人数之多。据说贵为国君的齐桓公也是常客。如此官办风月场所,获得的巨额税收,令他颇为吃惊,也深受启发,早就想在楚国也如法炮制。当然不是官办而是自办。现府中人口众多,花销日大,再加之维持各国情报系统的运转,也急需开源。而办女间,能日进斗金。再者这里是鱼龙混杂之地,消息灵通,他也需要这个渠道掌握郢都各层面的情报。只是虽早有此心,可碍于身份和没有得力人手,一直迟迟没办。

今天一听守一汇报，又一见齐华子，不由得计上心来。她是齐国人，在此并无瓜葛，用之可靠。她又有从业经验，很快便能上手。如果由她出面开办女闾，既不引人注目，也顺带解决了她的营生，解除越人的后顾之忧，实一举两得。因此，他这才决定成全他们。

待两人礼毕，屈巫伸手亲自将齐华子扶起，道："事发突然，也来不及准备，只有先委屈你了。"他看了一下四周，屋里很简陋，除了一些日用陶器，几乎没有什么陈设，便朝门外喊道："守一，进来。"守一应声而进，先朝俩新人笑笑，算是恭贺，然后垂手侍立聆听屈巫吩咐。屈巫对他道："这地方条件太差，他俩既已成家，就不能再住。也不要进府，速速在城中另挑一僻静处建家，所需费用全由府里出，算是我这个当家长的替越人出的聘礼和为齐华子出的嫁妆。"守一答："诺。"

看越人齐华子两人又要谢恩，屈巫便摆手制止后继续对他们道："安顿好后，守一和齐华子仔细合计一下，由齐华子出面，府里出资，不是在这里，也不要在你们新家周围，而是在蒲胥的临河之处，比照齐国女闾也办一所女闾。这事齐华子有经验，就照齐华子所说而行。记住，不要怕支出，规模要大，档次要高，名字嘛，也叫齐国女闾，以吸引主顾。"

守一、齐华子齐答："诺。"

屈巫又单对齐华子交代道："对了，如若有人问起，你就说是由齐国大夫高公兴办，你是高公侄女，由高公所派。"这高公是齐国世家，向来和他私交甚好，以高公为掩护，不至于引人怀疑于他。见她点头答应，又道，"你在此人生地不熟，先由守一暗自帮你，在外不得道我，有事可由越人代你和守一联系。可否做到?"

"能做到。"齐华子答道。

屈巫点点头，又对越人道："我不日将到申地赴任，你暂不用跟去。这段时间你也先不要回府，先安好家，好好陪陪齐华子。起房盖屋非你所长，当好齐华子和守一间的联络员更为要紧。切记，除了守一，不要让任何人知道你已成家，更不要让任何人知道女间同屈府有关。"

"诺，主公。"越人答。

"是否有人知道你的底细?"他想起什么似的又问齐华子道。

"妇家来此时日不长，除了房东不二，并无人所知。"她答道。

"那就好。"屈巫扫了一眼火上的陶鬲道，"挺香啊!'合牢而食，合卺而饮'，这是成家的规矩。记住今晚两人共用一只食器。"交代完，他对守一道："走吧，我们就不要耽搁新人好事了。"边说边转身而出。两新人急忙出门相送被屈巫制止，仍由守一相陪，踏着夜色而归。

屈巫所说的"合牢而食，合卺而饮"是古代婚礼的核心，前者是吃一样饭，后者是共饮一爵水，意谓男女合体。像花烛夜、入洞房那是六朝以后的事。当时洞房还只是指房屋。

不久后，楚国的第一间民营妓院就在郢都中部商业区的朱河和新桥河相接处的河西畔诞生。它由3个大院并连而成，古人取名，不像今人，喜用重叠或双字，什么丽丽、楚楚、美美之类，或者如后来的风月场所惯用的诸如丽春馆、聚香阁、万花楼等风尘气重之名，而是习惯单字,所以便以所用建筑材料分别命名为"翠间""朱间""木间"。"翠间"以南方常见的竹子为材料,绿色为主调,院落中遍植翠竹;"朱间"为黄土版筑,均涂以赤色,以收灯红酒绿之效;而"木间"全用杉木,里里外外都涂上桐油,又干净又亮堂。工匠们各施巧技,石刻、木雕、壁绘各呈异彩。每个大院均有水井、池塘、花园等生活娱乐设施,通道全部用青石板铺就,既互相贯通又相对独立。临河的干阑式木楼俯临水面,这里是赏河观景的佳处,东南的楚王宫和对面绿荫中的贵族的宅邸尽收眼底。青如罗带的河水,宛如恬静的淑女,从楼下悄无声息地缓缓流过。入夜,窗牖的灯光倒映在河水中,就像星星在水上闪烁,美不胜收。女间一出现就如一道亮丽风景吸引了全城的目光,而它的莺歌燕舞、脂粉飘香式的吃住玩一条龙服务,一下子就让它名扬郢都,很快成为纸醉金迷、声色犬马之地。不仅行商、贩夫走卒、驻扎军人时常光顾,达官贵人也趋之若鹜。生意之兴隆,无与伦比。这成为屈巫又一消息来源和财富来源。自始至终,整个郢都从无人知道屈巫为女间的幕后主人。而越人对他更加忠心耿耿。这也说明屈巫笼络人才的过人之处。

除了齐国女间,历史上春秋时期其他国家并无风月场所的明确记载。不仅如此,春秋前期多数国家也几乎没有成规模的独立的私营工商业存在。那时的手工业作为农业之副,主要为使用而不是为交换而存在。当时由国家供养工匠,打制玉器、制造青铜器、纺织印染,例如楚国负责制玉的官员就叫玉尹。商业,主要为国家需要而做生意,为贵族服务。像著名的商人弦高之所以贩牛,也是因为周王室的王子颓爱牛。据史载,王子颓素好牛,养牛数百,亲自喂养,饲以五谷,披以文绣,谓之"文兽"。凡有出入,仆从皆乘牛而行。从某种意义上也是官府需要。既然工商业多为国家主导,招呼就不能不打。任何时代,权力、金钱、人情都是畅通无阻的通行证,春秋自不例外。那晚回去后屈巫思虑了一夜,翌日一早就带着守一携重礼到管事之处一一拜访。

前面说过,只有郊尹和司败开衙立府。屈巫就先到郊尹府。

本来郊尹是管理郊外的官员,由于郢都城中并无市尹,也就是我们现在的市长,便由郊尹通管。这是个满脸和气、八面玲珑之人,作为天子脚下的最高行政长官,这是必备的基本素质。他闻讯莫敖驾到,连忙一路小跑到大门处,远远地就展露出灿烂的笑脸,施拜礼恭迎。屈巫仍端坐在车上,只摆摆手道:"免礼。本公正要进宫,突然想起一事,就顺道过来看看郊尹。"

"莫敖亲临,下官荣幸之至。莫敖有事只管吩咐,何劳大驾。"郊尹并未听出屈巫自称的弦外之音,仍只称其原职位点头哈腰地道。

"也并非了不得之事。齐国高公是齐国世家,也是齐国举足轻重之人,一向支持楚齐交好。日前他派侄女齐华子到郢,想在郢都开女闾,找到本公。本公想这女闾本是齐相国管仲所创,曾为齐国的争霸出了大力,这引进到楚国也是好事一桩,繁荣市场,也能增加税赋,增强国力,有助于君王霸业,就同意相帮。不知郊尹意下如何?"

"莫敖所言极是。下官上次有幸跟着莫敖出使齐国,也耳闻目睹女闾之益处,现引进郢都,本是天大好事,该帮,当帮。莫敖有用着臣下之处,下官全力以赴,断无不从。"

"好。既然当帮,本应按章课税。本公想我楚国富甲天下,倒不稀罕这点赋税,再考虑到两国友好,又是新开,可酌情减免,以示支持。"

"那是自然,本不应课税。"

屈巫示意站在车旁的守一将身后车上装的一箱礼物让随从抬下送上,并解释道:"这并非本公之意,而是高公所托,郊尹就不要客气了。只是本公不日到申县,日后女闾之事就由齐华子直接与你相联系,也不用本公再烦忧了。"

直到此时,郊尹方意识到申公最终花落屈巫之手,也顾不得答谢,忙施礼改口称贺道:"恭祝申公,贺喜申公。楚国也只有申公方当得起大王如此器重,着实为社稷之幸、国人之福。"

屈巫淡淡地回道:"不过是为君王分忧罢了。君王召我还有事相商,就不耽搁了。"说着手一挥,头也不回地乘车而去。

郊尹一直踮着脚目送车辆消失后,这才回到府衙中。抬箱子的仆役一出门,他就迫不及待地打开礼箱,见都是精美的绸缎和珠宝,不由得心花怒放。本来这事就不得不办,何况还有重礼润滑,自然在建造过程中一路绿灯不说,还真免了税赋。

随后,屈巫又如法炮制前往司败府为女闾寻找支持。司败是一个脸上常挂着职业性严厉之色的精悍中年人,仗着原是孙叔的族弟,有些六亲不认。对他就不能以势压人,得交易。屈巫便让车驰进官衙的大堂前,然后下车背着手仿佛在看景致。有什么好看,不过是摆摆谱,装装样子。司败闻讯过来施礼相迎。俩人谦让到庭堂坐下。

司败有些生硬地问道:"不知莫敖到访所为何事?"来他这里多为求情,司败便养成了他职业性的对任何人都抱怀疑的态度。

"也无甚事。只是听说牢狱中人满为患,特来告知一条解决之道。"屈巫居高临下地道。

"莫敖指教。"司败语气和缓。

屈巫这才说明来意。让司败挑年龄相当、容貌姣好的女犯尽数发往女间。他解释这样既解决监狱的人满为患,又可节省一批吃喝费用,也是为国分忧的好事一桩。再者这是给女犯提供一条活路,总比发配为奴或流放强。当时被抄家的大夫和罪犯家眷都先送到这里。见司败不动声色,仍一脸严肃样,屈巫附身低声道:"高公说了,要按齐国做法,按人头给辛苦费,按货论价,据说不低于市价女隶的两倍。我不过是受人所托,代为说合,自不能收,但人家是惯例,也不好不要,不要高公还不放心。再说我不日就到申地赴任,肥水哪能落入外人田? 就先做主替你应承了。到时高公会派其叫齐华子的侄女私下找你结算。"司败一听,这价位可不低,又一听屈巫为申公了,虽仍面无表情,但语气明显热情:"恭贺莫敖。既是莫敖,不,申公出面,司败焉能不遵? 司败也非贪那辛苦费,但这么多手下都要吃要喝,只好却之不恭了。"

屈巫呵呵一笑,道:"理所应当。不过这并非一锤子买卖,司败可事先征求女子意见,自愿为主,以免生变;另不妨上交一半,为国谋利,又免授人以柄,方为周全。"

"多谢申公指点。"司败想了想真是瞒天过海之计,便真心感激地道。后来实际执行中女犯都宁愿去女间而不愿为奴,去的人多,反而要竞争,司败又锦上添花就此多捞了一笔,这是后话。

辞行走到车前时,屈巫忽然想起什么似的停下又道:"听说西北间中有个叫不二的敲骨吸髓、恶贯满盈,实为一害,我想这要是被君王得知,岂不有碍你的干练声誉?按理本公就要走了,可也是看着你我同朝为臣,我同孙叔又默契有加之分儿才提醒,可不能一粒老鼠屎坏一鼎汤啊!"司败连忙保证道:"申公放心,属下立马就办,断不会令恶人再横行间里,有污大王之治誉。"

那不二横行了半世,稀里糊涂就从人间蒸发,到死他也不明白栽在何处。不要将把柄留在他人之手,屈巫处事从来都是力争滴水不漏。

十四　申公治申

处理完这些事后,屈巫就到申县走马上任。

申县历史虽不长,但申国历史悠久。周宣王五年(公元前823年),西周第十一代天子周宣王为了加强对"南土"局势的控制,改封王舅公子诚为申伯,在原古谢国的土地上建邑立国,这就是申国。

申国在周平王东迁以后,就成了东周王室的南大门。为了防备当时已露峥嵘的荆楚侵犯,东周在此驻扎了军队,训练农人,耕战并重,以护卫王畿。

春秋早期,楚国志在北上,地处要冲的申国自然就成了首先攻击的目标。

申国给楚人的印象太深了。当年楚国先人被商朝军队从始发地中原的"祝融之墟"驱赶到荆山时,他们曾在这块盆地的西北边缘丹水和淅水交汇一带作过停留,史称"既封丹阳又僻在荆山"。

东边这块盆地,三面为山所绕,北为伏牛山,东为桐柏山,西为肖山与尖山(丹江和唐白河间的分水岭),地势平坦,气候适宜,雨量充沛,土壤肥沃,物产丰富,就如同一个天然的聚宝盆,早就吸引了楚人的目光。特别是此地盛产黄牛。申地牛体格高大,肌肉发达,结构紧凑,皮薄毛细,行动迅速,能日行七八十里,这对他们的诱惑实在太大,只可惜他们没有力量进入,只能望牛兴叹。

现在楚人有力量了,自然就挥师北上。楚武王三年(公元前738年),楚武王即位之初就率师攻伐,由于周平王遣卒戍守,不得不抱憾而退。楚文王二年(公元前688年),楚文王即位的翌年就又假道于邓国征伐申国,这时周王室已衰落得自顾不暇、无力相助,这才"灭其国,去其祀,县其地"。为了加强统治,楚文王六年(公元前684年),楚文王起用被俘的申国贵族彭仲爽为第一任申公,管理申县。彭仲爽不负所望,根据这里亦兵亦农的特点,在原申国武装基础上组建了"申之师",帮助楚国攻城略地,使"申之师"遂成为名扬天下的劲旅。

后来的县尹就为斗氏家族的斗班、斗克父子把持。斗克在楚成王三十七年(公元前635年),率"申、息之军"和秦国作战时,这是春秋时期仅有的一次秦楚交兵,由于轻敌兵败被俘。楚穆王时,虽被秦国释放回楚,斗克却被穆王改任为世子师,这可比申公之位差远了。斗克便心怀不满,前文提过在楚庄王甫一即位,他要"官复原职"未果,才劫其为人质讨价还价,并因此遭灭顶之灾。此后申公之位便一直空缺,直到屈巫这次前来就任申公。

申国原都谢邑,虽不像郢都那样宏伟、壮丽,但也城墙高耸,人口众多,车马喧阗,热闹繁华。

治署就在原申侯府，地处城区中心。这是一幢大三进院落，同楚人的建筑风格不一样，原申国的建筑按中原标准以北为贵，基本布局就是坐北朝南的中轴线上排列着朝堂、二堂、三堂，后附一个封闭的花园。围绕中轴线上的主建筑，两侧建有平行的庭院。进大门是一个广场，正对着原来的朝堂，朝堂正中还悬挂西周贤相仲山甫称赞申伯的字："崧高维岳，峻极于天。维岳降神，生甫及申。"楚人原封不动，并不清除。楚文化讲开放包容，兼容并蓄，对新吞并地区从不全部否定，这也是楚人的好处，也是楚文化不断发展壮大的原因之所在。尽管如此，距今还不到百年，已成陈迹，很少有人，即便看见也难想起申国，这不免令有心人有黍离之悲。

朝堂除了议事时才用，日常屈巫就在朝堂后边原申侯的起居之所二堂办公。正房面阔三楹，屈巫住西屋，东屋为办公兼书房，中屋用来会客。东西厢房为随从和僚属。这是类似于北京四合院格局的单独的四合院落，庭院宽敞明亮。一棵百年金桂位于院中西北角，还是原申伯手植，枝干粗壮，枝叶茂密，仲秋怒放之际，浓香四溢。庭院中植竹栽花，绿肥红瘦，看着让人赏心悦目。院门开在东南角。这是风水学的讲究，《周易》"八卦"认为此处为巽位，就像窗口可通天地之元气。这里同郢都的房屋风格完全不同，那里是天井式，四面都是房屋，小院落主要用于通风散热，视野狭窄。

到任后，屈巫除听取属员汇报，巡视了解域情，又把所有古申国资料文献调来精心研究，确定治理方略。这才发现若溯源，他先祖屈瑕之父楚武王 139 年前就来过这里，而今他又来此任申公，似乎一切早就注定。不仅如此,夏姬和申国还有千丝万缕的联系。原来郑武公春秋初年娶的武姜就是申侯之女。这真令他激动,仿佛冥冥之中,总有一根红线把两人相牵。其实他正处在热恋之中,像天下所有热恋中的男人一样,难免爱令智昏、张冠李戴。那武姜虽是申侯之女,但并非他所在的这个叫南申国的申伯,而是令西周灭亡的西申国的申侯。历史上同一时期几乎存有三个申国。除了这两个,还有一个东申国是楚文王灭南申国后,将南申国的部分贵族、平民强行迁移所建,一直作为楚国的附庸存在,春秋时期史称其为"信阳之申",亦称"东申国"。

一切都了然于胸后,屈巫才定下日子召集手下人开了一个大会。这是申地有史以来召开的最大规模的会议。当时县署设县丞、县司马作为县尹的政军助手。县丞,掌全县司法、教化;县司马,掌全县军事和治安。县以下设乡、里。乡和里是行政机构。乡设三老、啬夫和游徼官职。三老掌教化,啬夫掌诉讼和税收,游徼掌治安。乡以下为里,相当于现在的村,里设里正或里典,其职能除与乡政权职能大体相同外,还有具体组织生产的任务。边地还有边亭,主要是守卫国界。

这一次开会,直接扩大到乡、里,这是开天辟地头一回。于是,大家乘着牛拉的犊车,兴冲冲从各地蜂拥而来。一时间,朝堂前满院子都是犊车,不少黄牛还"哞哞"直叫,整得治署大院就如同一个集市一般热闹。

大家由县丞、县司马居前领着,按职务高低早早集中伫立在朝堂里,人人屏气凝神、翘首引颈而望,等待新申公出场。

"申公驾到。"伴随着侍从一声高喊,屈巫身着华服,头戴楚冠,气宇轩昂地从外走进。他径直走到正中主位案几前。那时会场并无高高在上的主席台,这主案几就相当于主席台。屈巫却不坐下,而是开门见山,朗声道:"本公这次受君王相托,前来治理地方,是君王对申县的看重,也是申县的光荣。"

屈巫并不谦虚。他是朝中重臣,又是公族,很骄傲。说完屈巫目光如炬,缓缓扫视了众人一圈后,见大家都屏气凝神,这才道:"始祖鬻子云:'发政施令,为天下福者,谓之道。'本公立政就是遵循始祖,造福申地,造福社稷。"后八个字更是两字一停顿,以加强语气。众人正待他展开,谁知他突然发问道:"可否明了?"大家忙齐声答道:"明了。造福申地,造福社稷。""好,"屈巫满意地点了一下头道,"现先办三件事:一是清查户籍,筹措兵员;二是宽刑缓政,施教导民;三是劝导农牧,发展经济。具体的任务由县丞、县司马按照分工,各自安排。本公希望尔等唯命是从,令行禁止,各司其职,共同努力,把事办好,不要辜负君王的期望,也不要让本公失望。"说罢,屈巫也不等大家表态就扬长而去。

虽然只是地方官,但属封疆大吏,山高皇帝远,在这儿屈巫就如同楚王一样一言九鼎。

工作和生活安定下来后,屈巫派人将少艾和儿子接到谢邑。一来自己的生活起居需要有人照料,少艾深知自己的秉性习惯;二来可直接教子。现正是屈狐庸一生中成长学习的起步阶段,断不可疏。重视对后代的教育是屈氏家族的传统。所以后人才总结春秋楚国四大公族,到战国末期为何只有屈族一枝独秀,仍为显族,这同他们崇尚教育不无关系。(注:战国楚国三大公族分别为屈族、昭族、景族。其中昭、景分别来自春秋晚期的楚昭王、楚平王,二王名声不彰,其分支却显赫,实在是耐人寻味之事。)

少艾和屈狐庸被安排住在三堂正房的东西屋,这原是申侯内宅。房中间的堂屋辟做儿子读书之处。屈巫为儿子精心准备了不少教材,无非前文申叔时所列举的当时的经史子集,但以诗为主。孔子曾说过:"小子何莫学夫《诗》?《诗》,可以兴,可以观,可以群,可以怨。迩之事父,远之事君,多识于鸟兽草木之名。"这是为教育家的经验之谈。至少从屈巫开始,就以诗来教育儿子。那天屈巫在此辅导儿子课书,正是周人的《生民》诗,曰:

厥初生民,时维姜嫄。生民如何?克禋克祀,以弗无子。履帝武敏歆,攸介攸止,载震载夙。载生载育,时维后稷。

诞弥厥月,先生如达。不坼不副,无菑无害。以赫厥灵,上帝不宁,不康禋祀,居然生子。

诞寘之隘巷,牛羊腓字之。诞寘之平林,会伐平林。诞寘之寒冰,鸟覆翼之。鸟乃去矣,后稷呱矣。实覃实吁,厥声载路。

诞实匍匐,克岐克嶷,以就口食。蓺之荏菽,荏菽旆旆。禾役穟穟,麻麦幪幪,瓜瓞唪唪。

诞后稷之穑,有相之道。茀厥丰草,种之黄茂。实方实苞,实种实褎。实发实秀,实坚实好。实颖实栗,即有邰家室。

诞降嘉种,维秬维秠,维穈维芑。恒之秬秠,是获是亩。恒

127

之糜芑，是任是负。以归肇祀。

诞我祀如何？或舂或揄，或簸或蹂。释之叟叟，烝之浮浮。载谋载惟。取萧祭脂，取羝以軷，载燔载烈，以兴嗣岁。

卬盛于豆，于豆于登。其香始升，上帝居歆。胡臭亶时。后稷肇祀。庶无罪悔，以迄于今。

儿子朗读完，歪着小脑袋不解地问道："诗为何意？阿父。"

这诗对一个孩童而言，仍过于高深莫测。屈巫本意也是令他先有印象，长大后再悟，这类似传统蒙学对经传的死记硬背，旨在潜移默化，并非学时就弄通弄懂。其实教育在很多时候都旨在将来，并非立竿见影。这会屈巫便耐心解释道："这是一首歌颂周人始祖后稷功德的诗。其母姜嫄踩上帝的脚印孕而卵生，也就是后稷有如小鸡一样破壳而出，极不寻常。"

"真有这样的人吗？"儿子又好奇地问道。

"为父并未见过。"屈巫老老实实地道，"不过，大千世界，千奇百怪，奥秘无穷，所以才需要学而时习之来找寻答案。"

屈巫又从架上取出一竹简道："还有一首类似，就这，为父先读与你听。这是写商朝历史的诗，叫《玄鸟》。"他读道：

天命玄鸟，降而生商，宅殷土芒芒。古帝命武汤，正域彼四方。

方命厥后，奄有九有。商之先后，受命不殆，在武丁孙子。武丁孙子，武王靡不胜。

龙旂十乘,大糦是承。邦畿千里,维民所止。肇域彼四海,
四海来假,来假祁祁,景员维河。殷受命咸宜,百禄是何。

读罢,屈巫感叹不已地道:"商的祖先契也是玄鸟所生。玄鸟就
是燕子。你看,周商始祖与生俱来的奇异,都有诗记载。而我们楚
国本也有这样不凡之人,楚人虽众,却无人能记,只有'筚路蓝缕,以
启山林'一句尚可匹之,实为天大的憾事!"

"难道阿父也写不出?"儿子有些吃惊地问道,在他眼里父亲无
所不能。

"为父也写不出。"屈巫答道。

"等我长大后写。"小家伙豪情满怀地道。

屈巫疼爱地摸了摸儿子的头道:"就不知我们屈家有没有这个
造化。"

课完书,正好少艾过来请他们用餐。三堂东厢房为灶房,西厢
房便辟为一个小饭厅,平日屈巫也常在此用餐。餐罢出来,屈巫见
日光虽依旧斜照,但已不像晌午那般灼灼逼人,便回房由少艾领人
侍候着换了一身寻常的浅色深衣,带着儿子步出署衙,朝市井而去。
一来散心,二来微服私访,了解世俗民情。

屈巫牵着儿子,安步当车,就像是闲逛的一个贵族,只有常在身
边服侍的一个小随从相随,并不引人注目。

生活在深宅里的人看什么都新鲜,屈狐庸一路都东张西望。

后来他们转到一处,发现整条街面上全是玉器作坊。在先秦,
商店称肆,个体生产和经营的工匠聚集之地的手工业作坊也叫肆。

原来申地产玉，叫独山玉。虽然此时还不广为人知，但已有人以此为生计。这里与郢都不同，都是私人经营制造玉器，一般都以户为单位，前店后坊，也就是后屋生产前屋销售。

他们随意转了几家，大同小异，玉器做工粗糙，式样单一，铺面狭窄，装修简陋。只有十字路口边的一间朝南的玉器店门面宽敞，他们就踱了进去。一个衣着洁净的年轻后生急忙放下手中活计过来招呼。

各种形状的玉器依大小错落有致陈列在临门的一大木案上，既有祭祀天地四方的六器，即礼天的玉璧，礼地的玉琮，礼东方的玉圭，礼西方的玉琥，礼南方的玉璋，礼北方的玉璜，又有品种多样的佩饰，无不做工精细。

屈巫从中挑了一块变形夔龙图案的绿色玉佩，系在儿子的丝绦上，道："美玉为德，君子佩之。"一抬头，又被靠墙边一高案上单独摆放的一对绿色手镯所吸引。

屈巫过去举起一只借着大门处透进来的亮光仔细看了看，道："曾听县丞说过独山玉应以绿为贵，这镯子绿得纯粹又通透，做工巧夺天工，实属难得之器。"

"客官真好眼力。"一白髯飘飘老者闻声从里屋掀帘而出。

老者才是这肆的主人，刚才看店的后生是他孙儿。老者一看来者气度不凡，出口成章，便赶紧介绍道："不瞒客官，这对镯子原为老儿亲自操刀。我卞氏几代都以玉为生，也是祖传手艺。"

"哦？老丈姓卞？不知与卞和是否有关？"屈巫好奇地问道。

屈巫所提的卞和是荆山人，曾得璞于荆山中，便献给楚厉王，玉尹鉴定为顽石,楚厉王就以欺君之罪断其左脚。楚武王即位,卞和再献璞,玉尹仍鉴定为顽石,楚武王又以欺君之罪断其右脚。楚文王即位,卞和抱璞哭于荆山下。楚文王被他的执着所感动,令玉尹剖璞,果得宝玉,乃封卞和为大夫,也成就了天下至宝"和氏璧"之名。屈巫自知其事,故问之。

"那是老儿高祖。"老者道。

原来卞和献玉后,见当地玉石资源枯竭,便拿楚王赏金多方探寻,最后在申地的独山发现了玉矿。众人闻讯而来,争相开采,这才初具规模,形成气候。

屈巫一听,长揖道:"原是卞大夫之后,失敬。只不知这镯子和玉佩价格几何?"

"镯子一朋,玉佩二串。"老者长揖还礼道。

在当时商业交换中,主要的货币仍为贝币,是以朋为计算单位,五贝为一串,两串为一朋。一朋并不便宜,当时六朋就能买一田,而一田就是一百亩土地。

"物有所值,我买下了。"屈巫道。

老者很是高兴,道:"客官请随我来,尚有一物足示方家。"说着,领他们穿堂而过,进到后院。绕过院中堆放的玉石,进到内宅。老者从堂屋居中的一大木柜中取出一块用绸布包裹的璞玉,道:"这是先祖于独山开出,从不敢擅动,也从不轻易示人,向来作为镇肆之宝。"

屈巫一看,不由得眼睛一亮。这块独山玉非同一般,颜色为不常见的白色,且质地细腻,具有油脂般的光泽。

屈巫拿到窗牖口,对着此时尚存的一缕夕阳仔细看了看后,才小心返给老者道:"果是宝物,善哉!今日一睹,也是三生有幸。"

　　老者叹道:"这独山产玉,像这种材质原也能见,但现在凤毛麟角、得之不易了。"

　　"这是为何?"屈巫问道。

　　"唉,乱采乱挖,浅挖辄止,玉料都糟蹋了。官府听之任之,可惜可叹呀!"老者感叹不已。

　　旁边的小随从见状,忙提醒老者道:"此为申公,说话当心。"

　　老者一听,连忙施拜礼道:"惭愧惭愧,老儿有眼不识泰山。"

　　"老丈,免礼,不知者不怪。"

　　"申公治申,轻徭薄赋,休养生息,造福万民,坊间都感念申公大德。"

　　"过誉、过誉。"屈巫摆摆手道。

　　"申公光临敝肆是敝肆的荣幸,"老者边说边将镇肆之宝包好,双手捧给屈巫道,"能将此璞献给申公,乃老儿八辈子修来的福分。"

　　"君子从不夺人之美,何况又是镇肆之宝。"屈巫辞谢道。

　　"玉虽贵重,唯德者居之。现老儿效仿先祖,献给申公,申公识玉,也是物有所归。"老者诚心实意道。

　　屈巫一看他是真心,再者他也真喜此玉,就吩咐小随从付账。谁知小随从出来匆忙,身无分文。屈巫就令其回府找少艾取钱,他则由老者作陪,到东、西厢的作坊看匠人做玉。只见里面摆着各种工具,匠人打磨的打磨、穿孔的穿孔,无不埋头忙碌。一会儿,小随从气喘吁吁跑回来,拿来几个贝壳形状的大铜币,屈巫令全给老者。这就是前面所提的楚国制造的中国货币史上著名的蚁鼻钱,因形似鬼脸,俗称"鬼脸钱"。当时楚国也是在楚庄王时才开始铸造,流通极少,相当贵重。

"万万不可,申公。"老者推却道。

"金有价,玉无价,情更无价。说不定本公以后还有事叨扰,算是定礼,切勿推辞。"屈巫诚恳地道。

"多谢申公赏赐,老儿静候申公差遣。"老者施礼答谢道。这才将铜币仔细收进袂中,又连忙到前屋将镯子用丝绢包上,亲自拿着,一直送他们一行到治署方再三拜谢而回。

回署后,屈巫一直思考老者提出的问题,为何县里不作为?既然朝中专门设玉尹专管此事,申地何不仿效将采玉制玉收归官营?这样不仅制止了乱采乱挖,还能加大产量,增加县库收入。本来赴申后他最头疼的就是练兵的经费问题。他已在属地转了一圈,尽管这里号称楚国最为富裕的地区,但乡村的贫困还是令他大吃一惊。蓬门荜户,瓮牖绳枢,家徒四壁,比比皆是。此地原本盛产黄牛,按他的想法,理应牛群遍地,但他不无失望地发现,除了一些大户人家,一般农户并无几家有牛。再加大苛捐杂税,势必民不聊生,于地方治理不利,也于心不忍。《硕鼠》一诗,屈巫一直记忆犹新,诗曰:

硕鼠硕鼠,无食我黍!三岁贯女,莫我肯顾。

逝将去女,适彼乐土。乐土乐土,爱得我所。

硕鼠硕鼠,无食我麦!三岁贯女,莫我肯德。

逝将去女,适彼乐国。乐国乐国,爱得我直。

硕鼠硕鼠,无食我苗!三岁贯女,莫我肯劳。

逝将去女,适彼乐郊。乐郊乐郊,谁之永号?

可不能让这样的硕鼠在他治下的申地产生。而经营制玉就可以使难题迎刃而解。屈巫愈想愈兴奋,就伏案挥毫拟订计划。

少艾过来送茶时,屈巫正埋首书写,头也不抬地道:"傍晚和庸儿上街,相中一对玉镯,你看如何?"

原来屈狐庸一回来就跑去找少艾,让她看他的新玉佩。夫人过世后,一直由少艾带着他,他叫她小姆(姆,楚方言母亲,音 m),两人感情很深。其实小随从回来拿钱时,少艾就知道屈巫购物,但没想到还会记得给自己专门购买礼物。她从没敢奢望屈巫会如此待她。这会儿她早见案上放的小包裹,便放下茶盘,打开一看,不由得粉脸放光,激动得心都要跳了出来。如此精美的手镯,真是难得一见。

本来屈巫买手镯是想回头送给夏姬,这会儿让她给鉴定一下,可一见她那样喜爱,就临时改变了主意,道:"戴上吧,君子需玉,粲者(美人)又何尝不需美玉相配?"

"诺,主人。"

由于在内宅,又是夏日夜里,少艾这会儿只穿着件薄如蝉翼的黄罗衣,她用白葱般的纤纤玉手,轻轻将镯子套上玉腕,白白细细的胳膊和绿玉镯相互映衬,白的更加白润,绿的越发油绿,两者媲美,交相辉映。屈巫心中暗想,此镯要是能戴在夏姬的腕上该有多好,只可惜她名花有主,不由得轻叹了一口气。

十五　县司马谢南阳

　　计划实施前,屈巫想到独山开采现场实地考察一番,也趁便带少艾、屈狐庸外出散散心、透透气。他俩来申多日,一直窝在署中,早就企盼着能出外走走,何况购玉更激起了他俩对玉石的好奇,一听要带他们同往,大家都心花怒放。

　　屈巫亲自驾着轩车在前,屈狐庸扶轼而立在其右旁。在春秋时驾车也是一种身份的象征,不会驾车是很没有面子的事,几等于六艺中有一门功课不及格,很难算得上是合格的上层人士。当时,贵族们都以驾车为乐趣,就如同现代成功人士乐于自驾豪车相似。

　　正是仲夏清晨,太阳刚露出地平线,空气中还存有几丝凉意。微风吹拂,就如同春天一般令人惬意。一路上父子俩有说有笑。少艾乘着一辆小安车,尾随其后。她时不时摸摸镯子,爱不释手。屈巫能送她礼物,她心存感动,一时半会儿自难平静。她时不时从车中掀帷看着他们,脸露笑意。后面还有三辆辎车相随,为随行人员所乘。一行就像是豪门大户人家出游,浩浩荡荡奔驰在绿色的大地上。

独山离治署也不过二十里。其山体浑圆，虽不高大，但孤立在盆地之中就显得一柱擎天，堪称奇特。后人曾用"孤峰峭立，怪石瘦碧"来形容，倒也十分形象。到了山前，远远就能看见矿工来来回回劳碌的身影。他们裸露着身体，只在腰身处裹着块布，在骄阳下挥汗如雨。他们步行上山，由于有少艾随行，便不好近前，只在远处指指点点。这独山玉开采的人家不少，遍山都能见坑洞。虽为竖井式，果如老者所言，大都浅挖辄止。个体还是力量有限，仍需组织，这坚定了屈巫官办的决心。除此之外，他还在山阴处发现了一片野生茶树林。他撕下几片叶子尝了尝，品质独特。虽过了最好的采摘期，但仍可饮用，便吩咐从人速让人采摘，这也算是意外收获。

考察游玩已毕，正是晌午，一行下得山来，就前往路边一处树林里休息。这里都是千年银杏树，枝干挺拔，绿叶婆娑，满地浓荫。银杏树一向是申地的标志性树木之一，现南阳还有一地就名四棵树，就在著名的三垭关的第二关分水岭关下。

随从早就在林中空处摆上饮食等候。他们携带着全套的炊具，如青铜鬲、青铜簋等。屈巫身份显贵，又是一县之尹，平常吃饭自是讲究，即便在外也不例外，大盘小器摆满一地。他们三人正围坐一起大快朵颐之时，忽见一骑自北向南顺着官道飞奔而来。那时极少有人骑马出行，由于没有马鞍，一般人很难驾驭。这大热天，又处在晌午头，真是怪了。屈巫等便不由得停箸盯看。

那马由小及大，越来越近。只见其毛色纯白，头颈高昂，马鬃飞扬，如闪电一般快捷。人们一般把纯白色的马称为白龙驹，马中极品。屈巫素爱马,不由得心底暗暗称赞。谁知这匹白龙驹刚驰过旁边的车辕,骑手,一个满脸胡子、一身黑衣的大汉还瞪着眼看他们,忽地一个倒栽葱竟然从马上掉下,重重地摔在地上。

"快,过去看看。"屈巫连忙吩咐道。

立在一边侍候的几个随从随即跑过去,把他搀扶过来。原来是个虬髯的男子。他仪表堂堂,但有气无力,浑身都是汗渍。看见屈巫,虬髯男子挣扎着要行礼。

屈巫道:"免礼。壮士,姓什名谁,为何至此?"

那人衰弱不堪地应答道:"在下姓谢名南阳,家就在此山南面不远处的独山里。在晋游学,学成始归,哪知渡河(黄河)时舟子倾覆,行囊落水,身边只剩这匹白马相伴。在下实舍不得变卖,已三日未食。"正说着,白马好像犯了过错一般小跑回来嗅着他的肩膀,他不由得伸手摸了摸马脸以示安慰,才道:"想离家已近,这才冒酷暑赶路。适才闻见酒肉香味,不知为何就掉了下来。"

屈巫一听,心一动,这汉子落魄如此还不忘坐骑,又姓谢,必是谢国公族之后。他知道,古谢国被申国灭后,王族子孙仍以故国名为姓氏,称谢氏。便道:"原是饿的,赐酒食。"

早有随从把马牵开,又有随从扶他到旁边一棵大树下倚树坐下,摆上酒食。这谢南阳吃了一些食物后精神明显好了起来。他除了酒外,开始挑食。几乎每样食品都先挑出一半放好,再食另一半。屈巫见了很是奇怪,便问道:"壮士,这是为何?"

谢南阳回答道:"在下家有老娘。在下少年愚顽,昔日曾游学未成而归,老娘正在机上织帛,便断其布丝,对南阳道:'学成而后可行,犹帛成而后可服。今你学尚未成,中道而归,何异于此之帛断乎?'南阳也是由此感悟,这才复往就学,七年不返。南阳想倘若老娘在世,愿以大人之食物,饱老娘之饥腹。"

屈巫不由得感叹道:"真慈母也!令人肃然起敬。壮士尽管食用,由本公助你完成心愿。"又回头吩咐少艾道,"尽取所有,给予壮士,以飨其母,全其孝道。"

谢南阳食毕,携所赐食物拜谢而去。

回署后不久的一天傍晚,屈巫正伏案查审奏章,小侍从突然来报,一自称谢南阳的汉子求见。屈巫连忙放下竹简:"有请。"

谢南阳肩扛一只野山羊进来,一放下礼物倒头便拜:"山野之人前番无礼,不知路遇申公。老娘让在下代为感谢恩公所赐,并让在下跟着恩公,不负所学。也无他物相送,路上正好遇见这只羊,权当见面礼,不成敬意。"

"好身手。"屈巫见羊不由得大喜,起身亲自把他搀起,"本公正是用人之际。只不知所学为何?"

"行军布阵。还当过晋军。"

屈巫一听更是喜不自禁,心想真天助我也。正需要军事方面的人手。尽管屈巫精通军事,但身为申公,总不能连士兵训练也亲力亲为,而县司马老迈,不堪重用,就道:"朝中有个养由基,精于射箭,当年若敖氏叛乱,就是他一箭射杀斗椒,君王才转败为胜。本公也亟须一个养由基啊!"

"在下愿成为申公的养由基。"谢南阳昂首挺胸保证道,"甘效犬马之力。"

晚上两人就在二堂的客厅就着野羊肉把酒共饮，就如何组建一支战斗力强的军队进行探讨。

谢南阳具体汇报了晋军的特点："晋军从晋文公后便是六卿三军体制，分为中、上、下三军，每军各设一名将、一名佐，按地位高低分别是中军将、中军佐、上军将、上军佐、下军将、下军佐。其中中军将又称为元帅，平日执政晋国，战时带兵作战。由于军政一统，战力强悍。"

屈巫道："近来楚军也在改进，本公曾协助令尹孙叔制定了行军布阵新条令，颇收成效。主要是军行，右军随主将车辕进退，左军追蓐，前哨以旌旗开路，中军制谋，后卫以精兵为殿。"介绍完楚军的特点后，屈巫要求道："兵贵精不贵多。现在就令你为本公的中军将，取楚晋两军的长处，在原'申之师'基础上组建一支全新的'申之师'。兵由你选，也由你训，本公当后盾，全力支持。"谢南阳一听猛地站起，昂首挺胸保证道："感谢申公栽培，在下一定竭尽全力，不负申公所望。"

屈巫举酒而祝，高兴地道："好，让我俩开怀畅饮，共祝成军，不醉不休。"

当晚喝得尽兴，英雄相遇，一拍即合，只叹相见恨晚。

也是在交谈中，屈巫得知谢南阳为谢国公族之后。其祖父曾参加过城濮之战并战死疆场，家道由此中落，他才少小就奉母命离家到外习武求学。既有如此家庭背景，屈巫后来就直接擢升他为县司马，为他组建、训练"申之师"提供便利。网罗人才，用而不疑，职权相授，成大事者，莫不如此。

有了这个好帮手,屈巫便得以把精力放在文化建设上。他虽然重视武备,但更讲文治。屈巫是贵族,喜好巫音,便着人召集几个秀丽的申地女子,让少艾领着日日研习歌舞,又将已散落民间的原署中的乐师重新找来,亲自指导编钟演奏,忙得不亦乐乎。

采玉制玉早就收归官营。在申府大门西侧另起一个院落作为制玉局,取用落职的老司马当县玉尹,这可是肥差,让他感激涕零。又将奴隶,也就是在押的罪犯组织起来从事采玉,保证了玉石的出品率。现有匠人则统一征用,并将卞老者聘来作为技术指导,很快精美的玉器就大量涌现,一时间各国前来购玉的客商络绎不绝。也就是这个时间,独山玉扬名天下,现如今南阳玉仍是中国四大名玉之一。把这些卖玉收入用来练兵,既保障了"申之师"的建设,也相应减轻了农人的负担,申地很快成为楚国治下真正的最为繁华富裕之地。

十六 老友造访

又是一年年来到。与其他楚地不同,由于申县从前申国脱胎而来,便一直使用周历。周历正月就相当于如今的农历十一月、公历的十二月。现在的大年初一,相当于周历十一月一日,叫"元日",为一年的首日。

先人选择这个时节过年也不无道理。金秋时节正好是一年辛勤劳作收获的季节,收获给人们带来快乐,金色的世界便到处洋溢着丰收的喜悦。颗粒入仓的农人举家齐聚在打谷场上,点上麦梗篝火,在熊熊燃烧的火光映照下,欢庆丰收、祭祀农神和先祖。

其具体仪式虽已不可考,但通过《诗经》中的"农事诗",尤其是周王室的农业祭祀诗,大致可略见一斑。其中《楚茨》《信南山》是收获时祭祖之歌,《甫田》《大田》是初耕时祷神歌,《行苇》《既醉》是祭祀完后的宴饮之歌。如《甫田》曰:"以我齐明,与我牺羊,以社以方。我田既臧,农夫之庆。琴瑟击鼓,以御田祖。以祈甘雨,以介我稷黍,以穀我士女。"如《行苇》中的"或肆之筵,或授之几。肆筵设席,授几有缉御。或献或酢,洗爵奠斚"。因为诗的主角大都是"曾孙"周王,再用于申地农家的祭祀,过于阳春白雪,毕竟申地现为楚地。天纵伊夫就挑了首《丰年》于此庆年,主要是此诗较接地气且政治色彩稍淡:

> 丰年多黍多稌,亦有高廪,万亿及秭。为酒为醴,烝畀祖妣。以洽百礼,降福孔皆。

此当由族中德高望重之长者吟唱。祭祀毕,农人便席地就着金灿灿的黄酒,把酒言欢,互道收成和新年的祝福企盼。年轻男女则聚在一边不知疲倦地载歌载舞,欢声笑语溢满四方。想想看,这该是农耕社会里一幅多么温馨浪漫又充满诗情画意的画面。

人人都在为过年忙碌,屈巫也在大殿审定申县迎新年歌舞演奏,重头戏是演唱他一向喜欢的《无羊》,由他亲自编排成类似当今的情景剧,让屈府中的伶人来申演唱。正忙得不亦乐乎,忽接报申叔时代天巡狩已进境内。

屈巫赶紧起身安排迎狩事宜。是日又领着合署大小属员早早在大门外候着,远远望见车仗隆隆而来,八銮清脆,停在门前。

屈巫身后的谢南阳一个箭步迎上,将手中早就备好的乘石在舆门前放好,搀申叔时从轩车下来。因为是代楚庄王巡狩,这会儿申叔时便乘着六匹朱红色骏马拉的轩车,甚是威风。屈巫忙施礼道:"屈巫未曾远迎君王车仗,失敬失敬。"

"哪里哪里,公子,不,应叫申公,申叔时叨扰了。"申叔时稽首。

"岂敢岂敢。巡狩光临敝县,不胜荣幸之至。大夫代君王巡狩,见大夫如见君王。"屈巫毕恭毕敬地答道。

一行谦让着步入朝堂,分宾主坐下述话。

"不知此次巡狩远道而来有何见谕?"屈巫道。

申叔时道:"王上厉兵秣马,志在天下。王上责臣代为晓谕申公能出兵几许?"

屈巫离席拜奏道:"回君王话,臣已履令。计新造战车一百乘,训练驭手三百、远战弓(弩)手三百、近战戈(戟)手三百,共计九百人,再加上一乘配徒卒七十二人,辎重卒二十五人,总计一万余人。"

这在当时相当于一个小诸侯国的强大军事力量。通常列国之间的作战普遍只有上万人的规模。正因为如此,大的战役必须各国联合,所以我们读春秋史时总会发现动不动就是联军出动。像前面屡屡提及的城濮之战,楚、陈、蔡联军有战车近一千二百乘,晋、宋、齐、秦联军只有战车一千乘,按一乘满编一百人算,双方的兵力也不过二十万人。一般战役交战双方通常不会超过五百乘。当时千乘之国也不过晋、楚、齐、秦、鲁、郑、宋几个大诸侯国,且指的是战争潜力,并非一次参战真的拥有那么多军队。

"善哉!"申叔时赞道,"申公不违王命,申叔时代王上聊表谢忱。"一边说一边起身施礼。屈巫赶紧离席回礼,道:"臣愧不敢当。不过臣却有一事劳烦巡狩回禀君王,万事俱备,只欠青铜,万望君王赐予一二为盼。"

前文说过,楚武王暮年征随国,最终夺得的铜绿山铜矿能日出红铜三百公斤。当时冶炼和铸造是分开的,一般铜矿石采出后,就地冶炼并制成每块重约一点五公斤的红铜锭,再运至他处铸造,称易地而铸。申地虽有铸造能力,但并不产铜,而铜又是打造武器和盔甲必不可少之物,一向属于最为重要的战略物资,为楚庄王亲自掌握,因此屈巫才不得不提出如此要求。

申叔时道:"申公放心,申叔时一定奏明王上,保证县师所需。"

屈巫这才复落座不提。

这是接待中央官员。早先排练的过年节目正好派上用场,歌舞表演助兴,钟鸣鼎食,高大上的仪式隆重热烈,尤其是《无羊》的演唱别出心裁,令满堂喝彩。宾主尽欢后,随员由县丞和谢南阳作陪到馆驿休息,屈巫、申叔时两人则携手进屈巫寝室,隔着案几抵膝而坐,掌灯而谈。

这时少艾手端托盘盛着茶水,飘然而进。

"见过大夫。"少艾将盘放好,跽坐在案几前,对申叔时微微一笑致礼后,将盛茶的玉制耳杯(椭圆形,两侧各有一弧形的耳,故名之耳杯)双手捧上。申叔时双手接过后道:"几日不见,少艾越发俏丽了。"申叔时和屈巫是好友,所以才不避嫌。

"谢大夫。"少艾低首又一笑,双手将茶捧给屈巫。待他们饮完,这才收拾茶具起身离去。

瞅着少艾青春的背影飘然而出,申叔时道:

"身边的往往是最好的,公子可不能熟视无睹,暴殄天物。想我侄女已仙去多年,何不再纳?"由于是多年至交,又是屈巫前妻亲属,申叔时熟悉屈巫家里的情况,说话便直接。

"自然,只是这段时日实在太忙,前些日子倒也有所考虑。"有些事屈巫自不便道明，只好岔开话头道，"这耳杯可是本县专利。此地多玉，我也是因地制宜，就地取材，着制玉局新研制而成，先生慧眼相看如何？"

申叔时举起就着灯光鉴赏后赞道："果真匠心独具，势必会流行天下。"

屈巫高兴地笑道："借先生吉言。也是出于练兵所需，这才不得不治玉筹资。下步拟扩大申地牧业，这才排《无羊》以导之，实望有牛也。"

屈巫的诙谐引得申叔时笑了起来："申公治申，不只有牛，也会有羊，定会牛羊遍野。由公子前来治申，真为父老乡亲高兴呀！"

"先生过誉。有先生认可，我心中就有底了。对了，本地人殊不知茶。我上次去独山察玉，发现此嘉木，专门让人采摘而炒成，名毛峰。虽已过时令，尚可一饮。先生尝尝如何？"

申叔时虽也是受屈巫影响才开始饮茶，但他与茶有缘，也可谓深谙此道。他一听便细细品了一口，赞道："确为上品，但流行天下恐需时日。"

屈巫道："可不是。当地人都以为我喜欢吃草，传申公擅长饮长生不老之药。呵呵，有如怪物一般。"

申叔时一听不由得又笑了起来。待他笑完，屈巫方问道："朝中如何？"偏居一地，屈巫关心朝局，虽时常有守一的情报传来，对郢都情况也了如指掌，但还是想听听老友的见解。

"还不是老样子。公子走了，现在子重、子反权力越发大了。"

"这两人利欲熏心，"屈巫有些愤然且不屑地道，"又岂是兴国之士?”

“是啊,王上一代雄主,春秋鼎盛,又有孙叔为令尹相辅,朝中尚无大碍,只是现在已有公子执政替代公族执政的趋势,我担忧一味用人唯亲,不利于楚国未来。好了,不提这些了,现老夫有一事相求,”申叔时道,“此次行来,表面上是代楚王巡狩,也是想趁这机会,寻一块安休之地。”

“哦? 国家正是用人之际,先生已萌生退意?”

“岁月不饶人,还是未雨绸缪为好。”申叔时感叹道。

“于公于理,这是鄎县的荣幸;于私于情,义不容辞。我倒是在鄎县正北与周王畿、郑国交界处发现一神奇灵秀之地,因山顶有一巨石酷似人形,故当地人称之为石人山。先生本是申地人,不知是否听闻?”

“老夫离乡尚小,不曾听闻。”

“它原为尧帝裔孙刘累立尧祠纪念始祖之地。既为祠地,风水自佳。先生如有意,当陪先生一访。”

“能入公子法眼,自不是凡处,那就有劳公子同游。”

两人相视而笑,分外开心。两人聊到夜半,这才在屈巫床榻抵足而眠。

翌日,屈巫便带着少艾、屈狐庸、谢南阳一行陪申叔时赴石人山。此地离谢邑约二百里,一行免不了晓行夜宿。早就有当地乡、里的啬夫和里正领人等候在山下。他们就改乘欙上山。山民在前开道。这大概算得上石人山接待的最早一批观光客。

石人山位于伏牛山东段。这里群峰俊秀,怪石嶙峋,山高沟深,飞瀑奔腾，森林茂密，实属造物之钟爱。又正是秋高气爽时节，枫叶、栎叶满山遍野，层林尽染，煞是瑰丽，引得一行啧啧称赞。

在石人山脚下，申叔时高兴地对屈巫道："果是不可多得之地。他日若能在此结庐而居，方不负公子所荐。"屈巫随即吩咐跟随的啬夫和里正负责在此平地造屋，两人忙点头应允不提。

申叔时走后，屈巫利用冬日农闲，率谢南阳进一步强化了军队的军事训练，又挑流行汉水两岸的《兔罝》民歌作军歌，亲自谱曲，令全军习唱。而申叔时不负所托，回郢不久，红铜锭就源源不断而到。除了打制武器外，屈巫还命令打制头盔，士卒人手一个，又利用当地多牛这一特点就地取材制成铠甲，士卒人手一件。铠甲式样是他借鉴少艾穿的背子样式，别出心裁设计了腋下开衩的"戎装"，这有利于双臂自如活动，提高战斗力。后来便在整个楚军中推广，成为制式服装。这还不算，他又统一了士卒的胡形，一律留着一字板胡，只有士以上统领方可留八字胡，这样部队的面貌便为之一新。

那天谢南阳拿来了制好的火红色的战旗，士卒一摊开，上绣斗大的"屈"字，触目耀眼，熠熠生辉。屈巫想了想，让改为"申"字。谢南阳不解地问道："主公，这是为何？'凡军事，建旌旗'这是古礼，以统兵将领之姓为旗也是常例。"屈巫道："本公焉能不知？但本公受君王所托练兵，'申之师'是申县之军，更是楚王之军。为和楚王所亲率的左右'二广'相区分，还是以属地作名为佳。"屈巫深知楚庄王重视军权，在这种大是大非上不能造次，这也证明他深谙为臣之道。

转眼就是第二年暮春。一天傍晚，屈巫正和属下在堂中议事，突然收到楚庄王急令。他打开一看，上书：十万火急。晋军已南下救郑，立率所部兵马北上郑国，会师王旅，与晋师决一死战。

屈巫知道大战在即，决定楚国命运的时刻终于到了。他立即令谢南阳集结队伍，翌日辰时出发。

出发前在练兵场上，屈巫进行了战前动员。

只见兵士们头戴饕餮纹青铜胄，身穿上过漆的七层牛皮组成的铠甲，而类似的铠甲也披在马匹身上，各统领还有一整块青铜制作的单体胸甲。按照标准弓箭手站在左侧，矛兵或戟兵站在右侧，军车并排而列。军旗上被装饰上了铃铛和羽毛。看上去，铠甲鲜明，威风凛凛。

由谢南阳御车，屈巫身着戎装，立在战车上，就像当年祖父屈完检阅多国联军，他检阅自己一手打造的军队。屈巫不由得热血沸腾。车停阵前正中，面对将士，屈巫慷慨陈词：

"申地的勇士们，你们身上流淌着先人的热血。当年你们的祖父、父亲为楚国而战，血洒疆场，饮恨于城濮，现在为他们复仇的时刻到了。今天，本公将领着你们出征，本公要求你们为楚国而战，为君王而战，为申地而战，为死在城濮的父老而战，为我们自己的荣誉而战。我们要同仇敌忾，打败晋军，洗刷前耻。"

全体将士齐举武器高呼："同仇敌忾，打败晋军，洗刷前耻。"声如春雷滚滚，气吞山河。

"出发。"屈巫把手一挥，队伍浩浩荡荡向北开去。

十七　打败晋军,决定楚国霸业的邲之战

楚庄王十七年(公元前597年)开春,楚庄王率军队取道申县的方城道,直接北上伐郑。这是楚军自楚庄王八年(公元前606年)夏以来,几乎年年对郑用兵后的第七次。此次楚庄王志在必得,他亲率大军北上。大军长驱直入,势如破竹,迅速攻克郑国边城栎邑,又攻破郊关,直抵新郑城下。

自建国以来,郑国就运用大量人力物力财力,在新郑修筑了工程浩大的城墙防御体系。城墙依势而建,周长近二十四千米,墙基宽四十米至六十米,顶宽两米五,一般高十米左右,最高的地方可达十六米,全部采用"版筑"之法,用土夯筑而成。西城墙地势最险要,最不规则,长度也最长,形状宛如一只"牛角"。牛角最凸出的部分开有一门叫"皇门"。楚军将这里作为攻城的主战场。郑国自恃城墙高厚坚固,又有六万军队聚集在城里,便一边向晋国求救,一边固守待援。

楚军围城三个月,最后出其不意从"牛角"最凸出的部分突破,

攻陷了皇门。郑军溃散,楚军如入无人之境,冲至逵路(城中十字路口),这里正对着王宫的南门。按中原诸侯坐北朝南的传统布局,这里是王宫的正门。楚军正要蜂拥而入,忽然戏剧性一幕出现。王宫两扇朱红大门突然大开,并不见士卒冲出,而是几个宫人打扮的人在前拿着钟鼓敲敲打打开路,一中年男子满面愧色,裸着一身白肉,牵着一只大黑山羊跟在后面,就像是巡街游行。原来这是国君郑襄公在上演肉袒牵羊。这牵着羊,本来表示犒劳军队,而脱去上衣,是祭祀或谢罪时以此表示恭敬或惶恐,两者相加意味着战败投降,几等于负荆请罪。

郑襄公名坚,是郑穆公长子。原封不动地继承了君父的执政方略,一直亲晋,这使楚国不满,才屡次发动对郑的战争。

郑襄公一直走到楚庄王车驾前才停下,叩首道:"孤不德,不能服事大国,使君王怀怒,以降师于敝邑,孤知罪矣!存亡死生,一惟君王命。若惠顾先人之好,不遽剪灭,延其宗祀,愿得比于附庸,永感君王之惠。"

一边的子重一听忙向楚庄王进言道:"王兄,郑国力穷而降,赦之复叛,不如灭之。"

楚庄王缓缓摇了一下头道:"倘若申叔时在,又将以蹊田夺牛见诮矣!且郑伯能够如此屈居他人之下,必能信用其民矣,争霸在德不在威,还是姑且存之吧!"

楚庄王此次伐郑本意不在灭国,而是使郑国臣服,借此向晋军展示肌肉或"亮剑"。现见郑襄公跪地求和,目的已经达到,就见好就收,对他道:"郑国向来只知寡人之威,不知寡人之德。郑伯既有诚意,寡人就退军一舍以德服国,望郑伯早定盟约,不负寡人之德。"说罢,亲自麾军退出城外三十里安营扎寨。这是给郑国面子,意指两国所签条约并非城下之盟。楚庄王问鼎周室,知争霸"在德不在鼎",便以德服郑。这也是他之所以高于其他楚王而终成天下霸主的原因所在。

郑国臣服后,楚庄王率得胜之师继续北上,"欲饮马于河",扬楚威而返。上次"问鼎中原"只是陈兵黄河的支流洛水,他"不到黄河心不死",因此这次只有陈军黄河主干流,才可谓名副其实,功德圆满。

与此同时,救援郑国的晋国三军,由中军将荀林父率领,早已兼程而下,于五月底从孤柏渡南渡黄河。

一看晋军真来了,而且晋国六卿倾巢出动,楚庄王就犹豫起来。城濮之战失败的阴影又在心中闪现,是战是退,他犹豫不决。他一面急令"申之师"火速赶来增援,是该拿出"撒手锏"了;一面召集诸将于大帐中,商议战情。

楚庄王询问道:"晋师以中军将荀林父为元帅,率车六百乘将至,归乎? 抑战乎?"

孙叔应声而起答道:"郑国如未降,势必一战;现郑国已降,晋手足已断,何必再战?"

其他将领一听孙叔率先表态,便默不作声,帐中一片沉寂。

史载,是夜,春秋晚期鼎鼎大名的伍子胥的高祖父伍参,此时为楚庄王帐前嬖人(同嬖臣,身份卑下而受国君宠爱的人),就是前文司马迁搞错的伍举之父,私见楚庄王,向楚庄王分析晋楚两军形势,鼓动楚庄王主动迎击晋国军队,争夺中原霸主。伍参道:"大王顿城九十日,才得郑国降服。如晋军来,楚军不战而去,使晋国得以救郑为功而收郑,楚自此不复有郑矣!且王上以一国之主,而避晋之诸臣,将贻笑于天下,况能再有郑乎?"楚庄王愕然道:"令尹言郑国已降,寡人虑战未必捷,是以思退,听子一言,寡人虽不能军,何至出晋诸臣之下?寡人从子战矣!"伍参正由于关键时刻进此言后被授予大夫,伍氏由此开始崛起于楚国政坛。当时,楚庄王虽被打动,仍不能下定决心。翌日,他再次召集众将于大帐,令各授以笔,各写意见在左手掌上,进行掌决。这可能是中国最早的民主表决。结果,占多数的少壮派举战,但孙叔、中军元帅虞邱等四名重臣主退。

楚庄王颓然坐下道:"虞邱老臣之见,与令尹合,还是退兵吧!"

刚发完话,忽报申公赶到。紧接着屈巫风尘仆仆走进大帐参见道:"君王,'申之师'奉命赶到。"

楚庄王高兴地站起,亲执其手兴奋地道:"子灵来得正好。让寡人看看你给寡人带来了什么再行定夺。"说着,便领着众将伫立大营前检阅"申之军"军容。当看着队伍齐唱《兔罝》一队队凛凛而过,如此恢宏有力的歌声,如此威武雄壮的队列,如此如火如荼的场景,令楚庄王激动万分,不由得也跟着同唱起来。歌曰:

肃肃兔罝,椓之丁丁。赳赳武夫,公侯干城。

肃肃兔罝,施于中逵。赳赳武夫,公侯好仇。

肃肃兔罝,施于中林。赳赳武夫,公侯腹心。

当时限于财力，楚国大多数士卒不过是身穿粗鄙的麻布长袍，下着草鞋，很少有青铜护甲。而且大都是胡子兵，乱糟糟，不精神，例如另一支劲旅，来于息县的"息之军"，就是典型的代表。由于南方人面部毛发发达，蓄胡子就是其标志性特征。而这支"申之师"完全不一样，充满蓬勃朝气，一看就让人眼睛一亮，精神为之一振，热血为之沸腾。

楚庄王毫不掩饰地大声夸赞屈巫道："壮哉！子灵不负寡人矣！有这样的军队在手，寡人如虎添翼，还惧何人哉！"毅然下令道："战！乘辕一律向北，进军郯地，以待晋师。"

于是决定晋楚谁是中原霸主的郯之战爆发。

春秋时代的各国，"礼"如同空气一样无处不在，甚至在战场上，人们也需要遵守"战争礼"。

春秋时以车战为主，这种密集的大方阵作战必须选择一处相对平坦开阔的地点进行，便于"成列而鼓"。这也是商周以来的"礼义之兵"的传统。因此，双方必须事先约好时间，大致同时抵达，等双方都列好队伍之后，再鸣起战鼓，驱车冲向对方。这就是所谓的"结日定地，各居一面，鸣鼓而战，不相诈"。

作战方式上"重偏战而贱诈战"，一般一两个回合就见分晓，谁输屈膝而降，并不以为耻。

像楚宋泓水之战（泓水，古河流名，故道约在今河南省柘城县西北）最为典型。当楚军由南向北开始渡河时，宋军已在北岸列成阵势。宋国右司马公孙固向宋襄公建议："彼众我寡，可半渡而击。"宋襄公拒不同意，说仁义之师"不推人于险，不迫人于阸"，从而使楚军得以全部顺利渡河。

楚军渡河后开始布列阵势。这时公孙固又奉劝宋襄公乘楚军列阵未毕、行列未定之际发动攻击,仍被宋襄公断然拒绝。一直等到楚军布阵完毕,一切准备就绪之后,宋襄公这才率军向楚军进攻。可是,为时已晚,弱小的宋军哪里是强大楚师的对手,一阵厮杀后,宋军受到重创,宋襄公本人的大腿也受了重伤,其精锐的禁卫军(门官)悉为楚军所灭。只是在公孙固等人的拼死掩护下,宋襄公才得以突出重围,狼狈逃回宋国。

在当时,很多人并不认为宋襄公做得不对,因为他遵守的是战争之礼,具有贵族之范。

也是从城濮之战开始,才有了"退避三舍"的诱敌深入,开"兵者诡道也"的先河。时过三十四年,历史掉了个个儿,楚庄王率领的楚军先进攻郑国,诱使晋军南下救援,然后挟得胜之师以逸待劳,赢得先机。两军相峙之时,楚庄王又采取了"诡道",先派人到晋军求和示弱,麻痹对手。晋军果然便在战与不战中纠结起来,其中军将荀林父主和,中军佐先谷主战,也就是元帅、副元帅思想不统一,以致整个晋军毫无准备。

战争真打起来,极富戏剧性。

两军相遇在黄河南岸的邲地(今河南省郑州市荥阳东北)。

这里真是天然的战场,只有几棵槐树和梧桐孤零零地立在杂草丛生的原野上,如同哨兵守望着一望无际的荒芜。尽管只与黄河相隔一片山地,土地却异常坚硬干燥,无风起尘,刮风飞扬,就像黄土高原一般。其实这里本就是黄土高原的边缘。

双方各自安营扎寨。晋军在北，楚军在南。对垒后，晋中军小将赵旃擅自带着几个部下乘夜色摸到楚军大营门前坐而饮酒，喧闹了一夜，惹怒了楚庄王。天一放亮，楚庄王就带着几名侍卫，亲乘六马戎车出营捉拿，身边只有子荡驱车追随。从陈国回来屈巫就向楚庄王推荐子荡为右广，是时已经到岗，新人新气象，更是奋勇当先。一行追得赵旃丢盔卸甲，弃车落荒而逃。子荡执其盔甲车马以献，楚庄王这才消了怒气。正待掉转车头回营，忽见北边尘土飞扬，似乎晋国大军迎头攻来。楚庄王这一惊非同小可，心中暗自叫苦，担心晋军不宣而战。其实这不过是荀林父怕赵旃有失，派其侄子荀罃带二十乘赶来接应。楚庄王自不知情，正惊魂未定之际，谁知身后又闻鼓角争鸣、马嘶人喧，再定睛一看，大大的"申"字旗高高飘扬，这才长舒一口气，放下心来。原是屈巫率"申之师"赶到。屈巫也是听谢南阳报楚庄王出营，担心其轻进有危险，便率队赶来接应。不一会儿，孙叔闻讯也率中军赶来。

楚庄王大喜，就传令子重率左军以攻晋上军，子反率右军以攻晋下军，自引中军和"申之师"直捣荀林父中军大营。

"申之师"显示了强大的战斗力，一个冲锋就打垮了迎面而来的荀罃并俘获他后，又率先杀入晋军大营。这一支全新的生力军就如同虎入羊群，摧枯拉朽，所向披靡。

楚军不宣而战，晋军猝不及防，未战先乱。再看楚军来势凶猛，尤其遭"申之师"之重拳打击，便仓皇出逃，一时鱼溃鸟散。

晋军兵败如山倒，丢盔弃甲而走。

客观地讲，此次交战，楚军虽未宣而战，有违战礼，但具体作战中还是保留了不少君子之风。如逃跑的晋军有的战车陷入坑中无法前进，在后追击的楚军便指点他们抽去辕前横木扔掉。马仍盘旋不进，楚军又教他们拔去大旗减负，战车这才得以冲出陷坑。晋军走前反而回头对楚军喊道："吾不如大国之数奔也。"（唉！我没有你们楚国人熟悉逃跑的招数啊！意在讽刺楚国以前老是打败仗，善于逃跑）足见那时的作战并不以杀伐为目的，更像贵族主导的君子之争。

太阳高悬中天，火辣辣的当头照着，大地蒸腾，仿佛在燃烧。燃烧的岂止是天气，还有楚晋两军。楚军着赤，晋军着黑，红黑两军就在赤日炎炎之中挥汗如雨、汗流浃背地你逃我追、我追你逃，就如同正在进行一场竞争激烈的马拉松比赛。屈巫领着"申之师"全速前进，不知不觉便追到黄河南岸边的北邙山地。

本来黄河自三门峡出孟津后，北岸虽是辽阔的冲积平原，但南岸却是连绵不断的山地，此即邙山。邙山原为秦岭余脉，起自洛阳北，沿黄河南岸绵延至郑州北。山丘平地而起，地形崎岖，形势险要，历来为黄河的天然屏障。

谢南阳驾着战车正穿山谷而行时，突然他的正当左骖的白龙马悲嘶不前。这左骖在两服两骖中最为关键，主要是决定车子能否顺利转弯，因此他便套上了自己的爱马。这会儿一听，便对扶轼在车左指挥的屈巫道："主公，良驹绝不负主赴险峻之地。此马随在下多年，现悲鸣不行，恐前有险情。在下深知三晋子弟，勇猛无比，并非贪生怕死之徒，且常有惊人之举。常言道，狗急跳墙、穷寇莫追，还是小心为妙。"

屈巫遥观了一下四周地形道："此言有理。晋分三军,现中军已败,此役胜负已定,就无须再赶尽杀绝。当年城濮之战,晋文公也是在击溃我左右两军后便适可而止。"屈巫是真正的贵族,做事讲求风范,且能把握大局,于是他喝令"申之师"停止追击,就此收兵。

有贪功冒进之人。只见一队人马从后赶来,从身边匆匆而过,似洪流滚滚。屈巫一看是连尹襄老,正乘着一辆二马战车,连忙叫道："老连尹,我军已大获全胜,穷寇勿追,敌人恐作困兽之斗。"

"申公多虑,晋军溃不成军,毫无还手之力,正好乘胜追击、扩大战果。"襄老嚷着,领着本部人马头也不回地继续疾进。他欲多立军功、多抢占胜利品。

楚庄王庶出的大儿子公子谷臣随后赶了上来。他才十五六岁,正年轻气盛,一看襄老追远,立功心切,只对屈巫扬了扬手中之剑算是施礼,还没等屈巫开口相劝,便领着本部兵马尾随追了过去,一转眼消失在山丘后面。

不幸如屈巫所料。

子重率左军进攻晋军上军,但上军将士会和上军佐郤克早有准备,率师从容而退,致左路无功而返。晋军下军将赵朔和下军佐栾书听闻中军已败,便且战且退,无心恋战,子反率领的右军也劳而无功。

晋军下军撤到了黄河边的孤柏渡渡口,时任下军司马(负责执行军法)的荀首踏上了渡船,见中军元帅荀林父,也就是他哥哥,正站在船头指挥士卒渡河,便不满地朝他嘟哝道："兄长,这仗打的,稀里糊涂就败了,窝囊。"

荀林父答道："你回来就好，为兄正担心你呢！楚王亲征，败而不耻。何况胜败乃兵家常事，日后再报仇雪恨也不为迟。"

"也只能如此了。"荀首转头四处瞅了瞅，没见到儿子荀罃，便忙问荀林父道，"罃儿呢？怎么没见他上船？"

"唉！"荀林父长叹一声道，"被楚军所俘。真是奇了！从没见过如此勇猛的楚军，也不知从哪里冒出来的。"他对"申之师"仍心有余悸。

荀首一听大惊，不由得气呼呼地道："什么？罃儿已陷楚人手中？身为人父，我怎能独自空返！"说着扭头就下船，重新登岸，并呼部属整车掉头欲前往救子。

荀林父急忙阻止他道："荀罃已陷楚，往亦无益。当心楚军勇猛。"

荀首头也不回地道："得他人之子，可以换回罃儿，怎道无益？"说罢振臂大声高呼道："有种的，跟我上。"便领着荀氏家卒乘辕向南，驱车回驰。

临危不乱，善断果行，舍身救子，感动诸将。小将魏锜素与荀罃相厚，立即带部属跟上，河边的下军、中军众多将士也随之掉头而进，愿效死力。

且说襄老领着队伍一路狂追，进到山中，才转过一个山丘，不料前面晋军竟如同决堤的黄河之水，铺天盖地倾泻而来。几辆战车在前滚滚而进，襄老来不及拔箭迎战，就被头辆车上的荀首一箭射去，正穿其颊，倒于车上。随后赶来的公子谷臣眼见襄老中箭，急忙驰车来救，被荀首身边的魏锜迎住厮杀。荀首从旁觑定，又复一箭，中其右腕,谷臣负痛拔箭,被魏锜乘势活捉。这魏锜就是后来鄢陵之战中射伤楚共王左眼之将,甚是勇猛。楚军一见,只恨爹娘少生两条腿,掉头撒腿就逃,有如丧家之犬。荀首也不麾军追赶,而是载着襄老之尸,由魏锜押着被俘的公子谷臣,扬兵从容而还。

一卒逃至屈巫前气喘吁吁地报道:"申公,大事不好了,我军中埋伏了,连尹战死,公子被俘。"

屈巫一听,急忙驱队疾进,想救回被俘公子谷臣、抢回襄老之尸,可等他们赶到通往孤柏渡的山口前,除了遍地楚军尸体,晋军早已渡河。

残阳如血,染红了半边天空。一川河水就如同从血色中流淌而来。屈巫站在河边山头上,默默俯瞰着无声东流的大河,一种超自然的力量陡地涌上心头:莫非天意如此?

中部

一　郑国

郑国原是中原诸侯中的外来户。西周灭商后,采用"分封亲戚、以藩屏周"的政策,先后两次分封,把他的同姓"姬姓"宗亲、异姓功臣宿将以及神农、尧、舜、禹及商汤的后代分封各地。到西周末年,中原大诸侯国为晋、卫、燕、齐、鲁、宋、陈、蔡八个国家,并无郑国一席之地。

郑国本不在这两次大规模的分封之列,而是公元前 806 年,周宣王封其庶弟姬友所建的一个"姬姓"宗亲国,伊始在近畿之棫林,后徙拾。周幽王即位时,姬友为周王室的司徒(掌管全国土地和户籍),见诸侯强大、王权旁落,预感将有变乱,便听从太史令的建议,把财产、部族事先从拾又迁移到东都洛邑之东的东虢、邻两个小国之间的荥地,以图发展,史称"虢邻寄孥"。

对于新的存身之地,史家曾赞不绝口。《国语·郑语》中称道此地为"前华后河,左洛右济"的宝地,也就是前有嵩山(嵩山最早之名亦曰华山,也有一说是指古华国都城华邑,但考虑此句表述的是自然地理,理解为嵩山更为确切)后有黄河,左有洛水右有济水。

周幽王十一年(公元前771年),在犬戎攻陷西周国都镐京时,姬友与周幽王一同遇害,其子掘突继任为司徒,这就是郑武公。郑武公乘护送平王东迁洛邑之机,于周平王四年(公元前767年)和周平王六年(公元前765年)相继侵占了东虢、郐两国之地,并定都于溱洧两水交汇之处,实现了其父的建国遗愿。这个另起炉灶建立起的全新国家,仍沿袭郑国的原名,但后人为区别肇始之郑,就称其为新郑。

新郑地处中原,地理位置得天独厚。它西接周晋,南通荆楚,北临卫燕,四通八达。郑国第三任国君郑庄公充分利用地理之利和充当周王室公卿的身份,既受王命伐叛臣,又抗王命主公道,胁宋国,迫许国,威加北戎,就连当时的大国齐国都自愿追随其左右东征西讨,使郑国声名鹊起,一时势不可挡,史称"郑庄公小霸"。郑庄公治理郑国的四十三年,是郑国的极盛时期,此时郑国疆土,南建栎邑,东建启封,北与卫、晋交错,西控巩、洛,不仅与中原各大诸侯国并驾齐驱,而且俨然有望成为一个号令天下的强国。

只可惜虎父犬子。郑庄公薨后,郑国便陷入内乱的泥沼。诸公子争权,三君被弑,致使王族无人,公族坐大。公族当国,郑伯失权,就丧失了做大称雄的历史机遇。再加之凡事有利必有弊,天下之中的位置难守易攻,强势时得征伐便利,弱势时便极易成为四方的猎物。随着周边齐、晋、秦、楚等大国的崛起,强邻环绕,它就连年战事不断,沦为四战之地,始终面临生死存亡的考验。

倘若只从民生的角度而言,四通八达的地理位置和交通的便捷,却十分有利于商业的发展、经济的繁荣。再加上郑国信奉贸易立国,始创之君姬友就曾与商人订立盟约:"尔无我叛,我无强贾,毋或匄夺。尔有利市宝贿,我勿与知。"意思是:"你们商人不能够背叛我这个郑国的国君,那么我也不会对你们强取豪夺;你们商人有稀罕的宝物在市场里销售,我也不要求知道。"国君重商到与商人签订盟约,在中国历史上仅此一家,别无分号。可想而知,郑国商业之发达、国人之富裕远非其他诸侯国可比。

言归正传。话说郑国传到第十任君主郑文公时,从争霸的角度,郑国早沦落成了一个跑龙套的角色。但郑文公不擅开疆却长于安内,他在位长达四十五年,其生命力之旺盛,拥有的儿子之多,在各诸侯国中独占鳌头。伯仲叔季多了,世子担心位置不稳,就急于上位,便背着当爹的私下找齐国作为靠山,这强烈地刺激了文公的神经。郑文公在镇压夺权的世子后,担心其他儿子仿效,干脆就把他们统统驱赶出境,以绝后患。其中一个名叫兰的,就到了晋国。

公子兰生得有些传奇。母亲是古燕国人,名燕姞。原本是老夫人身边一名粗使宫女,从远处看,一个傻大笨粗的胖丫头,从不会让人眼光多停一刻;近而察之,其实她的脸蛋小巧精致,眉清目秀,且肤色细腻白嫩。其心智更不亚于宫中任何一个得宠美人,只不过大多数人不加注意,她自己也一直苦于无机遇脱颖而出罢了。也是天意,那天清晨郑文公偶然路过老夫人处突感内急,就心急火燎冲进眼前的一小屋。进屋也无暇他顾,直奔墙角便桶,撩开深衣,一屁股坐上才如释重负。

正巧燕姞那天闲来无事。一早起来,刚用陶盆打水,正欲临窗牖梳洗,忽听背后有人破门闯进,忙回首一望,原是国君大驾光临。尽管国君心无旁骛,专为出恭,仍属天赐良机。她不由得喜出望外,连忙把洗脸的那盆清水端上,近前跪地侍候。郑文公卸下肚中的千斤重负,这才身心舒畅地睁开眼,正欲找东西净身,就见一个丰润白嫩的青年宫女正跪立在身旁,仰首朝自己媚笑,双手还捧着一盆清水。真是瞌睡送个枕头——正是时候。当时并未发明纸,一般人都是利用竹板碎木块茅草小石头解决后顾之忧,而达官贵人讲究,多用水洗,是为惯例。这次郑文公感觉迥然不同,就像幼时母亲的手在温柔地抚摸自己的身体那般,一只娇嫩的小手如水般润滑,丝般柔顺抚摸自己的龙眼。多少年了他都没这感觉。平常侍候他如厕后清洗的都是些粗使宫女,总在敷衍着例行公事,有的还偷偷背过脸、掩着鼻,从没见过如此认真敬业之人,擦拭龙眼就如同擦拭青铜器一般仔细。洗毕还一丝不苟地用一块软布擦干其处,动作温柔得深情四溢。郑文公顿生好感,立起身后朝她点头表示嘉勉,正思量着要不要调她御前侍候如厕,忽听她嘤嘤道:"小女子昨晚曾梦见天使赐兰草,说是小女子远祖,今日小女子就有幸得遇主公,真乃祖宗有灵,天遂人愿。"文公本来对她周到细致的服务就很认可,一听有此一说,更觉高兴,就又多看了这名自称小女子的两眼,见她正以火辣辣的有所期待的眼神回望着自己,小脸蛋还绯红流彩,不由得龙心冲动。他心想既然天意注定要赐兰草,自不可违命,便就势把她按在地上,剥其亵衣,昂然而入,竟在藏污纳垢之桶旁一泻千里。也是机缘巧合,燕姞就因这一便桶边的临幸而受孕。她使劲挺着个肚子,尽管别人都因她的"水桶腰"看不出来,她还是逢人便讲梦境,讲文公如何一早伴着晨光光顾临幸，当然丝毫不提其出恭一节。一般人胖脾气就好，脾气好人缘就好，人缘好，大家就发自内心地为她高兴，宫中很快便传开了天赐兰草之事，史官还煞有介事直录史中。

不过，郑文公虽男性特征强劲，弹无虚发，不愧为"一代雄主"，但大脑就相对简单，甚至于鼠目寸光。当年春秋霸主晋文公落魄时曾途经郑国有求于他，他不屑于接待邻国一个逃难的落魄公子，便埋下祸患。晋文公回国即位后，自然要找他秋后算账。于是，郑文公四十三年（公元前 630 年），晋文公起兵讨伐郑国，出发前，忽然想起了被郑文公驱赶到晋国已寓居多年的公子兰，就欲用公子兰为先导。十八岁的公子兰应召来到晋文公的战车前。当得知是为此事后，他略一思索，便恭恭敬敬地回复晋文公道："晋侯今日伐郑，外臣不敢受命同往。外臣闻君子即使另处他乡，也不可忘记父母之国。"

这里解释一下国君的称谓。据说周初分封时也相应授予诸侯爵位，共有公、侯、伯、子、男五级。例如宋君为"公"，晋、齐、鲁君为"侯"，郑、秦君为"伯"，楚、邾君为"子"，许君为"男"等。中原诸国一直习惯按分封时的爵位互称其君，公子兰这才称晋文公为"晋侯"。

尽管公子兰拒绝了晋文公，但晋文公听了他的话，不仅不怪罪于他，反而对他刮目相看。晋文公觉得其人虽年少，但不忘宗国，深明大义。这种人一旦即位，自不会忘恩负义。当时春秋各国，有眼光的君王都无一例外地欢迎接纳避难的邻国公子，其目的无非日后该公子若回国继承君位，能为己所用。像当年晋文公也曾落难到楚国，楚成王待之以诸侯之礼，这才会上演后来晋楚两军对垒时晋军

"退避三舍"的故事。

接下来的事顺理成章。晋文公兵临城下,开出和谈的唯一条件就是郑文公必须立公子兰为世子。这真令郑文公喜出望外。当国君的几乎没有损失就能消除兵祸之灾如何不喜?当父亲的更没有理由拒绝,对于他来说,哪一个儿子即位都无区别,何况这个儿子还有梦兰之兆。因此两年后郑文公过世,二十岁的公子兰就名正言顺、毫无疑义地即位,是为郑穆公。

自然郑穆公投桃报李。他即位第一年,就因一边倒地投向晋国,引起秦国的不满,这才发生历史上著名的商人弦高智退秦国入侵之事。那弦高贩牛途中行到滑国地界,偶遇千里奔袭的秦国大军,就急中生智谎称是郑穆公让他来献牛犒赏将士。秦军一看计划暴露,只得退兵,也就是说弦高只用四张熟牛皮和十二头牛就吓跑了秦军,解救了郑国。这也成就了历史上商人爱国的壮举,给我们留下了一个成语就叫"牛饩退敌"。

这还罢了,随后发生的事几乎改变了秦国的命运。正因为遇见了弦高,秦军才退去,可千里奔袭,空手而回三军又心有不甘,就搂草打兔子顺手灭了滑国。可这等于在老虎口里拔牙。晋国的晋文公刚薨,正处在国丧期,秦国不哀丧不说,秦军还如此目中无人侵略其同姓邻国,自然引起晋国君臣的愤怒,晋襄公就决定墨衰(穿着黑色丧服)而战。于是,公元前627年,在崤地晋军伏击秦军,致秦军三军覆没,史称崤之战。正由于此战而败,秦穆公才不得不向西发展,暂时无力东进。

别说郑穆公一辈子还算顺利。未即位前楚国败于晋文公,这刚一即位晋襄公又打败秦国,以致当时诸强都无力染指郑国,乐得坐享太平。但后来的郑国国君就没他这么幸运,不得不同时周旋在晋楚两强争霸的夹缝中。仅从这点上看,公子兰的确受命于天,是个福君。

像他父亲郑文公一样,郑穆公也多子,共有十一个儿子。与文公迥然不同的是他更具父亲情怀,或许是自少漂泊晋国深知寄人篱下之苦,他就把儿子都留在身边,其中两个先后嗣位为君,另七子之后也发展成为七个势力强大的世族,掌握着郑国的命运,史称"七穆"。

郑穆公虽然多子,却少女。他仅有的一个女儿就是跟着他流亡晋国的姚子所生的夏姬。因是女儿,又是他的第一个孩子,当时就叫元姬。据天纵伊夫考证,元姬出生于晋国的国都绛城,正是城濮之战晋国获胜的消息传来,举国欢庆之时。因城濮之战中郑国属于战败的楚军系列,流亡在外的公子兰内心并不好受,是女儿的出生给了他安慰,因此视为上天的礼物倍加珍爱。可令人痛惜的是,本是父亲的掌上明珠,却又不得不成为"问题公主"。

二 郑国公主

　　元姬出生之时，公子兰虽还未登大统，又异乡漂泊，但无论血统出身还是后来的成长环境，元姬都是不折不扣的金枝玉叶、名副其实的郑国公主。

　　自她记事起就生活在宫中，在父母亲人的呵护下，养尊处优，无忧无虑地成长。

　　郑穆公宠爱女儿，视之为幸运星。他认为自己的好运都是女儿出生带来的，因此承袭宗祀后所做的第一件大事，就是专门在宫中后园给只有四岁的女儿盖了幢红楼供其独居。一天朝会，当国呈送了郑国匠人新铸的一对独一无二的青铜器——莲鹤方壶。此壶顶盖作镂空莲瓣，中立一昂首舒翅之鹤，造型独具匠心。郑穆公一见，喜不自禁，领着群臣把赏一番后，遂令寺人（宦官）在自己寝宫摆一件，另一件专门送到女儿的香闺中摆放，可见女儿在他心目中的地位远超过其妃嫔及众子，真可谓集万千宠爱于一身。这里插一句，就像郑国是中原诸侯的外来户一样，郑国青铜器属东周中原青铜文化圈中的特殊成员,其制作水准后来居上,超过周、晋为代表的中原地区青铜器并承前启后,影响了楚国青铜器。

可当女儿的怎么会知道或在意这是稀世珍宝、国之重器呢?她与生俱来喜欢的只是那些让她变得更加美丽的东西。她乐此不疲的只是宫廷女子必修的功课——"脂泽粉黛",像傅粉、画眉、抹胭脂,膏沐、配香料等。她还生来喜欢花草,房里能盛土的器皿几乎都被她发掘出来种花养草。屋里屋外都是花花草草,满园春色,满室春光,尤其是君父的幸运之花兰草更为她所钟爱,用上等的陶盆、陶壶、陶瓶、陶罐、陶鼎精心栽植。那一年刚到她的金钗之年,适值君父生日,这天她正好得到了一株上品兰花,见已无好的容器种植,只有莲鹤方壶空着,就令侍女取下盖,往壶里面装土,然后亲手把兰花植了进去。她想每次君父来都不忘把赏此壶一番,而君父又素喜兰花,现把二者结合成"兰壶"作为生日礼物送给君父,一定会给他一个意外惊喜。

她得意扬扬地欣赏自个儿的劳动成果时,母亲姚子进来,一见中立"一鹤"竟摇身变成了中立"一兰",不由得吓得双膝发软、花容失色。莲鹤方壶是镇国之宝,是郑穆公的珍爱,而女儿竟用来种花,这可闯下弥天大祸了。姚子正在揪心之际,见郑穆公退朝已进红楼,赶紧抢先跪下,请罚不教之罪。谁知郑穆公一见此"兰壶",不仅不怒反而哈哈大笑。他双手拉着女儿的双手摇晃着道:"莲鹤方壶何足贵,元姬才是孤最珍贵的兰花。"

从这天起,郑穆公为女儿安排了最好的女师教她学诗、学琴、学礼。她本天生丽质,这样一来,就更显超凡脱俗。

豆蔻年华,含苞欲放,元姬懵懂的青春在漫漫的冬眠里苏醒,她开始变得不满足现有生活,对生命的悸动充满着渴望好奇,像每一个情窦初开的女子一样,开始编织着多姿多彩的梦。

阳春三月,正是万物生长、生机勃发的日子,那天她在室外花园的水榭上倚着美人枕读《溱洧》。这是一首描写郑国青年男女到河边春游,相互谈笑并赠送香草表达互相爱慕情景的民歌。歌曰:

溱与洧,方涣涣兮。士与女,方秉蕑兮。女曰:"观乎?"士曰:"既且。""且往观乎?"洧之外,洵讦且乐。维士与女,伊其相谑,赠之以勺药。

溱与洧,浏其清矣。士与女,殷其盈矣。女曰:"观乎?"士曰:"既且。""且往观乎?"洧之外,洵讦且乐。维士与女,伊其将谑,赠之以勺药。

读着读着,元姬脑中不由得浮现出拿着芍药的青年男女在碧波荡漾的溱洧岸边相互戏谑游乐的场景,这是多么迷人热闹的景象啊!

元姬知道眼前的这小湖就通向这河水,这两条河就交汇在宫墙之外。她也想像她的那些同龄人一样身临其境,置身其中。她放下竹简,就起身兴冲冲地去找娘亲。娘亲和另一些母亲都住在另一所大院中,和她住的院中有回廊相通。一向慈爱的娘亲这次听完她的要求,却放下手中的针黹,这是在为女儿亲手做嫁妆,坚定地摇头拒绝道:"傻闺女,你身为公主,咋能随便出宫? 娘亲可当不了你的家。"元姬不甘心直接去找君父,拉着他的手摇晃着撒娇,可一向对她宠爱有加、百依百顺的君父竟也摇头拒绝。

元姬噘着嘴,快快回到红楼的房里。窗牖俯瞰着花园,先前每天她都能倚窗牖看着花园很久,但现在忽然觉得百无聊赖。往常的春花、绿荫、小鸟、蝴蝶,那些她一向喜欢的东西都不再引起她的兴趣,花园再大,但被高高的围墙包围,令她与世隔绝。她感到自己就像金丝鸟儿一样被关在了笼子里。她忽然变得少言寡语起来,不再是那个叽叽喳喳的美丽小鸟,恍惚一瞬间,她就长大了。

在深宫中,元姬其实是寂寞的。她能接触的男性只是君父和家族的男子。夏天到了,日子一天长似一天,过一天就像过一年一样。她没处可去,只好睡觉消磨时光。那个夏日的中午,骄阳如火,花园的植物和小动物在阳光烧灼下昏昏欲睡,阵阵热风从洞开的窗牖中滚滚而进,让人炎热难耐。她让侍女关上窗牖,放下珠帘,屋里不那么明亮,这才显得阴凉起来。她因为天热神思倦怠,就脱光衣服,上榻睡去。小侍女一看主人睡了,也乐得跑到隔壁房里打盹去了,留下她一个人赤着身子大躺在床榻上。迷迷糊糊中只见一美丈夫羽冠鹤氅,乘彩凤自天而降,来到她床榻边。他的笑容是那样的灿烂,他温柔地抚摸她细腻恍如白瓷一般的身子,从上到下,令她春心荡漾,忽然下面一阵刺痛,她醒了,原是庶兄子蛮赤裸着正趴在自己身上⋯⋯

这个子蛮,是她仅有的伙伴。他时常拿着兰花,过来看她、陪她,和她一起侍弄花草,一起读书抚琴,一起谈天说地,本素无猜忌。但这次他进到房中,一看她一丝不挂、玉体横陈在床榻上,又一瞅四下无人,便手忙脚乱地脱掉衣裳爬了上去……

她只觉得好玩,也感到刺激,这让沉闷的生活充满乐趣。

她不明白子蛮为何这么喜欢这种偷偷摸摸的游戏,她只是觉得脱光后的他弱不禁风的样子是那样的滑稽可笑。看见他提心吊胆、战战兢兢地裸露着单薄的身体,手忙脚乱地站在她面前,她甚至有些可怜他。她长得是那么饱满,珠圆玉润,而他是那样的羸弱不堪。事实上除了精神上的些许愉悦,她并未从中感到多少肉体的乐趣,既不热心这事,但也并不认为是多大的事情。

又是一年春来到,她跟子蛮说了自己想出宫看看溱洧的梦想,子蛮经不住她的要求,一天就驾着车偷偷带她出宫。那一天她是多么快乐呀!她迎着春风,站在车上,目不转睛地盯着四周的景致,只感到天是那样的大,地是如此的阔,水是别样的清,只恨双睛不够用。她贪婪地大口呼吸着原野的清新空气,空气中弥漫着青草的芳香,令她陶醉不能自已。她在水边尽情嬉戏,提着裙裾在原野上奔跑,感到就像鱼儿游在水中、鸟儿飞翔在蓝天上一样的自由自在,尽管裸露着脚踝、膝盖、双股都不放在心上……子蛮眼光追随着她,不由愣了呆了痴了。他写下了他一生中唯一一首流传至今的诗《有女同车》,诗曰:

> 有女同车,颜如舜华。将翱将翔,佩玉琼琚。彼美孟姜,洵美且都。
>
> 有女同行,颜如舜英。将翱将翔,佩玉将将。彼美孟姜,德音不忘。

突然子蛮不来了,再后来恍惚听说子蛮病了,然后死了。消息传来,她虽然不无惊讶,但也没感到多么伤心,就好像一个虽然相识却并不要紧的人离去一样。听到宫中人都偷偷摸摸地议论这是她造成的。她还觉得挺委屈,他自己要来,又不是我去找他,怎么会怪到我头上呢?

不久元姬身边的侍女全被换成一些冷若冰霜的中老年宫女,她们从不对她这个公主假以辞色,无论她说什么,除了"诺诺"的应答,就如同木头人似的毫无其他反应,令她无可奈何。接着就恍惚听到自己就要被嫁到陈国了,她既不激动也不伤心,仿佛事不关己似的无动于衷。只是她走前的日子,姚子一直叹着气,泪水汪汪。姚子就生育这一个女儿,却留不到身边不说,还不得不由夫君做主,在女儿刚到及笄之年就把她嫁给邻国一个大夫。直到真要走了,元姬才想去见君父一面,她其实真爱君父,但一向视她为珍宝的君父已有很长时间不再看她,即便她远嫁也仍不见。她守在车边迟迟不肯上车,结果只等来了寺人抱来的一把古琴。寺人说道:"公主,这是国君所赐,代表国君,国君说见它就如同见到国君。"

也不能怪郑穆公狠心。当父亲的一般都会想当然地认为自己的女儿与众不同,断不至于做苟且之事,何况元姬看上去是那样的冰清玉洁,就像不食人间烟火的天人一样圣洁。他自小就对她期望甚高,刻意培养,原本想把她嫁给大国为夫人或和周王室联姻,却没想到她如此自轻自贱,与自己的庶兄做出如此令人难以启齿之事,并导致其"过劳"而死,这怎么会令他接受?他想不通,他气得浑身

175

发抖,盛怒之下他把她身边的侍女全部赐死,老实说没有惩罚她也算是一个当父亲的手下留情了,又岂肯再见她?而当女儿的又怎么会想到这些呢?她接过琴抱着,朝父亲寝宫方向施了拜礼后才失落地乘车而去。

其实送亲那天,郑穆公一直站在宫门墙头上,默默看着女儿的身影,又目送着迎亲的车队渐渐远去,心如刀绞。当寺人过来报女儿执意要见父亲一面才走时,他虽然仍狠心不见,但恨已消融。他令寺人去寝宫把自己最喜爱的古琴拿来送给她。这琴不是凡品,而是中国"四大名琴"之首的"号钟"。"号钟"原是齐桓公的爱琴,齐桓公薨时诸子争位,宫中大乱,一宫人乘机盗出,这才流落民间。后来此琴辗转被郑国一商人购得并呈献给郑穆公,他一向秘而不宣,从不示人,可最终还是忍不住送给了女儿,足见其爱女之深。

随后郑穆公又到女儿的房间独自待了半天,出来时仿佛老去十岁。他令人把红楼原封不动地封存,只将那"兰壶"搬到自己寝宫,和另一件相对,还让宫人细心养护上面的兰花,大概是想女儿就像这壶盖上的白鹤一样一去不复返了,才以此寄托父亲的相思之情吧!

幸运的是他薨在了女儿在陈国的风流韵事传来之前。郑穆公二十二年(公元前 606 年)冬,他因风寒病倒了,病中一日苏醒,一眼看见了莲鹤方壶上的兰叶正在枯萎,就道:"兰花死了,孤也许要薨了吧!孤是靠着它出生的啊!"然后令人割掉了兰花,就闭上了眼安然而去。

自然,两把莲鹤方壶随葬,从此在人世间消失。直到公元 1923

年于河南省新郑市李家楼郑公大墓出土，才重见天日。

言归正传。新婚之夜元姬才见到丈夫。丈夫夏御叔长得粗粗大大，因为娇妻是个大国的公主、出身高贵，又如此美丽，他对她便有些诚惶诚恐。表现在男女之事上就是很长时间都放不开，小心翼翼地怜香惜玉，就如同面对着圣母仙女。她心里只觉得好笑，也觉得其颇为可爱。元姬因丈夫之姓夏而称为夏姬。不久夏姬就成为人母。三年时间她忙着照顾孩子，有时瞅着这个四处乱跑的愣头愣脑小子，她就如同身在梦幻之中一般，觉得不真实。她心想这真是自己所生的骨肉吗？

不知为何丈夫也热衷于在她身上劳作，乐此不疲，可也像子蛮一样，越来越速战速决。有时看他力不从心又勉为其难的样子，她心里更多的是怜悯同情。男人呀，都有些傻不拉叽的，她想。

孩子垂髫之年，丈夫又一病不起，然后走了。夏姬虽伤心了几日，但就像是一个虽然相熟却并无干系的人走了一般，竟然有一种如释重负、无拘无束的轻松感。她明知道这样不对，但仍免不了如此想。不知不觉又一年过去了，孩子长到十一岁时，父丧的噩耗传来，她令心腹家仆陪着儿子替她奔丧后，就把他留在了娘家接受教育。相比较陈国，郑国更大更繁华。

孩子一走，夏姬更不愿独自住在宛丘。从小生活在深宫，被拘束得烦了，她一直向往自由自在、无拘无束、随心所欲的生活。与蓝天白云做伴，与清风明月为邻，与花草世界为伍更是她的心愿。丈夫的封地在株林，夏姬就独自搬迁到了这里。她早就喜欢这里恬静的田原风光，便再也不愿意离开这里半步。

这里有茂林修竹,有梨树林,环境清幽。她又让人在房前开了花圃,专门种植兰草、芍药。她用兰草、芍药、梨花来配制香料,那种独特的幽香,让她迷醉。她沉溺其中,无力自拔。花开花落,春去秋来,时光慢慢逝去。她觉得生命的流逝也像自然的四季更替一样美好。只是长夜漫漫,独守空闺,偶尔会感到一丝生命的原始渴望。难眠之时,她就读书弹琴解闷。她并不知她上车时郑穆公送给她的竟是当世最珍贵的古琴"号钟",她只觉得这琴音色独特、动听,又可以慰相思,因此常喜欢弹奏,这样冷清的时光很快也就过去了。

夏御叔朝中的同事孔宁见有机可乘,便前来这里献殷勤、勾搭她。当年在一次家中聚会上,他曾见过夏姬在祭祀时跳郑舞,一见之后就念念不忘。她天仙一般的身段,舞出来是那样的大气、贵气,别具一格,自然令孔宁过目难忘、朝思暮想。那天孔宁无意中看见一首诗,道思慕之情,便把第一段抄来借花献佛,谎说是专门为她而写:"子之汤兮,宛丘之上兮。洵有情兮,而无望兮。"她一看诗写得真好,情也挺真,的确有些感动。虽然孔宁身材瘦小,其貌不扬,在她面前就如同一只瘦小的猴子上蹿下跳,全没个端庄正经样,但闲着也是闲着,不妨来点调料,就像是当初对于子蛮,貌似被动又多少有些主动地迎合了他。尽管她只是心不在焉地迎合,但生来的百媚千娇还是不可抑制地流露出来,在对方眼里就成了狐媚、挑逗、勾引。他因为得到她而激动,自以为得到她的爱而激动,便不可控制地到处炫耀,就像是偶然中奖的暴发户,实在掩饰不住发了横财的兴奋,非要嚷得满世界都知道一样。她不由得感到可笑。这有什么,男欢女爱。他只是她的工具,而且是不怎么像样的工具。事实上她从没有用过心机去勾引别的男人。总体上，像天下所有美女一样，她最爱的其实是她自己，而他们对她可有可无。

丈夫的另一个同事仪行父听闻孔宁的艳遇，艳羡不已，便也如法炮制，但不是送诗，而是以送厚礼来博得她的欢心。仪行父身材高大，相貌英俊，如同一只骄傲的公鸡时不时咯咯几声，唯恐别的母鸡不知。仪行父床榻上也顾盼自雄，给了她更强烈的肉体刺激，她不免有些欢喜，但也仅此而已。

谁知陈灵公突然也在他两人的陪同下大驾光临。这个因酒色过度未老先衰的中年男人，下巴上稀稀疏疏长着几根山羊须，脱光了就如同一匹营养不良的瘦马。看他在自己身上激动得汗水直冒，表面上她对他礼貌有加、曲意奉迎，除了美丽女性天生的展示自我的本能，内心里更多的怕只是女性才有的虚荣心在作祟。陈国尽管是一个远不如自己娘家的小国，但毕竟他是一国之君，后宫佳丽也不乏其人，有时想他竟还拜倒在自己裙下，自然会给她一种不可避免的虚荣心的满足。这也是人之常情。

陈灵公却误以为她只对自己深情有加，更加无力自拔。其实另两人也作如是想，这才上演了前文所提及的闹剧。也就是朝堂之上，陈灵公在仪行父、孔宁面前展示夏姬的"贴体汗衫"作为爱情的信物，证明她对自己情有独钟。仪行父、孔宁不甘示弱，也分别拿出她的"锦裆""碧罗襦"来证明她对自己的一往情深。君臣如此一体"博爱"有加，成为历史上的笑柄。

就夏姬而言，其实并非本心。只是看着他君臣三人围着自己转，争先恐后地献媚邀宠，还恬不知耻地以议论自己为乐，她感到的只是他们的可笑可叹可怜可悲。一个个装得如此道貌岸然、不可一世，但一裸露在自己面前，又是那么低三下四。心理上她从不觉得是自个儿在被他们玩弄，反而是自己玩弄他们于股掌之中，她打心底里瞧不起这些男人，因为他们从没让她真正的动心。

儿子弑君的悲剧发生了，夏姬无能为力。她并不因此仇恨儿子，但内心里不能原谅他，因为她觉得他小题大做，把一个简单问题复杂化。在她那里并没有从一而终之念。多一个男人和少一个男人并无区别。再者哪一个像点样的男人不是妻妾成群？男人能做，为何女人就不行呢？真是傻呀，傻到家了。因此，那天一早儿子慌里慌张地从宛丘驱车回来，说楚军来了，不会放过他，催她收拾细软，跟他去郑国避难，她一动不动地坐在房里，无动于衷。她觉得自己心已死了，一切都无所谓了。

后来在楚庄王面前，她听到那个男人在侃侃而谈，不知为何，他的声音有一种磁性，吸引她不由得竖着耳朵细听。她还是第一次亲耳听到别人在概括自己的人生，似乎谁沾着自己谁倒霉，就不得好死。这也是她第一次意识到世俗对她有如此不堪的评价。真的吗？我是个不祥之人吗？我有这么坏吗？过错都在我吗？

后来当她听到那个男人追出来说"红颜无错、美丽无罪"的话，如五雷轰顶。不知为何，眼泪不可抑制地流了出来。

这还是她有生以来第一次流泪。丈夫殁、儿子死，她都没哭过一声，但这次她哭了，因为她的心被深深触动。

三 她是一个弱女子

夏姬自从被襄老带到楚国后,整日行尸走肉一般活着,难得开口说一句话。

夜晚在床榻上,她死人一样任襄老摆布,尽着为妻的义务。襄老是个粗鲁的军汉,在床上也如其职业一样的粗暴粗鄙,总是直来直去。往往三下五除二一完事,转身就睡,鼾声如雷,地动山摇。他感兴趣的只是刀枪剑戟,而不是女人,尽管她天下绝色。

襄老更不知怜香惜玉,从不对她有好言好脸色。在他看来,女人就是用来传宗接代、居家过日子,而她娇滴滴的,中看不中用,只是一种麻烦,还真不如找一个好人家的姑娘省心省事。要不是楚庄王赐婚他拒绝不得,以他的性子,恐怕早就把她休了。

论家里的条件,襄老家也远不如株林,更别提郑国王宫了。襄老只是王卒左右"二广"中的连尹(主管射击),俸禄微薄(当时在国中担任比较重要官职的,可在国中的田地里"分田制禄",即按职位分得一定量的田地作为俸禄),收入主要靠征战俘获的胜利品和楚王的赏赐,所以他渴望征伐。府上没有几个奴仆,也不分内宅外宅,一大家子挤在不大的两进院落中。他和夏姬住在后院,前院是前妻所生的儿子黑要一家。黑要已经成年,负责打理日常家务。这是一个脖子几乎和头一样粗、满脸粉刺的青年人,张牙舞爪,咋咋呼呼的,就如同一头叫驴有事没事都吼几声。不用介绍,一看那样子就知他出自行伍家庭无疑。夏姬本就不屑管事,见此对家事更不闻不问,任他折腾。

因襄老是个粗人,只知舞枪弄棒,屋里便只是一些劲弓利箭、斧钺钩叉类的兵器,没有存书可看、没有鲜花可赏,没有琴可弹。如果说夏姬还有什么留恋之物,那就是君父送她的那张琴,只可惜被留在了株林,现在也不知流落何处、落入谁人之手。屋后倒是有一个小园,却用来种菜,都是她从没见过、只生长在南方的那种叫韭菜的青菜,割了一茬又会生出一茬,以及用来调味的生姜和小茴香等。除了菜地,四周杂草丛生,连下脚的地方都没有,了无生趣,她去了一次就不愿再涉足。只有院中窗牖前的一株小白玉兰树,树干光滑,泛着青色,大大的叶子碧绿,看着令人赏心悦目。可一遇刮风下雨,它就摇来晃去,瑟瑟缩缩,显得可怜巴巴。她常想自己就如这小树似的,生命是如此美好又如此脆弱,身不由己被风雨所左右,心里就更加难过。

夏姬来时正赶上南方的梅雨季。这同郑国、陈国明显不同。那里也时常下雨,但天很快放晴,依旧的干燥宜人,而这里的雨一下,就如同开闸的渠水没完没了。天阴沉着,雨水噼噼啪啪打在房顶上、院子里,满地积水,到处泥泞,湿乎乎的发出一股霉味,令人恶心。还有南方的冬天，不同于北方的干冷，而是一种刺骨的湿冷，就是多穿衣服也阻挡不住寒气袭人。人这时只能待在昏暗的屋里，也就更加空虚、难受、无聊。每当这个时候，她便靠思念打发时光。往事既然不堪回首，她便总是想那个只见过一面的男人。他和那个乘彩凤自天而降、身着羽冠鹤氅的美丈夫是那样的相像，尽管他俩形象是如此不同。她此生阅男无数，但从没像现在这样会思念一个一面之交的男人。悲惨的处境更放大了她的思念。

那天她问身边的侍女玉兰，楚国都有哪些当权的人物，当然她不能直接发问那个男人，担心会引起别人怀疑。侍女说，主母我叫红莲。夏姬不由分说地训斥："我叫你玉兰你就是玉兰。"尽管她对一切不在意，但她在楚国举目无亲，如果不震住这个丈夫安排过来的小女子，她更没活路。她早就发现这个侍女从不敢正眼看她，鬼鬼祟祟、蹑手蹑脚的如同一只小老鼠。她早就想调教一番，便借改名来树威。那小女子见她柳眉倒竖，就张三李四地说都有谁。夏姬一听并没有她想打听的人，就不解地审问道："就这些？""真的就这些，主母。"玉兰答后又圆睁双眼，想起什么似的道，"还有个莫敖，名屈巫，已到申县当申公了。"她一听心中一震，知道这就是她要找的人。屈巫，她默念着，名字虽怪，但有魔力，只有他会叫如此名字，配得上如此名字。

心中隐隐闪现了希望的火苗，她才从濒临绝境中渐渐熬了出来，也渐渐有了活力。夏姬自始至终对襄老并无丝毫感情。她从没感到自己属于襄老、这个家、这个国。她一点都不爱这里。因此，当襄老战死沙场的消息传来，她并无悲伤，反而有一种如释重负的轻松感觉在心内蔓延。南方的初夏已开始变得闷热,只是早饭之前天气才稍感凉爽,能在室外走走。那天她独自走到小树下,无意中仰头看天,见蓝天上白云飘浮,忽然感到自己的人生就宛如这白云一般飘来荡去,无所依托。现襄老走了,今后飘向何方,人归何处,似乎更没着落,心情不由得又沉了下来。

夏姬回到房里,没情没绪地坐在榻上抱着双腿一动也不动,双眼迷茫地直视着前方,仿佛灵魂出窍一般。掌灯后,才抬脸望着昏黄的烛光,满脸迷惘。也不知过了多少时辰,忽地灯花一闪,接着就传来开门声和脚步声,她还以为是玉兰进来伺候,就看也不看地道:"不用侍候。"谁知来人竟停在了她跟前,原是黑要闯了进来。虽然此刻他穿着最粗的麻布制成的断头外露的丧服(这叫斩),腰中还系着草绳(叫苴绖带),脚着草鞋(叫菅履),手拿孝杖,这都是最重的孝服孝具,但脸上并无丝毫悲痛之色。

夏姬吃惊地起身站起,急忙下榻,看着这个名义上的继子道:"这么晚了,所来何事?"

黑要嘿嘿一声奸笑,轻薄道:"大美人,老东西走了,你寂寞了吧。我特意过来尽尽孝道。"

夏姬大为惊讶!都在一个屋檐下,难免面碰面,虽然也感到他不怀好意的淫邪目光不停地在她身上滴溜乱转,但毕竟母子名分相隔,两人还保持着适当距离。可在这种时候,说这种话,简直罪大恶极。她忙呵斥道:"请庄重。此话何意?"

"这是天意。老东西死了,家现在是我的,自然大美人也是我的,何来庄重。"黑要一边说,一边扔了孝杖,就扑上来动粗。

夏姬连忙推阻道："不可无礼，我可是你继母。"

"我当你是你就是，我说不是就不是。楚国不像你郑国、陈国，我乃蛮夷，子承父业，父死子继是传统。"

"你父亲尸骨未寒，你怎么能如此不孝?"夏姬尽力挣扎着怒斥他道。

"我等不及了。自从你进门，看你第一眼，我就盼着老东西快死，真是老天开恩、天遂人愿。"黑要不由分说就粗暴地将她剥光，一把扔在床榻上……

夏姬平躺在床榻上，任凭这个狼心狗肺的东西在她身上恣意取乐，心若死灰，仿佛坠入无底深渊。

我的命咋这样不堪，她想。

黑夜沉沉，整个郢都都笼罩在无边的黑暗之中，一片死寂。

四　湖上传诗

　　楚军打败了晋军,郑襄公自当亲至楚军大营劳军。楚庄王大设筵席庆贺,席间免不了宾主礼尚往来,把酒言欢。这还是屈巫第一次面见夏姬娘家人,虽那种场合,双方并无过多单独交流,但举爵互敬之际,各自还是留下了深刻的印象。随后,屈巫又陪着楚庄王去楚国发源地祝融之墟凭吊,也不过就是一片黄土,杂草丛生,遗址早已模糊难辨,不过是君臣了却心愿罢了。接着君臣又到黄河边"饮马于河",楚庄王在此设坛,屈巫为文祭祀河伯(黄河之神)。本来按规定"祭不越望",但现在楚国在黄河边打败了晋国,就符合了"诸侯在其地则祭之"的礼制。"河为四渎(古人对当时四条独流到海的大河——长江、黄河、淮河、济水的称呼)之长",向为楚人尊崇。屈巫则是借此完成少时父亲所托。事毕,君臣这才率三军凯旋,取道方城回到申县。

　　楚庄王在此论功奖赏出征将士后,出发时他突然让送行的屈巫与他同回郢都。楚庄王对他感叹道:"城濮失利,贻羞社稷,寡人无不日日于心,此一战已雪前耻矣!但下步如何,还需子灵为寡人早作谋划。子灵不妨暂跟寡人回郢,有事也好就近相商。大巫还是离不开小巫呀!"

屈巫一听,便谦虚道:"臣有幸能遇雄才大略的君王,方是根本。君王先行一步,容臣稍作安排便回郢。"于是,屈巫便将政务全权委托县丞代管,又着谢南阳保留"申之师"骨干,照例进行日常训练,不得松懈;其他士卒暂解甲归田,入冬时再行征召,以不误农耕。将这一切安排妥当,才领着少艾、屈狐庸回到郢都。

正是仲夏时分,一年中最热之时。郢都热浪袭人。这个季节,有事没事人们都尽量待在屋里,于傍晚日落后才不约而同纷纷出来散心。

前文提过,郢都建在江汉平原上,地势平坦,只城中东南角有凤凰山,虽青松翠竹,植被茂盛,但毕竟只是一大土丘,并无山岳形胜。唯山下的琵琶湖水面宽阔,烟波浩渺,尚值游览。且湖中修有亭台楼阁,如"渚宫",就是楚成王时建在水中的一座行宫,风景独特,向为王族和国中贵族内宅夏日散心游览之地,一般庶民百姓禁入。

屈府后园的小湖现有航道直通琵琶湖,这是屈巫在祖父开挖的渠道基础上令守一疏浚扩建而成,又在西北角新建了一个小码头,以便于船只出入游湖。这天守一来报,添置的新游船到了。屈巫一看天空晴朗,微风习习,便高兴地带着儿子、少艾去验船并游湖散心。这是一艘代表当时最高工艺水准的带舱的木板船,以老龄杉木为主要原料打造,造型古朴典雅,装饰奢华,就如同现在的豪华游轮一般鹤立鸡群。

屈巫先由守一陪着,四处察看了船上的设施,满意地点点头。守一退下后,游船驰出小湖。屈巫便独立船头,欣赏这无边美景。正值夕阳西下,落日余晖斜照在湖面上,到处波光粼粼。少艾身着直裾单衣,本和屈狐庸在船舱里,这会儿两人也出来站立在他身后。他两人携着手,东瞧西望,指指点点,很是兴奋。

越人在后指挥着府中的几个壮汉操桨划船。屈巫一回来,越人便搬回府中,还是像先前一样追随左右,只有事找齐华子时才回自己的小家或到齐国女间"寻妓"。这既是他报答屈巫,也是他生性无拘无束,不习惯家庭生活,更不喜打情骂俏的风月场。在屈府,他生活得更加自由自在。这划船,本是他的祖传家技,自不在话下。在他家乡,渔民多生活在水上,以船为屋,称为"船屋"。但那船怎么能同此船相比,就好比草房与大厦、乌鸦与凤凰。此船大而稳,此刻就如同利剑划破金光闪闪的湖面,激起浪花阵阵。

驰入湖中围绕渚宫转了一圈后,越人示意船朝东南角而去。越人知道,那里水湾浅处有一大片荷花。荷花这时开得正盛。尽管荷花有早开午休的习性,但并不影响观赏。而先前每次屈巫游湖都不忘拐过去把赏流连一番。

船刚驰近,远远就见有两人正立在岸边。近到跟前,才知原是一个梳着高髻的贵妇带着一个双髻的侍女正在赏荷。两人都身着黑色衣裳,穿深衣的主人和穿背衣的侍女胸前正中都缀有一块长六寸、宽四寸的称衰的白色麻布,一看就是居丧之期的守丧之人。一般而言,这种装扮的人很少会在这种场合出现。

见船只到来,那个穿深衣的高个女子不由得抬起头朝这边看来。她宝髻松松绾就,铅华淡淡妆成,美目淡扫秋水,似梦如幻,看见了船头的屈巫,她不由得秋波流光,且双唇微张,似万语千言,欲说还休。但这只是如同电石火花一闪,紧接着她便又低下头,转身欲去,只留下意味深长的动人一瞥,就像夜空中闪电一现又忽归于黑暗一样,让船上之人一下子意乱情迷。《硕人》中曾用"巧笑倩兮,美目盼兮"来刻画美人之眼睛,这的确为神来之笔。

　　这是夏姬。真没想到会在这里同她邂逅,不期而遇。屈巫眼睛一亮,心中忽地一震。这是他生平第二次见到她,一时间心潮澎湃,难以平抑,只怕呼吸也较平日变粗了许多。刚想扬手相招,又顿觉不妥,活脱脱把手又放了回去。他此时的身份地位令他不能和一个女子搭讪相见,何况一个在水中,一个在陆上。再说虽然那次在陈侯宫殿相见分明看见她眼中泪水涟涟,也不能肯定就郎有情、妾会有意,尽管心中早知她非己莫属,但说不定也只是自己的一厢情愿而已。可这会儿见她眼波流动,双唇微张,欲说还休,似有所待,又转身欲去,不由得灵机一动。他朗声吟道:

　　　南有乔木,不可休思。汉有游女,不可求思。
　　　汉之广矣,不可泳思。江之永矣,不可方思。
　　　翘翘错薪,言刈其楚。之子于归,言秣其马。
　　　汉之广矣,不可泳思。江之永矣,不可方思。
　　　翘翘错薪,言刈其蒌。之子于归,言秣其驹。
　　　汉之广矣,不可泳思。江之永矣,不可方思。

这是《周南·汉广》，原是楚地一首恋情诗，表达一个男子对心上人的情愫。他吟诗时船已停下，离岸上近在咫尺，岸上人理应听得很清楚。可等待他的只是寂静和转身欲行的落寞背影。见落花有意，流水无情，屈巫又缓缓吟道：

> 月出皎兮，佼人僚兮。
>
> 舒窈纠兮，劳心悄兮。
>
> 月出皓兮，佼人懰兮。
>
> 舒忧受兮，劳心慅兮。
>
> 月出照兮，佼人燎兮。
>
> 舒夭绍兮，劳心惨兮。

前面已提过，这就是陈国那首表达月下相思的爱情诗《月出》，是屈巫在株林时在她屋里发现的竹简上写的诗，此刻吟来，自是意蕴深深。

可诗韵悠悠，仍不见回响，但岸上人的脚步明显迟缓，最后竟停了下来。忽然他听到她如同环佩般的声音传来：

> 彼泽之陂，有蒲与荷。
>
> 有美一人，伤如之何？
>
> 寤寐无为，涕泗滂沱。
>
> 彼泽之陂，有蒲与蕳。

有美一人,硕大且卷。

寤寐无为,中心悁悁。

彼泽之陂,有蒲菡萏。

有美一人,硕大且俨。

寤寐无为,辗转伏枕。

岸上人回应的是陈国诗歌《泽陂》,也是他在她屋里发现的竹简上写的诗。这是一首水泽边女子思念男子的情歌。吟完了,岸上人这才头也不回,快步而去。

目送夏姬姗姗远去,屈巫心中感到了莫大的宽慰。看来郎情女意,命中注定,天作之合,要不她不会回吟《泽陂》传情。正激动之中忽然想她落到今天无依无靠,似乎自己也有责任,就如同一下子从云端堕落到地面,心中一痛,身子一晃,几乎立脚不稳。

他身后的少艾本一直好奇于他俩的吟咏唱和,她清澈的双眸一会儿瞅瞅岸上的她,又一会儿瞧瞧船上的他,心中难免也起伏不定,这会儿见状忙赶上一把搀扶住他的胳膊,焦虑道:"主人,你怎么啦?"

屈狐庸也拉住他的手,焦虑地喊着"阿父阿父"。他定了一下神,摆摆手,缓缓道:"没什么。只是突感头晕,还是回府吧。"

游船应声掉头朝屈府划去。

五　设计

　　接连着一些日子,除了上朝和处理非办不可的公事,屈巫都独自在书房里仔细看从株林带回的竹简,并考虑下一步该如何做。从得知襄老战死,他就强烈地感到他和夏姬之间存在着一种神秘的关系。如果说第一次陈侯大殿相见,在株林的探访还只是觉得她理应属于自己,但襄老之死让他感到是天命要把她交到他手中,是命中注定。而湖边借诗传情,他更清楚地感到天命不可违。尽管如此,他该怎么办,实颇费思量。既然大义凛然劝阻楚庄王、恐吓住子反,自不能直接再提娶她之事,那是欺君!何况襄老刚死,眼下也不合时宜。

　　这世上还从没有何事能难住他,哪怕是天塌地陷,但这会儿,屈巫感到仿佛钻进一条死胡同,束手无策。

　　屈巫不停地在书房里踱来踱去,眼前不时浮现她的身影,只觉心痛难耐。

　　那天夜深,屈巫仍坐在案几前沉思,越人忽然进来报告道:"主公,坊间传言,黑要不孝,不去收父尸,却收了后母夏姬。"

"什么?"屈巫一惊,连忙追问道,"果真?"

"确凿。"越人回答道,"越人本也不信,可适才在齐国女间亲耳听人所说。"

原来越人晚上到齐国女间看望齐华子,路过翠间一房间听一人正和一女间私下谈笑,正道此事。他从游湖之时已感到主人关心岸上人,私下一了解其为夏姬,所以便由此对夏姬留心。这时听正谈论夏姬,忙闪在一旁,等那人出间,便在暗处拦住。这原是黑要的一个狐朋狗友,一顿拳脚,套问得属实,就连忙回来禀报。

屈巫一听勃然大怒道:"这个猪狗不如的畜生,我宰了你!"一巴掌下去,几乎把案几拍裂。

"备车,聚集家卒。"屈巫吼道。立即拯救夏姬出魔窟,他起身去房中披挂。

只一会儿工夫,屈族的家卒都全副武装齐聚院中望厦前的阶下,火把通明,把院子照得亮如白昼。子闫、子荡各领乘一车。越人也驾着战车停在阶下。屈巫一身戎装大步走出堂门。正欲下阶上车,突然少艾从屋里追了出来,满脸凄怆地喊了声"主人",跪拦在了他面前。他正在怒头上,一脚踢去,她"哎哟"一声,滚在了一边,但又立马爬过来匍匐在他的脚下,紧紧抱住他的腿。他一下子如醍醐灌顶,冷静下来:"放肆,聚集家卒竟也胆敢阻拦,简直无法无天,还不给我滚开!"待其被侍女扶走,才用目光缓缓扫视了台阶下的队伍一圈,平静地改口道:"召集族众,就是要看看我赴申之后,屈族是否松懈,是不是还能听从召唤,闻令而动。执干戈以卫社稷、执干戈以护家族。屈族的子孙就要时刻准备，做到召之即来，来之能战，战之能胜。族众的表现没让本族长失望，本族长要论功行赏。今夜到场的各家赏金一朋，府中各卒赏钱一串。子闫、子荡、越人各赏美酒两坛。"然后手一挥，"散去。"

多少年了，屈巫还从未有过现在这样不顾一切的冲动，就如同一个血气方刚的毛头小伙。"每遇大事有静气，日后千万不能再意气用事。"屈巫狠狠地以拳击掌自我惩罚并暗暗告诫自己。

一夜屈巫都在书房里来回走动，思考对策。黎明时分，他下定了决心。

屈巫临案而坐，摊好竹简，拿起笔，文不加点，疾书一封。书中以夏姬的口吻写道："姊姬拜，夫已不禄，在楚无亲，欲归宗国，烦弟君于八月朔日（农历每月第一天）着人到楚宫迎之。"然后又分别给晋国下军司马荀首和郑国大夫皇戍素各写一封，交代所托之事，然后一一用灰布封好，叫进仍守在大堂门前的越人，交代道：

"此地离新郑一千二百余里，你现在出发，务于四日赶到，就说受夏姬所托，把这封信亲手交给国君襄公。"

那个肉袒牵羊的郑襄公乃夏姬同父异母之弟。

屈巫然后又拿起一封交代道："把这封信交给大夫皇戍素，就说是由我所托。"又再拿起一封，"上面两事办妥了，再赶到晋都绛城，把这个面交给下军司马荀首，就说你是我家臣，为我所派，不得有误。"

"诺。主公。"越人接过三封书简，分门别类斜挂在肩，施礼后转身离去。他径直到院里的马厩中牵出那匹枣红马，飞身跨上，双腿一夹马腹,便扬尘驰去。

在北门,一门卒正张罗着几个仆役扫地。一抬头,就见一团红影如闪电般从眼前闪过,溅他一身碎泥乱土。他不由得怒道:"赶死呀,大清早的。"哪还有影? 只好一边拍拍打打,自认倒霉了事。

屋中,屈巫又从大案几背后的柜中取出一块白帛,低头想了想,在上只写了几个字,又细心地等字迹干了,才仔细叠好,放在一个精美的彩绘云凤纹圆漆奁中,又陷入沉思之中。

这事交给谁办? 屈巫煞费心机。府中虽然人手众多,但做这件事全都不合适。

这时少艾进来了,她换了一身绣罗单衣,端着托盘,里面盛着羹、小菜等食物。她跪放在案几上,道:

"主人,又一夜没睡,饿了吧? 奴妾专门下庖熬了莲藕羹,请用一点吧!"

看着她,屈巫才清醒过来。见她左边脸还在充血红肿,他这才想起这还是挨了他一脚,不由得心存歉意。关键时刻她挺身而出做得对做得好,要不然后果不堪设想。他充满感激又心疼不已地轻摸了一下她脸上的伤处道:"受委屈了! 还疼吗?"少艾答道:"不妨事,主人。"他想这个女子在自己身边长大,忠心、温驯,还识大体。何不让她去? 不由得眼睛一亮。随即又一想,这事非同小可,等于是在楚庄王面前玩火,弄不好还会惹来杀身之祸。再者让她去为她的竞争对手服务,也太难为她。

少艾一见便趴下,低头表白道:"奴妾此生都是主人所赐。奴妾早已是主人的人,如有驱使,刀山火海,在所不辞。"

屈巫不由得吃惊。

少艾又道："奴妾知主人思念夏姬夫人，也是怕主人爱令智昏，才斗胆相拦。"

她又不无酸楚道："主人从游湖回来就神魂颠倒，茶饭不思，奴妾从没见主人对一个女子痴迷如此。"她又自言自语地道，"那夏姬夫人真是天仙一样的人，怪不得主人会为她着迷，奴妾要是男人也会着迷。"

屈巫有些被她说中心事，话总算能出口了，便道：

"你既已知晓，也不瞒你。你是世上我最信任之人，也唯有你能承担此任。你回头准备一下祭品赠赗，规格比照王公（春秋时若有人过世，亲友出车马束帛等助葬，叫致赠。如赠送钱物，则叫致赗）。我会安排七月晦日（阴历每月的最后一天）为襄老招魂之日，你代我去其家吊唁，届时找机会把这个圆漆奁面交夏姬，并相机告知翌日郑国会派人接她回娘家之事。"

"诺。"少艾接过圆漆奁答道。

"对了，柜中放有几个小黑陶罐，记住拿两个一并带去。我也有些饿了，也困了。"屈巫伸了伸腰，开始吃饭。饭罢，便回到北屋洗漱后卧榻休息。

少艾伺候他脱衣躺好，又细心把帷幔放下，竹帘拉上，门关上，正交代门前的应答侍女"小心侍候"时，忽听屈巫在里呼唤道"且慢，过来陪陪主人"，这可是从没有过的温柔。少艾莞尔一笑，乖巧地回身脱衣上榻躺在他怀里。现在她较原先一动不动早已放开多了。他搂着她，温柔地抚摸着她光滑的香肩道："都说女人天性妒忌,你不妒忌吗? 你不想独得专宠吗?"

少艾吐气如兰,幽幽地答道:"奴妾不敢。奴妾一个女隶(战俘女奴之称),主人能让奴妾服侍,给奴妾一个家,已是莫大恩典。只要能伺候主人、主母,奴妾就心满意足了。"

"这才是屈巫的女人。"屈巫夸道,"有一事忘告诉你了,早就想纳你为如夫人。为此曾派人去庸地寻找过你的亲人,你理应是庸国王族之后裔,可惜没有找到,也就没法正式聘你了。""不碍事,主人。"少艾答道。"时间紧迫,也无从举办仪式。"屈巫又道。"不碍事,奴妾并不介意。"少艾又答道。这"奴"字倒提醒了屈巫,他特地交代道:"虽说如此令你委屈,但也不能不有所区别,从今时你就是屈家堂堂正正的如夫人,以后在为夫面前就不要再自称奴字了。"说着,他忽然性起,翻身而上……

屈巫给少艾名分有奖赏之意,但也是为便于其与夏姬相见。那时社会等级分明,仅从着装就能看出一个人身份。譬如只有如夫人以上的贵族女子才能身着深衣,奴婢断不可越制。尽管提拔少艾有谋略的成分,但对少艾来说,已是天大的恩惠。不论在哪个时代,名分对女子之重要都不亚于现代官场男子对级别之看重。于是情动之下,她终于成为真正体会到性之欢乐的女人。

"主人,妾真的要死了。"最后那一刻到来,少艾不由自主地娇喘着,紧紧抱住了自己的男人。

六　招魂

　　七月晦日，襄老家举行了盛大的招魂仪式。日子是朝议时屈巫提议定下来的，为战死的将士招魂这也是楚国的传统。因晦日为古人法定的祛邪、避灾、祈福之日，招魂一般都选择晦日进行，所以屈巫才会事先写信按举办的日子进行安排。

　　招魂的形式主要来自民间。古人迷信，楚人更盛，认为有离开躯体的灵魂存在。一般人家有人生病或死亡，灵魂离开了，都要举行招魂仪式，由巫者举死者衣，登上屋顶，向上下四方呼号，呼唤灵魂归来，召唤灵魂回家。

　　襄老因是为国捐躯，算是国葬，规格更高，便由卜尹观从作招魂的主祀人。由于襄老家小堂窄，便在前庭院中搭了四周插着灵幡的一座木高台作为招魂场所。观从现已须眉皆白，但仍精神矍铄，声如洪钟，这会儿在台上手舞足蹈、念念有词，几个巫者戴着面具在其后伴舞助阵。其词无非曰：

魂兮归来！去君之恒干,何为四方些?

舍君之乐处,而离彼不祥些!

魂兮归来！

……

城中王公贵族大都应约而到,按地位尊卑盘坐在台下的席上。这中间由家眷代为出席的为数不少。就如同现今一样,大领导一般难得大驾光临追悼会,即便来了也蜻蜓点水而去,断不会久留。可家眷往往都热衷于此事。只有这种场合,特别是女眷,才能抛头露面,免不了浓妆艳抹,争奇斗艳,互相问候搭讪,把一个极严肃的场合弄得像个社交游戏。

她们明是来吊唁,却不是为招魂,尽管观从在台上口吐莲花,可在她们听来就好比老和尚念经——无聊至极。她们感兴趣的只是女主角夏姬。夏姬之事早传得沸沸扬扬,都说她驻颜有术,靠吸男人阳气永葆青春,才会引得男人们如飞蛾投火前赴后继。有几分姿色的就不服气,一个半老徐娘又能嫩到哪里去? 非要比试一把不可。长得丑的则好奇,想看看到底有多美。谁知她连面都不露一下,女眷们纷纷不满,东张西望,南瞅北瞧,嘟嘟囔囔,好生失望。

少艾由于代表着屈巫,得以列坐在前。她身边是楚王宫中的几个前王的遗老后妃和季芈。季芈虽衣着庄重,但仍不失艳丽,成为无聊的女眷们关注的中心。她并不理会任何人,一副高高在上的公主派头,但时不时会目光友善地瞟少艾一眼,似乎只有她还值得关注。少艾和这个比她年龄略小的公主,从无来往,她虽奇怪也没十分在意,只目不斜视地盯着台上,仿佛完全沉浸在观从的招魂词之中。等到仪式进行到一半,少艾见人人倦怠,公主也陪着那几个老后妃不知去哪里歇息了,并无人注意,才装作内急,起身离席,悄悄带着侍女进到了后院。

自始至终夏姬都躲在房里。尽管襄老战死后,也不停地有其亲朋好友及同僚前来祭奠,她从不出面,特别是被迫和黑要有男女之事后,她更不愿意抛头露面。那天也是黑要见她自被他占有后情绪越发低落怕她想不开,才安排玉兰劝她出去散心,正好撞见屈巫。

听屈巫吟诗,夏姬像是在黑夜中见到灯光,便从心如槁木的绝望感到了隐隐的希望。因此,当玉兰过来报申公家眷如夫人少艾携重礼吊唁并想看望她时,她心里一动,便走出房门,刚到厅堂,就见一个脑后绾髻、身着黑色深衣的俏丽女子带着两个小侍女正等候在门前。这深衣就是身份,只有如夫人以上才能身着此装,她一看来者就是那天湖边相遇的女子,只不过今非昔比。女人对衣装天然敏感,便抬眼细观,果然俏丽无比。

来人施礼道:“少艾拜见夫人。”

夏姬微微颔首还礼。

“家主申公屈巫致意夫人,襄老为国捐躯,死得英勇,死得其所,请节哀顺变。”

“感谢申公惦记。请转告申公,未亡人这厢有礼,不胜感激。”

少艾又指着两个侍女,一个手捧彩绘云凤纹圆漆奁,一个捧着两个小黑陶罐,话中有话地道:“听闻郑国明日要来人接夫人归宗国,少艾想将亲手做的女红送给夫人留作念想,还有府中配制的两罐香料一并呈送,不成敬意,望请笑纳。"

一听少艾说归宗国,夏姬不由一怔,这从何谈起?但马上就意识到此话定有所指,便心领神会、波澜不起地回复道:"既是妹妹手做,却之不恭,未亡人权且收下。"

少艾接过彩绘云凤纹圆漆奁,摩擦了一下奁面,这才双手捧给夏姬。那边侍女也将陶罐交给玉兰。

夏姬接过圆漆奁回礼道:"妹妹心意,未亡人自当铭记。"

"少艾还要参加招魂,就不再打搅夫人,容先告辞。"少艾施礼后凌波而去。

目送少艾走后,夏姬才回到房间。玉兰跟着将陶罐放在墙边的木柜上,侍立在旁。夏姬故意命道:"打开看看。""好香,夫人。"玉兰打开嗅后感叹不已,"屈家的东西就是不一样。"夏姬"嗯"了一声,不置可否地道:"不过是心意罢了,也不算什么。你要喜欢,只管拿一罐去用。我有些累了,不再见客。"玉兰兴高采烈地拿了一罐退出。

见门掩上后,夏姬才走至窗牖前,将手里的圆漆奁打开,内装一块白帛,徐徐展开,一看见上面的字不由得愣了起来。只见龙飞凤舞书着四个字:"归,吾聘汝。"(回家吧,我娶你!)

一时间,那个在陈侯殿里威武严肃的男子,那个说"红颜无错,美丽无罪"的男子,那个船头吟诗的男子在她心中一一闪现,眼睛不由得红了起来。

夏姬转身又看到了柜上的小黑陶罐,似曾相识。她走过去一打开罐,久违的熟悉的香味扑面而来。她猛地意识到这是自己在株林用过的旧物，他竟能将自己用过的旧物千里迢迢带回送与自己，这是何等的有心人呀！眼泪再也忍不住顺着脸颊流了下来。她知道这是命中注定真心爱她的那个人，也是她一直苦苦在寻找、等待的那个人。

在此之前，夏姬的风流韵事千真万确都是真的。那又有什么？每个女人在遇到那个生命中的男人之前，都是一枝花骨朵，也许叛逆，也许疯狂，也许荒唐，也许受骗于登徒子、渣男。但请记住，其实她们一直在自觉不自觉地苦苦等待，等待真正绚烂绽放的那个时刻……等待那个承诺真心爱她一辈子的男人出现，等待那个值得托付一生的男人出现，等待那个也值得她爱的男人出现。

这个男人终于来了，他就是屈巫。

她独自悄无声息地哭了许久，然后擦干眼泪。

她仿佛重新活了过来。

她将圆漆奁仔细在枕边放好，打开箱子，找出一根红缨（一种丝绳），把头发束起。这是郑国风俗，叫"结发"，意思是女子许嫁后，直到成婚之时，才由新郎亲自从她头发上解下来。从此刻起，她是屈巫的人，她绝不允许别的男人再玷污自己。

襄老死了后，她不过是改穿素裙，只是象征性在胸中间加了块叫粗衰的粗麻布，但现在她穿上了五种丧服中最重的一种斩，一身缟素。她又叫进玉兰亲自领人置神主于中庭，燃上长明烛，使整个屋子和她本人一样为之一变。

黑要一整天表面上一直忙着招魂，迎来送往，但心里欲火中烧。他如同吸毒上瘾再也摆脱不了那种致命的诱惑，几乎每天他都要蹂躏夏姬一番才肯罢休。这会儿他在焦躁地等黑夜到来，好享受自己的猎物。好不容易来宾都走了，黑夜降临了，他便迫不及待地让奴仆关上大门，自己就朝父亲房里奔去。玉兰正站在房门前的院里等他，想告知下午来人、夫人的变化，他没等她张口说话，就不耐烦地喝道“还不退下”，径直走过。

房门大开，屋里灯光通明，这可是不常见，看来夏姬已被征服，他心里乐滋滋的，但一迈进屋子，不由得如同一个木雕一般目瞪口呆。气氛全变了，襄老的灵位竟然放在堂房中最醒目的位置。又见夏姬一身缟素，双臂交叉抱着臂膀站在那里，面色端庄圣洁，神情凛然不可侵犯。他再色胆包天，也被这庄严肃穆的气氛和她的举止压得不敢轻举妄动。他嗫嚅着想说什么，但还没开口，夏姬就冷冷地道：

“黑要，招魂虽然举行了，但你父尸骨未归，国人颇多议论，说你我不孝不敬。未亡人明日想进宫恳求楚庄王，为你父寻尸。总不能让你父魂兮归来，却暴尸国外。”

黑要一听，只好道“好吧”，悻悻而退。他恼羞成怒，在心里威胁道：

“你这荡妇，装，装什么装，看你还能逃出我的手心。”

事实上，夏姬一下子就对屈巫的计划心领神会。

七 归郑

八月朔日是朝会之日。楚宫大殿里楚庄王正听着群臣议论着昨日的招魂盛典,相谈正欢,忽见司宫匆匆忙忙走近,附耳报郑国来人要接夏姬归国。

楚庄王一听,煞是奇怪,便眉头一皱发问道:"众大夫,好端端的,这郑伯突然派人来楚要接夏姬回国,这是为何呀?"

群臣面面相觑,都感莫名其妙。

楚庄王扫视了一圈,最后视线落在了屈巫身上。他端坐在案,仿佛正在思考着什么。楚庄王一向知道什么难题在他这儿都能迎刃而解,就点将道:"子灵,你看是为何?"

屈巫这才离席近前回答道:"臣想必是夏姬欲收葬其夫襄老之尸,郑国要帮她办这件事,所以要接夏姬回宗国。"

楚庄王更奇怪了:"这襄老的尸体远在晋国,郑国怎会得到?"

"是啊,郑国如何得到?""这挨不上呀!"群臣也都不解地附和道。

屈巫不慌不忙地解释道："君王、诸位大夫有所不知。晋国执政荀林父的侄子，也就是下军司马荀首之子荀罃在邲之战中被俘获，现仍被囚禁在国中。这荀首和郑国当政的大夫皇戌素一向交好，他必借助皇戌素和我国谈判，好用公子谷臣和襄老的尸体交换荀罃。郑襄公因为邲之战后臣服我国，势必怕晋国讨伐他，肯定会应允以讨好晋国，因此才想把夏姬接回国，以名正言顺操办此事。以臣看来，这断不会错。为臣认为，这也是对楚晋双方都有利之事，总不能令君王之子公子谷臣长陷囹圄吧！"

这最后一句击中了楚庄王的心事，他将着"虎须"正要发话，忽见司宫又匆匆忙忙走近，附耳报夏姬要入朝向他辞行。楚庄王只得命宣。一宫人应声朝外宣道："大王有令，着夏姬进殿。"

一会儿，只见夏姬一身雪白走进大殿。俗话说"女要俏，一身孝"。那娇嫩之姿，由一身纯白衬之，实难用言语形容其绰约之姿，大概春风有度，若幻若仙差可比拟。这夏姬一直走至楚庄王案几前，几乎和还站在这里的屈巫并排，才停下施拜礼后奏道："启禀君王，未亡人夫襄老为国捐躯已半年有余。虽承蒙君王关照，昨日魂兮已归，可遗体至今仍陷晋国。未亡人恳求君王恩准未亡人回宗国为夫收尸。"说着说着，夏姬竟抽抽噎噎起来，还像一个小姑娘似的直接用手背抹泪，仿佛不堪伤悲。那举动即便铁石心肠看着也难免动容。

楚庄王自夏姬进殿，就和众臣一样，目光丝毫没有离开过她。作为一个真正的男人，楚庄王心中对她本就存着爱慕和几分同情，你想刚被赐婚不几日，就又守寡，何命苦如此？这听她说的在理，又悲痛如此，人见犹怜，关键是屈巫的那一番铺垫早说动了他，再说他作为人父也想令其子早日返楚，就关切地安慰道："夏姬勿哀，此乃情理之求，寡人许之。"

"谢君王成全。"夏姬抬起似怨非怨含情目，"宗国来人，请允许未亡人就此辞行。"她施拜礼正转身离去，忽又想起什么似的停下，声音虽轻，语气却坚定不移地补充道："如果得不到襄老之尸，夏姬誓不返楚。"

她这话似乎是在表白她收尸的意志之坚定，看上去是对楚庄王和在座的群臣的承诺，其实是对低着头站在旁边的屈巫表白自己的心声。整个过程中，两人没说一句话，也没有一个眼神交流，但彼此心照不宣，堪称绝对默契。

大家目送她的背影姗姗而去，好一阵子大殿里鸦雀无声。最后还是子反忍不住打破了沉寂，他想到夏姬就要离去，心有不甘，可楚庄王金口已许，就道："她这一去，还能回来？"

并没有人应答。屈巫也转身回到位上不发一言。沉闷了半晌，还是楚庄王长叹一口气后自言自语道："为夫收尸，天经地义，如何阻拦？"又想起什么似的补充道，"此女绝非凡人，远非一般人能享有，还是由她去吧。"说完，挥了一下手道，"退朝。"看来对她返回宗国，楚庄王也心有不甘。

子反回府后，大口大口地在大堂内喝闷酒，由手下一个叫谷阴的亲信军佐作陪。家中的几个女乐正在他面前跳来扭去侑酒。看着她们个个打扮得花枝招展，却一副俗不可耐的样子，又想今日大殿所见的夏姬，更显天壤之别。他更烦了，把手一挥喝道："滚滚滚。"她们赶紧跑开退下。子反懊恼地想：一颗熟桃，不，一颗鲜桃，正是汁多蜜甜的时候，还一点没尝到滋味，听说就让黑要这头猪先给摘了。猪拱白菜，可恼可恨。嫉妒之火在他胸中燃烧，令他双眼发红。他端起面前的酒又一灌而尽，就如同猛牛饮水。

谷阴赶紧斟上，一面察言观色地问道："司马为何事烦心？"

"还能有何事，又见夏姬了！真怪，比当初见她还白嫩，真是一掐一汪水。老子身为王子、贵为司马，还不如黑要那小子有艳福，如何不烦？"

"这有何难！司马自取就是。"谷阴建议道。

"怎么自取？她这会儿已在回郑国的路上了。"子反懊恼地道。

"无妨。车队行得慢。待属下快马加鞭赶上把她抢来，还不是司马的鼎中之菜、觥中之酒，想吃就吃，想喝就喝。"

子反摇着大肥牛头，道："断不可行。郑国、王兄要是知道，岂肯干休？"

"我等扮作强盗，出边邑后找个僻静处动手，不留活口，神不知鬼不觉地偷偷纳她进府，就是别人有所疑心也绝想不到会是司马所为。"

子反一听不无道理，也是色胆包天，又在半醉之中，便大觥"咣"地一拍案几道："好，就由你去办。要挑得力人手，干净利落，不留下任何痕迹，事成重赏。"

"属下明白，这就立办。"谷阴起身离去。

子反又独自灌酒，心道：这屈巫怎么啥事都有道道。这真奇了，两人就像是串通一气。他前脚说完，她后脚就进来了。两人并无联系？不可能呀。他越想越糊涂，便借酒消愁，直到烂醉如泥。

　　不光子反疑惑，楚庄王这次对屈巫的话也是半信半疑。可听其语的确无懈可击，并不像是在弄虚作假。越是天衣无缝越值得怀疑，经验告诉他。这屈巫可是神鬼莫测之人，楚庄王不由得心中感叹。可随后发生的一切同屈巫所言分毫不差。荀首果然致书皇戍素，求代为在楚国说和，欲以襄老尸体和公子谷臣换回其子荀罃。皇戍素自然从中斡旋，楚国应允，交易达成。九年后，荀罃返晋，公子谷臣和襄老之尸回归了故乡，而夏姬却黄鹤一去不复返，留在了娘家。这也是无可奈何之事，总不可能再要她回到楚国守寡吧，无儿无女，无亲无故，实在没有这个道理啊！此外，谁也没料到，这荀罃日后会是晋国霸业复兴的最大功勋之臣。当然这是后话，在此略过不提。

　　当时，仅就此事而论，不仅楚庄王、子反，就是全国上下，也没有任何一人知道这一切都是屈巫精心策划的结果。

八 栎树林

　　楚庄王十七年（公元前597年）八月朔日晌午，一个插着郑国旗帜的车队顶着早秋的阳光缓缓驶出郢都北门，逶迤北去。车队由三辆车组成，前后是两匹马拉的辎车，中间是一辆四匹马拉的安车。安车相较辎车就是车舆分前后两室，其御者在前室跽坐御车，不影响后室的乘车人坐卧休息，极适宜女性乘坐。

　　这就是郑国派来接夏姬的车队。除了一个宫中的小寺人和一个小宫女，还有一位佩剑的武士和十四个步卒执戈护卫。夏姬和宫女乘坐安车，由小寺人手执着拂尘在安车旁边伴行。

　　为了便于车马行进，楚文王灭掉申国后，就动用人力物力财力修建了从郢至申的驲道（国道）。当时通行的规矩，更是楚国的传统，征服一地，就修路，以便于统治。这也是楚国北上中原的古道。就是时至今日，沿途还有枣林铺、花梨铺等地名，而铺在古代就是"驿"的意思。顺着这条大道可一直到达最北边的边邑方城。从这里往东北经方城道可到郑国，往西北过鲁阳关可到洛邑、秦国。

虽说这是楚国南北的交通干线，但当时人烟稀少，到处都是野草森林、沼泽湖泊，丘陵起伏的田野和村庄几乎全隐在茫茫森林之中，车队就如同一叶小舟悠缓地穿行在绿色的林海之中。途中偶遇肩挑手提的行人、往来犊车，他们一看见车队，就看稀罕物似的纷纷驻足、停驶，一直等他们走远了，消失在视野中，这才恋恋不舍地继续赶路。

小宫女不时掀开车帷看着外面，外面的世界很精彩，南方北方的景致又如此不同，这对长年囿于宫中的少女而言有着巨大的吸引力。而夏姬一直坐在舆中名茵的席上若有所思。这年她已三十五岁，但岁月似乎把她遗忘，年轮没有在她身上留下丝毫印迹。她依旧保持着青春少女的模样，有着吹弹可破的皮肤，水汪汪的眼睛里闪现的仍是青春的光彩，看上去比小宫女还要娇嫩年轻。

"公主，快看。"小宫女欢叫着。只要一发现一只灰狼孤独地在山冈上张望，一只狐狸夹着尾巴在路边奔跑，一群麋鹿警惕地昂着头，一头母麂带着一群小麂悠闲自在地觅食，她都免不了兴奋地叫一声。每当这时，夏姬总是怜爱地拍拍她作为回答，只有这个举动才让她露出与容貌不同的成熟的一面。

穿过鄂北岗地，就到了方城。方城由于是东西南北来往的交通枢纽，市井繁荣，旅舍众多。车队到方城馆驿停留一夜后，翌日一早顺着方城道往郑国而去。这方城道是伏牛山脉与桐柏山脉相交处，两边都是山，中间是一狭长隘道。最窄处只能容一辆车通行。

楚长城就修在伏牛山脉与桐柏山脉之上。那是楚国灭申国初年所建，用于防范北方。当年屈完曾对齐桓公所言的"以方城为墙",并非大话。这些年随着楚国强盛,天下无敌,几弃置不用,墙体坍塌,有一段没一段,渐成了废墟。

隘道的西口是楚国的关隘"缯关",并无守边将士。春秋时期各国边界上虽建有关、塞等设施,但从不派兵把守。像前文提到的秦穆公派兵偷袭郑国,出函谷关一路往东,到滑国,行程两千余里,直到碰上郑国商人弦高才被发觉,所过的周、晋的关隘均无阻碍,证明当时没有战事时,关、塞确不设防。只有进入战国以后,才"备边境,充要塞,谨关梁,塞蹊径"。但在此时,这里只是一个边亭,不过是行人歇脚之地,由一个亭长领着几名当地的士卒象征性地把守。

进得道来,几无人烟,却风景甚佳。路边及两边山上栎树生长繁茂,漫山遍野,极为壮美。道中部的宽阔处竟栎树成林,与山相接,人行其中,不见天日。栎树我们常称之为橡树,大多生长在平地、山坡上,为落叶或常绿乔木,树干奇特苍劲,树形优美多姿,落叶之栎叶落前会变淡朱色,虽不如枫叶"红于二月花"一般色泽绚烂,但也颇值一观。只是这会儿时值夏秋之交,栎叶仍绿,再加上那时森林覆盖、河流蜿蜒,无处不绿荫、无处不秀美,人们自然视为平常,所以过往行商也不过是看上一眼就匆匆而过,并不会驻足欣赏。而夏姬一行更是归心似箭,不仅无心情,反而趁着阴凉急于赶路。这行到一处,只见道两边都是百年老树,盘根错节,遮天蔽日,甚是阴森。虽然此属两国都不管地区,也偶有强人出没,打劫落单的过往行商,但越货不杀人。那时就是做强盗亦盗亦有道,从不滥杀无辜。何况他们又是军旅,因此士卒全不警惕,扛着戈攥着戟,松懈而行,一点儿都没想到死亡的阴影正在步步逼近。

原来那谷阴挑了四个得力手下，一行五骑星夜兼程早在方城之前就追上了车队。他们尾随在车队之后，也宿在方城馆驿，但寅时就出发，早就装成强人蒙面埋伏在栎树林中。

见车队过来，他们先射杀三辆车上的驭手，然后才驱马冲了过来。"保护公主。"那武士本在第一辆辎车上，见势不妙，拔剑喊道。他跳下车，直朝中间的安车跑去。那些未死的步卒也赶紧执戈挺戟团团围着安车，舍身护卫、誓死抵抗，只见一片刀光剑影。可普通的步卒哪是这些精心挑选的杀手的对手，很快死伤殆尽。只剩带队的武士还在奋力抵挡，最后也被为首的那个蒙面人俯身一剑刺进前胸而亡。

为首的蒙面人就是谷阴。他拔出剑，策马直到安车前，也不下马，扬了扬手中还在滴血的剑，不无威胁地道："夫人勿惊。我家大人久慕夫人艳名。只要夫人配合，我保夫人安然无恙。"这才跳下马，将剑放在驭手座旁，亲自执辔掉转车头朝楚国方向而去。早有随从已将挡道的辎车移开，牵着谷阴的马驱马跟上。

前面路边有一棵栎树，黝黑色的树干粗同水井，巨大的枝条朝路面延伸，就如同一片巨大的荷叶，罩在路面上。只听"嗖"的一声，一支箭从树中迎头飞来，右边一个随从应声从马上摔下，左边随从还没反应过来，又一支箭射来，倒伏马上。剩下两人一看不妙，连忙一勒缰绳，取弓拔箭，但还是晚了半拍，又是两箭"嗖嗖"飞来，这两人也先后栽下。谷阴明白遇见高手了，连忙立起身驱车狂奔。只见马蹄翻飞，道旁的落叶打着旋儿朝路两边飞去，泥土四溅，一片烟尘就如同放的烟幕弹挡住了后方的视线。一直到马呼呼地喘着粗气,口吐白沫,谷阴这才顾得上回头察看,见早已离开了大栎树,脱离了险境,方松了一口气。

转过弯来,是一空阔处。正行着,谷阴突然感觉不对,不知何时身边竟有一骑护卫,也是一个黑巾蒙面之人,但披发左衽,骑着一匹枣红马,正同他并辔而行。他还没反应过来,只见来人忽然从马上纵身一跃,就如同雄鹰展翅,跳上车来,一脚就把他踹下车去。

此人就是越人。越人停住车,一跃而下,习惯地两手夹在腋下,不慌不忙地朝平躺在地上的谷阴走来。

谷阴虽然摔得不轻,但并无大碍,见对方只一人,心也冷静了下来。他躺着装死,只用余光瞅着来人,等越人渐近,猛地一个鲤鱼打滚跃起,然后鹞子翻身真击越人命门。越人灵巧一闪,两人便你来我往,拳打脚踢,斗了若干回合。最后只见银光一闪,谷阴还没弄明白咋回事就被一刀抹脖,血喷薄而出,他重重摔在了地上。越人不慌不忙地吹了吹刀刃,插刀入鞘,又一脚把尸体踢下路边的深沟里,这才把头巾摘下,转到车跟前单膝跪下,双手抱拳施礼道:"夫人休惊,我是主公卫士,奉主公之令前来保护夫人。刚才有几个强徒欲行不轨,已被小的打发,现送夫人继续赶路。"为了防止他人得知,他并不指名道姓。

"多谢壮士。也烦请回报你家主公,月无日不明,日月相伴方为明,日月同行,此生足矣!"夏姬道。

刚才的变故发生,一见杀人,特别是同伴小寺人被杀,小宫女早就伴着一声惊呼一下子被吓晕,倒在夏姬怀中。夏姬抱着小宫女就像抱着一个惊吓过度的孩子。

这突发的袭击也的确让夏姬吃惊和不知所措,但她经历的事太多,并不慌乱,很快便稳住神来。她知道这是冲着她来的,一般人没胆量劫杀士卒抢劫军车。

　　夏姬只是奇怪谁会这样做?黑要,不可能。昨天晚上黑要一走,她就收拾好了随身携带的物品,其实她没什么可带的,除了屈巫给她的信物。她在楚国也没有亲人,玉兰跟了她一年多,多少也有些感情,虽然这个小女子见风使舵,襄老一死很快就成黑要心腹,但哪一个下人不是如此呢?她并不十分见怪。翌日一早起来,她吩咐玉兰备车,说要进宫觐见楚庄王。小安车到王宫东门口,她让车子先停在路边树下,一直看到郑国的车子过来才跟着其进到王宫。在楚宫前的停车场,夏姬先让玉兰叫来郑国的来人,吩咐其先进殿禀报郑国的来意后,自己这才进殿面见楚庄王。从大殿出来,她径直上了郑国的安车,然后令小宫女传唤玉兰过去,对她道,楚庄王命她立即回郑国寻襄老之尸,正好郑国来人相接,她就不再回家,直接走了。房里自己的物品都送给玉兰,让她赶紧回去先收好,以免落入他人之手,说罢就乘车扬长而去。等玉兰回去藏好物品,再找黑要汇报此事,夏姬早已走远了。再说王命在身,黑要也不敢阻拦。是屈巫?更不可能。他绝不会采取这种下三烂的方式。是谁?其实都不重要,都不能阻挡她回家的步伐。正想着,看见越人的身手,她一眼就认出是那天湖中所见的指挥划船之人,又听到了越人的报告就知这事屈巫并不想为外人所知,这才以月亮、太阳相喻来表白心迹。这时小宫女也已醒来,夏姬安慰道没事了,小宫女这才回过神来,赶紧拿绢子擦额上的汗,又觉得不应该似的,又改擦夏姬额上。

夏姬体贴地接过,爱怜地拭去她脸上的汗水。劫后余生,主仆不免相视一笑。

越人一个呼哨,枣红马"哒哒"跑到他跟前。他将缰绳在马脖上盘好,又爱抚地拍了拍马脸,示意其跟在车后,然后跳上安车一抖缰绳掉头朝郑国而去。

原来越人是奉屈巫之命到此设伏,已等了多日。看见那五人驱马而来,从他藏身的老栎树下一一而过,此时他正两手夹在腋下斜倚在树上,正习惯地咬着树叶。他总是喜欢咬着小植物,哪怕是根枯草,心想主公真是料事如神,佩服得五体投地。越人一动不动地隐藏在正对着路面的大枝干上,等着他们得手后回返。当安车折回来时,他弯弓搭箭先射杀了随从,然后才骑马追上车驾。为了不让夏姬担心,才说是强人所为。

出了方城道,越人一直把夏姬送到栎邑。栎邑本是郑国西南军事重镇,就把守在方城道口东边。此邑称栎,顾名思义是因为被连林成海的栎树环绕。此时夕阳正映照在城门上,几个无所事事的门卒正站在城墙头上闲聊。城门洞开,人们自由进出,一派祥和之象。由于此时郑国已对楚国纳贡称臣,原本戒备森严的边关便不设防了。突然,他们中的一人无意中看见一辆安车,后跟一匹骏马,就仿佛从天而降,又如同梦幻一般从又大又圆的落日中驰出,直奔过来。他使劲眨眨眼,确信不是幻觉,便连忙报告守门官,随着同伴跑下城墙迎了过去。

安车在他们面前停下。越人跳下车,对迎上来的一个看似是守门官的道:"我乃吴地行商,适才在前面的栎树林里看见这车,一问是郑伯之姊，从楚国回郑，路遇歹人打劫幸存，我便送来。"那守门官自是知道郑国迎接夏姬之事，忙道谢接过车辔。越人一个呼哨，枣红马嘚嘚而来，他飞身跨上，到车边双手抱拳施了一礼道："现郑国已到，就此别过，夫人安好。"说罢，两腿一夹，头也不回，径直朝楚国驰去。

话说子反在家左等右等，也不见谷阴回报，不免提心吊胆了几日。后听说夏姬已回郑国，心想肯定是谷阴这个狗东西没有完成任务，不敢见他，就开溜了。虽然恼怒，但也放下心来。他心里安慰自己：看来正如屈巫所说，夏姬乃不祥之物，不得也罢。他做梦也没想到是屈巫又一次阻挡了他的强取豪夺。当然就是知道了恐也没法声张，这事便不了了之。

凡事有因必有果。令他始料未及的是今日他的贪淫埋下了他多年以后灭亡的种子。史载在鄢陵之战中，在楚晋两军对垒中楚军初战不利的危急时刻，作为他军中近侍的谷阳，竟诱他违反楚共王军令醉饮。原来是晚谷阳暖美酒以进，诡言"椒汤"。子反本嗜酒如命，见为"椒汤"，斟来便吞，以至于颓然大醉，倒于座席之上。楚共王闻晋军拟鸡鸣出战，急遣内侍往召子反共商应敌之策。谁知子反沉沉进入醉乡，呼之不应，扶之不起。楚共王一连遣人十次催促都无济于事，只得连夜撤军。楚军不战而逃，遂自此失去中原霸主之位。

而谷阳正是谷阴之子。在其父神秘失踪久无音信后便找到子反寻父。子反见他模样俊俏，聪明伶俐，就收进军中让他当了近侍，一次酒后子反吐真言吐出了其父办事不力逃之夭夭之事。谷阳迁怒于他，才精心设局，诱他贻误军机，以报失父之仇。

　　而当时屈巫在朝中就看出子反心有不甘，为防他图谋不轨，所以才特地安排越人保护。他在征郑途中，曾路过这片栎树林，知其紧要，故令越人就此设伏，确保了夏姬顺利返郑。

九 思念

　　楚庄王十九年(公元前595年)八月朔日,郑国王宫的后园里,正是秋阳高照,各种植物开始换上秋装,一展斑斓之际。如同当年在阳春三月万物生长、生命勃发的日子里,她在花园的水榭上倚着美人枕读《溱洧》一样,夏姬仍在原处以原姿势读诗,但这次她读的不再是《溱洧》,而是另一首郑国诗歌《子衿》。座旁边放着那个彩绘云凤纹圆漆奁,里装令她肠断的"归,吾聘你"的白帛。夏姬会时不时地看上一眼。她在想着那个男人。两年前正是这一天,她和屈巫在楚宫的大殿上见面,她由此踏上了回家的路程。现归宁二年了,但屈巫那边一直并无动静,难道他忘了她,忘了今日吗?

　　　青青子衿,悠悠我心。纵我不往,子宁不嗣音?
　　　青青子佩,悠悠我思。纵我不往,子宁不来?
　　　挑兮达兮,在城阙兮。一日不见,如三月兮!

就如同诗中描绘的一样，夏姬时不时起身在小湖边来回走动。小宫女远远地垂手守在一边，有些担忧地看着。她不明白为何一向安静如水的公主今天一会儿坐下读诗，一会儿又站起来回走动，反反复复。是啊，她又怎么会理解夏姬的心呢？

世事变迁，物是人非。一样的读诗，但不一样的心情。那时只是青春少女对未知生活的向往渴望，如今则是人生成熟后宁静的期待。这种期待目标明确，贵在专一。直到夜色朦胧，秋虫响起，此起彼伏，夏姬才多少有些失望地回到红楼中。她将彩绘云凤纹圆漆奁在枕边放好，亲手取下箫来，坐在窗牖前轻吹，其声呜呜然，如怨如慕，如泣如诉，余音袅袅，不绝如缕。君父送她的古琴留在了株林，她回郑后便不再弹琴，而是改成了吹箫寄托她无尽的思念。

这还是她原先红楼的闺房，一切都没有变，除了缺少莲鹤方壶。姚子说它随君父走了。她走后君父就把它搬回了寝宫，一直看着它思念着她。夏姬听后泪如雨下，不由得后悔当初自己孟浪无行，让君父伤心。祭日她由娘亲陪着到郑穆公墓前祭拜。当时也不兴立坟，只有一个墓碑立在青草之上，国中的尸祝（主祀人）亲自主祀，她虔诚地跪拜，以慰哀思。除了祭拜君父，她不曾出宫门半步。

屋里仍摆着她喜欢的兰花，虽早过了花季，但叶子枝枝深绿，仍装饰得满屋春意，算是为她独守空屋的生活增加了几分亮色。

这时已满头银发，但仍面色红润的姚子在一个宫女搀扶下走了进来，后面跟着两个健妇抬着一个大朱漆木箱。

夏姬放下箫，起身迎接娘亲，搀住娘亲的胳膊。姚子喜滋滋地道："我儿不用哀愁，我儿大喜，楚国的申公要聘我儿为夫人。今已让家尹送来聘礼，你弟君已替我儿做主，应允其请。"

"娘亲。"夏姬一听，心中一阵激动，原来他并未忘记，但表面上只摇着娘亲的臂膀，佯嗔道。

"哟，这有什么不好意思，也老大不小了，这可是门好亲。据说那申公是楚国公族，就在边境东南边的申县当申公。叫什么来着？屈巫，对，就是屈巫。他是大国重臣，听说有权有势，门第也配得上我儿了。这送的聘礼很重，你弟君甚是高兴。这一箱是专门送给我儿的。真是天大的喜事呀！我儿受尽了苦，总算老天开眼有了补偿。"老太太激动得都有些语无伦次。忽然一拍巴掌，想起什么事似的又补充道，"对了，要不是接你来信，你弟君也不知你想家。不接你回来，也不会摊上这等好事。万没想到有生之年，我们母女还能再团聚，为娘的还能风风光光再嫁女儿。"她想起当年委屈地嫁女，不由得心中一酸，眼眶湿了。

"什么来信？"夏姬被她的话弄糊涂了，便奇怪地问道。

"不是你写的信吗？你弟君专门送给我看，现还存放在我室里。还不快去拿过来。"她扭头对身后的贴身宫女道。

"诺。"宫女答应着去了。

姚子又转身发令道："还不把木箱给公主打开。"

两名健妇忙把木箱抬到她俩面前并打开。一箱精美的绫罗绸缎上面放着一个楚国特产彩绘云龙纹圆漆盒，正是先前那个圆漆奁的放大版，华贵精美。夏姬打开盒子，见里装云纹玉梳、镂空龙凤纹青铜镜。这梳子和镜子向来都是聘礼必备。所谓"一梳梳到底，二梳白发齐眉，三梳子孙满堂"，寓"结发"之意。镜子代表圆满、完满,以及寓意新娘的姿容秀丽。夏姬拿起铜镜,见镜后书八字金文:执子之手,与子偕老。她心中一动,纤纤玉手摸着每一个字,心中波澜起状。良久她才照着镜子手理云鬓。

"娘亲,女儿是不是变老了?"只有在娘亲面前她才像一个孩子。

"不老,还像是刚剥壳的鸡蛋,嫩着呢!"娘亲爱怜地瞅着她。

"娘亲,女儿是不是变丑了?"

"不丑,还像是五月的芍药,艳着呢!"

"娘亲。"夏姬转忧为喜,又娇嗔道。

拿信的宫女回来了。夏姬接过一看,就明白怎么回事,就道:"女儿也是忘了。可不正是女儿所写。物归原主,娘亲,女儿可要收起来了。"

姚子满面欢喜道:"好好好,我儿收起。"

夏姬心想屈巫不仅为她捎信,还是他派人保护她平安到达,今天又挑她归宁的日子送来聘礼,真是……她捧着竹简贴于胸前,一时间心中翻江倒海,难以尽表。

夏姬回来后郑襄公曾专门摆家宴为她接风,席间也问了她的境况,她只挑无关紧要的事情说了说,即便是途中遇险之事,也只是轻描淡写说遇见劫匪,听说是国君之姊,便礼送了一程带过。襄公一听也就没在意。至于屈巫和她的相遇,她一字没提。她想他是自己的,是生命中的男人,得藏在心里。

十　御前会议舌战王弟

　　也不能怪夏姬的心上人不及时来聘她。她走后的一段时间,屈巫可真没多少空闲思念她。孙叔病重,朝中大小事务楚庄王几乎全都委他办理,他忙得不可开交,儿女情长不得不暂放在了一边。楚庄王十九年(公元前 595 年)初夏突发的一件事,才令提亲成行。

　　这天傍晚,屈巫正在府中与属员商议会盟事宜,突然接到楚庄王进宫议事急诏。屈巫一进宫就被正在等他的司宫直接引到了凤殿。一般临时研究重大军政事项,楚庄王都习惯在此与重臣商议。

　　屈巫到时,众人已全部到齐,就单等着他。令尹、左尹、右尹、司马、左司马、右司马几名国中排名在前的要员,正分两排齐齐整整踞坐在楚庄王案几前。庄王踞坐在上。他傍着令尹右手坐下,侧向着楚庄王。

　　原来晋国在邲之战虽然战败,伤了元气,但毕竟是大国,经过一年多的休养生息,就又缓过劲来,并开始生事。虽然一时半会儿不敢贸然找楚国单打独斗,但又以郑国臣服楚国为借口,由荀林父率兵袭击郑国。郑襄公派人到楚国求援,楚庄王这才召集他们研究应对之策。

楚庄王说明了原委,话音刚落,子重左边的子反就一反常态,抢先发言,献一战国时孙膑的围魏救赵之计。他吐沫星子乱溅:"臣弟以为,直接救郑,得不偿失。现天下诸侯,事晋国之坚,无过于宋国。晋宋向来交好,若我兴师伐宋,晋国救宋,焉能与我再争郑?"

屈巫听后,略一沉吟,这才直起身子驳道:"君王,司马此计固然成理,却并非上策。宋国虽事晋不事楚,但当下也并无明显开罪楚国之处,伐之无名。据臣看来,晋此番伐郑只在边境袭扰,并非大军压境围城,不过是荀林父因前番败于楚而欲挽回面子之举。虚张声势,必不持久,可暂不加理会。臣认为当务之急,仍应挟邲之战大胜之势,大合诸侯,会盟天下,以此来孤立晋国,逼其孤掌难鸣,知难而退。"

屈巫不同意对宋国用兵,除了上面所列理由,也源于对宋国素有好感。这种好感源于一种贵族精神和文化认同。宋国由于是殷商之后裔,一向爵尊国大,现封为公的大国只有宋硕果仅存。宋也是礼仪之邦。楚成王时,宋襄公高举仁义大旗争霸,虽因泓水之战败于楚国,但仁义之举,还是得到各诸侯国的认同。楚国城濮之战失利同楚国过于蛮横无理地欺负宋襄公而失去诸侯之心不无关系。屈巫认为宋襄公之所以争当霸主功败垂成,并非仁义之错,而是错在一个"礼崩乐坏"的时代仍抱着礼乐不放,没有实力作后盾。现在楚国邲之战已获大胜,早就证明了谁才是中原霸主,这时理应挟邲之战得胜之势,会盟天下,推行仁义,以软实力让天下心悦诚服。

天下事远非攻伐就能解决,必须文武双管齐下。何为武? 楚庄王不是也说过,止干戈方为武嘛!

况且此时当政的宋文公深得民心。他原是宋襄公之孙,宋成公之子、宋昭公之庶弟,因为长得帅,《左传》形容他"美而艳",深得宋襄公夫人(周襄王之姐)的爱恋,并极力扶助他取代其兄宋昭公。总算他并非徒有其表的"小鲜肉",而是为人贤明、礼待大臣,深得国人爱戴。君臣和睦,国人依附,上下一心的国家极难战胜,一旦陷入泥潭,势必得不偿失。再者楚晋势均力敌,终当讲和,没必要再燃战火,再结新怨。最后,连年用兵,年年征战,楚国也亟待休养生息。屈巫是地方官,更熟知民情和民心所向。

尽管屈巫列举了反对的理由,但楚庄王只认可了其师出无名一条,这时颔首道:"子灵之言甚是,未有隙也。"

子反右手的子重一听,支持子反道:"这有何难。齐君屡次来聘,尚未一答。今宜遣使告聘于齐,径自过宋,令勿假道(借路,事先打招呼之意)以此探之。若彼不加计较,是惧我也,王兄会盟,必不相拒。如以我无礼之故,辱我使臣,便借此为辞,何患无名也?"

屈巫一听,真是欲加之罪何患无辞。若真是想知宋国是否入盟,派一使者一往就行,如不愿盟,再伐之不迟,何必以如此下流的手段挑衅他国? 这岂是大国所为? 正欲批驳,楚庄王金口已开:"此计甚妙,一石二鸟。只是何人可使?"楚庄王其实习惯军旅生活,这三天不征战,就浑身不自在。

"申无畏。"子重一字一顿道。他说话向来轻声轻气,似乎中气不足,也就是我们常谓的"娘娘腔",但这三字这会儿听起来字字千钩。

"申无畏此去凶多吉少，君王三思。"屈巫连忙提醒楚庄王道。申无畏是他前妻族人，为楚文王之后，又是他朝中同党，他不得不保。

屈巫知道申无畏得罪过宋国，此去必死无疑。宋国和鲁国一样是礼仪之邦，一向把仁义看得高于生命，极要"面子"。这楚国公使过境若按正当手续，有通关文书，本不是什么大事，就如同现在的外交使节，过关享有约定俗成的豁免权。可这次楚国不仅不按规矩办事，还派一个宋国最恼恨的人前往，岂不明目张胆地火上浇油？他焉能不死？前文说过，申无畏在孟诸田猎时因宋君违令，曾执其御而鞭之，宋国一直视为奇耻大辱，恨他入骨，此事尽人皆知，子重焉能不知？难道是子重意欲借楚庄王之手剪除对手、树立权威？想到此，屈巫不由得倒吸一口凉气。他先前还真没想到子重会如此处心积虑、阴险毒辣。

楚庄王道："子灵多虑了，寡人谅其不敢！申无畏倘若有三长两短，寡人定兴兵讨宋，灭其国，为之报仇。"楚庄王潜意识里认为宋国原本就是楚国的手下败将，现楚国所向无敌，屈巫过于谨慎。

屈巫知道楚庄王早已非昔日的楚庄王，早已被邲之战的胜利冲昏了头脑，此刻又正在兴头上，多说无益，便缄口不语。本来楚庄王性格就有刚愎自用的成分，这打败晋国后不免更加骄傲起来，变得有些咄咄逼人、不可一世。伴君如伴虎，这种情况下进言更得讲求策略，不能死谏。不过，原本他对安排夏姬出走还隐隐约约有些歉意，毕竟背着楚庄王，要不是为夏姬的处境所迫，他还下不了决心，但这样一来反而心里释然了。他心想我已仁至义尽,既然你当君王的不纳我忠言,执意讨伐宋国,我置身事外也问心无愧。我不如忙自个儿的事得了。回府后他就安排守一、越人去郑国提亲。除了给夏姬个人的礼物亲备,其他无非按当时习俗,成双成对地送活鹿、大雁等鸟兽及其他贵重物品作聘礼。郑襄公一见,不由得大喜。虽未等来楚国援军,就是来了也用不上,晋军已退,但等来了当红重臣的聘礼,焉能不喜?郑襄公和屈巫本在邲之战后的庆祝宴上见过面,知他是翩翩公子、人中之杰,现由他看中自家孀居的姐姐岂会拒绝?不仅满口应允,随时欢迎屈巫迎娶,还让人速办嫁妆。

当然,郑襄公不知道楚庄王、子反都打过他姐姐主意,如得知内情,恐怕又会是另一种心情。

楚庄王十九年(公元前595年)夏,楚庄王遣大夫申无畏化名申舟使齐,专门不顾外交礼仪挑衅宋国,遭到宋文公及时任右师华元的反感。宋国人一不做二不休,杀死申无畏。同年九月,楚庄王即以此为借口,以子反为元帅、申叔时为副元帅,亲率大军十万伐宋。

正如屈巫所料,宋国君臣本就恨楚人不讲信义,当年在"盂之会",宋襄公和楚成王因为争当伯主而发生争议,楚成王竟劫持了宋襄公,这次又派污辱过宋国国君的申无畏再次肆意污辱宋国,便新仇旧恨一起算,拼死抵抗。

战事陷入胶着。

十一　鸿门舞

　　屈巫说是不参与伐宋，不过是一时意气。真是打起来了，他就全力以赴。他在后方的任务一点儿也不比前方轻松，甚至更重。楚庄王这次出兵可谓神速。史载："楚子闻之，投袂而起，屦及于窒皇，剑及于寝门之外，车及于蒲胥之市。"（《左传·宣公十四年》）意思就是楚庄王一甩衣袖就立马出征，随从赶到前院才送上鞋子，追到寝宫门外才送上佩剑，追到商业中心才让其登上马车。可见此次出征多么仓促。本准备不足，楚宋相距如此之远，人员如此之多，作战耗时又如此之长，粮草供应就成了重中之重。那次御前会议一开完，屈巫刚安排好到郑国求亲事宜，还没喘口气，就不得不赶回申县，亲自坐镇筹办粮草，为此忙得焦头烂额。他三天两头接到楚庄王供应粮草之令，陆陆续续，早已将县里和各乡、里库存粮草调送一空。

　　这次九月就出征，正是秋收季节，有违农时。"申之师"由谢南阳率领参战，带走了几乎申地的青壮年，田野上除了老弱病残、妇孺孩童,几无壮劳力从事收割。

好不容易度过了秋收,送走了寒冬,这又到春播时间,战争依然没有结束的迹象。

就在这时,谢南阳从前线被派回催促粮草。他带回申叔时专门写给屈巫的告急信。信中说:伐宋已到紧要关头,就看谁能坚持到最后一个时辰。王上志在必得,望申公务发粮草一千担,以定军心。

屈巫看罢沉思了一会儿,才询问战况。谢南阳讲了真实情况:缺吃少穿,士卒厌战,思乡心切。他听后眉头紧锁,好一阵子才道:"你也一路舟车劳顿,先下去歇息,我来想想办法。"

当日,屈巫就派人再去乡间征粮。属下回报,十室九空,已无粮可征。屈巫只得亲自出马强征。但见空旷的原野上土地一片片荒芜,好不容易播种过的田里则杂草疯长得有半人多高,微风吹来,如海浪一般起伏摇荡。这怎么得了?屈巫心急如焚。他从车上站起,焦虑地搜寻四方,除了天上盘旋的雄鹰,哪有人影?最后总算在清水(今白河)畔的一处田间地头看见还有人耕作,是一老翁与一青年妇人正并排用耒耜翻土,一个七八岁的孩童正在不远处的水边放牛,路边一棵大栎树下放着辆犊车。

这耒耜就是后来犁的前身,一般为木制和骨制,形如木杈,又有点像现在的铁锹,据传为神农氏发明。那时的农具就是这耒耜,壮劳力使用都费力,更别提老人妇人了。铁犁虽最早出现在战国时期,但大规模推广使用当是汉以后的事。春秋早期,牛只是用来拉车,都是人力耕种,叫耦耕。如《论语·微子》载的"长沮、桀溺耦而耕,孔子过之,使子路问津焉"一段就是例证。不管如何,当时因劳动工具落后,许多生产活动均非一人所能独立完成。

除了耕作方法有别于今,当时中原各诸侯国土地经营方式大都延续西周的井田制,即公田由私田相围,公田收成归国家和贵族所有,私田归耕者所有。楚国从始至终就没有实行井田制度,申地因为从原申国而来,虽有少量公田遗存但仍多为私田,也就是说多数的耦耕者是庶人而不是奴隶,即古书中的与都城"国人"相对应的郊外的"野人",其实就是属于后来的独立交税、战时服兵役的自耕农。他们拥有自己的小块土地,身份比奴隶要高,譬如奴隶并无资格服兵役,他们可以。正由于申地大都是这类农人,才会有充足的兵源组建"申之师"。

这会儿所见的耦耕者都是自耕农无疑。屈巫也顾不得地里的坑坑洼洼,下车径直走到田间同老翁叙话。

"老丈,欲种何粮?"

"粟。"老翁将手中的耒耜交给妇人,双手搓着掌上的泥。他从没看见如此大的阵势,有这么多人簇拥着屈巫,令他有些紧张。

中国古代北方的主要粮食作物是粟和菽。粟既是谷类的总称,也专指我们现在所说的小米,菽是豆类的总称。所以我们常说夏商属于"粟菽文化"。而小麦原产地在西亚,汉以后才因为高产在北方大量种植并取代粟成为北方最主要的粮食作物。楚国江淮一带属南方,主要种稻和菽,而申国属北方,所以就种植粟。种粟要求深耕土壤,春天的晴日播种。

"怎么如此年纪还亲自下田?"

"没法子。老儿本有两子,大儿子跟着申公前年战死邲地,儿媳再嫁,只留下稚孙,孙子还小,只能放牛;小儿子刚成亲又跟着大王伐宋,只好由我这把老骨头,领着小儿媳耕种,总不能误了农时。"

这一说令屈巫肃然起敬,原来他儿子曾跟他北上血洒疆场,便长揖后道:"原是勇士之父,失敬了。本公这里有礼了。"待老者手忙脚乱地还礼后,他才关切地问道,"家中可还有粮?"

"唉!"老者长叹一口气道,"哪有粮食,连留的种子都征走了。年前家里就瓜菜代了,熬到开春,这野菜下来才不至于饿死。只是连种子都交了,没种子,这地也就荒了。你看这草都长疯了。人误地一时,地误人一年啊!"

"老丈,其他农家是不是也都这样?"

"大都如此。"

"是本公对不住你。"屈巫回头交代随从,"看看哪里还有粮食,想法给这老丈送些来作种,不能荒地,也不能对不起死去的勇士。"

"诺。"随从道。

那小妇人一直低着头站在一边,这会儿见申公和颜悦色,实在忍不住,就踌躇着斗胆红着脸但声音不免颤抖地问道:"大人,这战事何时能休?"

"本公也'不知其期'。"屈巫道。

当时流行的思念征人或征人思念家乡的相思诗甚多,无不因感情真挚而感人。如《东山》《采薇》《君子于役》等,其中《君子于役》曰:

君子于役,不知其期,曷至哉?鸡栖于埘,日之夕矣,羊牛下来。君子于役，如之何勿思？

　君子于役，不日不月，曷其有佸？鸡栖于桀，日之夕矣，羊牛下括。君子于役，苟无饥渴。

女子一问，屈巫记忆中的诗句便脱口而出。可说完一看她失望的神情，心中又有不忍，有些无奈地安慰她道："本公想理应快了。"

屈巫心情沉重地回到治署，一到大堂便下令申地不再征粮。县丞小心翼翼地进言道："申公，前线吃紧，军令如山。不征，如何交令？"

是啊，如何交令？屈巫反复考虑，就是把自家封邑的粮食全都捐献出来，那也只是杯水车薪，仍不能满足所需。只剩下吃大户一法。当时，大夫之家和庶民一样都要向国家缴纳贡税，而贡税的征收，大致是年收成的十分之一，叫"量户（口）修赋"，后楚康王时才改为"量入修赋"。这种赋税制度对庶民苛刻，但于贵族最为有利，可以瞒报少交，因此他料定只有他们仍有存粮，但额外征收，肯定会损害这部分人的利益。申地虽然作为县，但大户同朝中仍免不了有千丝万缕的联系，向他们开刀，无异于自树政敌。可现在为了大局，他也顾不得左右逢源了，要知道倾巢之下，岂有完卵？

如何操作？明火执仗肯定不妥。屈巫在大堂来回踱步，当看着大堂里已蒙灰尘的编钟，他计上心来。他想起当年楚庄王平定斗氏之乱后举办的摘缨大会，曾令爱姬向将士敬酒之事，看来也只有效仿君王，让少艾抛头露面"跳舞"了，这样先礼后兵，或许能最大限度减少负面影响。

屈巫传令，邀请申县所有大户在约定之日到署观看歌舞，申公要与民同乐。

演出当天，申县的几十个大户，也就是享有公田收入的贵族都应邀来到。他们济济一堂，个个心怀鬼胎，心神不宁。非年非节，申公请看演出，定为粮食，大家心知肚明，但到底需要多少，心中没谱，难免个个不安，人人不宁。

可看到的只是烛光摇曳，钟磬齐鸣，丝竹悠扬，八名美女的舞影婆娑，尤其是领舞的女子顾盼生姿，勾魂摄魄，令他们乐而忘忧，一时间都忘了为何而来。演出结束，大家早已放下心来。正在相互或问讯或逗乐打趣之时，突然有人高声报："申公驾到。"

屈巫一身戎装，腰悬长剑，一手按在剑柄上，由适才舞会上领舞的那个美人和谢南阳左右相陪，从门外走进，肃立在大堂上。

只见屈巫目光缓缓扫视众人一周才道："列位，连日来，尔等带头献粮，保证了本县对前线将士的粮草供应，本公铭记在心、感激不尽，'申之师'也感恩戴德。"他指了一下右边的谢南阳，谢南阳连忙代表"申之师"向众人以拜礼相谢。

屈巫继续道："为了以示答谢，本公今日才特请列位来署欣赏乐舞。常言吃水不忘挖井人，我等能在后方歌舞升平，全赖前线将士之力。现在前线战事吃紧，'申之师'急需粮草，我等自不能隔岸观火，有负君王和前线将士期待。本公深知列位身家来之不易，但皮之不存，毛将焉附？望列位明断。本公记得当年子文令尹曾毁家纾难，传为美谈，我等后人自当步其后尘。本公现向列位借粮，列位可自报数量，以来年收成相抵。本公担保，决不再借，决不食言。"

屈巫事先安排好的一个谢姓士绅便出来带头报数。其他人来时本已做盘算,便随后纷纷二十担、三十担地报数。

公人一一记下,统计后报告道:"申公,合计六百八十担。"

屈巫一听,还差不少,便指着左边的少艾,道:"列位,知道刚才这领舞的是谁吗? 这是本公内眷。"少艾连忙向大家施礼。待其施礼毕,屈巫又道:"由她代表本公亲自为列位献舞,就是君王都没享有此等待遇。"他语气一转,有些杀气腾腾地道:"当然,这歌舞自不能白观。现以每人所报数目增加两成作价,列位意下如何?"屈巫道完,目光犀利地盯着每一个人。

众人只好点头同意。

公人报:"还差一百八十四担。"

"把本公封邑的存粮全部捐出补上。"屈巫断然道。

一千担粮草筹备齐全。屈巫连夜分别给楚庄王和申叔时各写了一封信,交代谢南阳道:"速速将粮草解往前线,并将致君王的信交由申大夫代为转交,不得有误。"

"诺。"谢南阳道。

黎明时分,屈巫背着手站在原野的路口,一直目送着运粮车队滚滚东去,在曙光中消失在田野尽头,这才长松了一口气。他正待登车回治署,忽见一队人马押着一队犊车由南边匆匆而来。带队的游徼径直上前施礼后报道:"申公,有人私下运粮出境,被职下夜巡查获。"

何人如此大胆? 屈巫不由得大怒,脸色一沉道:"带上来。"

一个瘦削脸、身着黑色深衣的中年男人被押到。

屈巫喝问道："本公三令五申,本县粮食概不外调,尔可知晓?"

"鄙人知道。"来人昂着头道。

"大胆,知道为何明知故犯?"

"鄙人乃司马门人商人贾,是奉司马之命,押送军粮回郢。"来人有恃无恐。

此人说的是实话。前面说过,当时商业主要为官府需要而做生意,并不是我们现在理解的商品交换。当然也肯定有流通,乡村可以自给自足,但像郢都几十万人口的城市,总得有商家,要不然三教九流、普通庶民吃什么? 虽然并无考古证据支持,凭常理就知肯定有一定数量的粮肆存在,当然得挂靠达官贵人或打着公办的旗号。例如商人贾在郢都就开有一家粮肆,主要做军粮供应。也是他见大军在外,势必今春粮食供应紧张,就前来申地,事先收了一批粮食,准备拉回郢都趁机发一把国难财。那日混进演出会场探听虚实,见屈巫如此强摊,担心有失,就租用二十辆犊车想偷偷运走,没想到在路上被巡逻士卒查获。

"一派胡言。司马现就在前线,怎么会舍近求远令尔把军粮运回郢都。"其实屈巫一看他的装扮和说话语气就知此事极有可能同子反有关,但箭在弦上不得不发,所以就先拿话挡住。

"这是收来作种的,不是粮食,申公明察。"来人诡辩道。

"作种?"这倒提醒了屈巫,他想起老翁之前所说粮种也被征之事,便借坡下驴道:"既为作种,为何不早言? 本公姑且信之,现网开一面,放你归郢。"他转身对游徼交代道:"粮种发还一半,礼送出境。"

屈巫不得不给子反一个面子。子反毕竟是楚庄王之弟,又正在前线苦战,但申地不能不保,所以才扣一半,以施与农人春耕作种。民以食为天,他深知。

十二 睢阳保卫战

这次围宋,时长近九个月,为春秋史上最长的一次攻城战役。

宋国都城睢阳是周成王三年(公元前 1040 年),周公平定武庚叛乱后,周成王封殷商后裔微子启时所建。它虽处在一马平川的黄淮平原上,但经过长达五百多年的持续营建,早已成为固若金汤的超级大城堡。据现在考古发掘考证:其城址平面呈长方形,东墙长2900 米,南墙长 3550 米,西墙长 3010 米,北墙长 3252 米。这在当时的列国中也算得上是体量巨大的都市。

当楚军到睢阳后才发现宋人早已枕戈待旦,其城墙之坚固,守军之同仇敌忾,远超过他们此前进攻的任何一座城池。

攻城在古代虽有多种方法,但多是以迅速登城为获胜前提。架梯必须果敢、迅速、乘敌不备、乘虚而入为上。当时攻城的主要器械叫"钩援",也就是后来的云梯。楚军如潮水一般涌到城墙,四面架"钩援"登城,一时如蚁附墙。可由于守城的宋军早做了准备,居高临下,檑木炮石打将下来,楚军便血肉横飞,鬼哭狼嚎,损失惨重。

强攻不成,楚军只得将睢阳城四面团团围住,又新造楼车(战车的一种。上设望楼,用以窥探敌人的虚实和攻城,为楚人发明),再四面强攻,但一次次仍被击退。

楚军迫不得已,只好改为围困。

史载,楚以围宋,城中粮草俱尽,人多饿死。但华元以忠义激励部下,百姓感动,甚至于易子而食,拾骸骨为炊。

楚庄王没奈何了。他没想到攻宋会如此旷日持久。现在,近十万大军天天需要吃,尽管天天征收,国内粮草仍时常接济不上。他真有点后悔当初没听从屈巫的话,至今日骑虎难下。

转眼就到了次年五月。这天,楚庄王亲自登上楼车,阅视睢阳,见守城之军,仍很严整,不由得叹了一口气。他闷闷不乐回到大帐,正在大帐中烦躁不安地走来走去,一筹莫展之际,忽见申叔时带着谢南阳进来,竟然喜笑颜开地奏道:"王上,老臣有计了。"

"有何良策?"楚庄王停住脚步问道。

原来申地的粮食一运到,谢南阳就先去见申叔时,呈上屈巫的复信。申叔时打开一看,信中写道:申县虽将粮草凑齐,但确已再无粮草可调。申县都到如此地步,国中别的地方可想而知。无粮草支持,战事恐难以为继。有请先生劝说君王,力争签订城下之盟,体面而退为盼。

谢南阳又道:"这一千担中有近二百担是屈邑存粮,申公已倾家而捐。"

申叔时一听就知事态的严重,虽无表露,但眉头紧锁。他又看了一遍屈巫来信,突然计上心来,眉头也舒展开来。这会儿便向楚庄王献计道:"王上,申县的一千担粮草已到。这批粮食不仅能解我军燃眉之急,还可以粉碎宋军抵抗意志。我们何不将粮车绕城而行,再让士卒喊话,就说从国内拉来粮种,要在城外耕田种地,让宋人看看,我们不攻破城池誓不罢兵,宋必惧矣!"

"妙哉!"楚庄王击掌叫好,神情大变,烦躁一扫而光。

申叔时道:"臣也是受申公所启。申公这次还将其封邑中的近二百担存粮捐出,并有一信托臣致王上。"说着从袂中抽出一简。

楚庄王亲自接了,放在案上道:"早就知子灵从不负寡人。要是都如子灵这般以国事为重,毁家纾难,断不至此。老大夫,速备耒耜,寡人要与你亲耕城下。"

"诺。"申叔时道。

本来楚士卒大都无所事事地或躺或卧或坐在简陋的窝棚中苦挨时光,经年累月的征战已令他们衣衫褴褛,精神萎靡,不像是战士,倒像是犯人。这一听说让种地,他们本是庄稼汉,对土地有与生俱来的感情,便像换了一个人似的,个个生龙活虎起来。宋军主帅华元在城楼上早望见粮车,又听楚军喊着开垦种地,还觉得是虚张声势,不当回事,这会儿见楚庄王和士卒真的热火朝天在城墙外耕耘,就沉不住气了。

也怪他不得。这期间,宋文公曾派遣大夫乐婴齐前往晋国求救。晋景公倒是意欲遣军救宋,但大夫伯宗站出来反对迅速出兵。他说此时楚国国势鼎盛,难与争锋,不如先鼓励宋国抗战,以耗楚国实力,再相机行事,以坐收渔翁之利。见晋景公犹豫,乐婴齐又道楚宋相距两千里之遥,粮运难以为继,楚军必不能久。晋景公这才纳其言,派晋将解扬到宋告知晋援将至,以促使宋国坚持战斗。

谁知这解扬刚到睢阳,还没进城,就被楚军拿获。也有文献记载是其途经郑国时被郑国拿获,送与楚军。楚庄王大喜,威逼利诱他登楼车反传晋君之令,就说晋军不能前来相救,以令宋人绝望。谁知解扬上了楼车,反呼宋人道:"我本晋将解扬,奉晋侯之命前来告知宋国君臣。我国君已亲率大军来救,不日必至,切不可降矣!"楚庄王偷鸡不成还蚀把米,不由得大怒,赶紧让人押下解扬。哪料解扬全无惧色,徐声答道:"假使楚国有臣背君王之言,以取悦于外国,君王以为信乎?不信乎?臣请就诛,以明楚国之信。"楚庄王一听叹道:"真信义之人也!杀之不祥。"便下令将其放归。

宋人因解扬这一番通告,更加坚守,才苦撑到今日。这楚国铁了心竟要长期围守,那又是另一回事了。华元匆匆赶到王宫,向宋文公奏道:"君公,这晋军救兵迟迟不到,楚军不仅不撤,反而拉来粮种在城下耕种,事休矣!看来只有为臣深入楚营,面见子反以讲和了。"

宋文公只得道:"社稷存亡,在此一行,元帅务必小心。"

华元道:"君公对臣有再生之德、再造之恩,臣定当舍生报效。"这是指华元那次因御者之故被郑军俘获,宋文公不惜代价,曾拿兵车百乘、文马百驷向郑国赎他。

于是,华元扮作谒者(楚庄王令兵),于夜半之时,悄悄从城上用吊绳坠下,直奔子反的营地而去。

子反这次也真尽力。为了及时掌握城中动向,专门让士卒在城外堆成土山,上盖城楼状的守楼,亲居其上。

途中遇一队巡逻的士卒，华元主动发问道："主帅在乎？"回道："在。"又问道："已睡乎？"答道："已喝大王赐酒就枕矣。"

华元一听大喜，就大摇大摆走上土堙。守堙的两名士卒执戈相阻。华元道："我是谒者庸僚也。大王有要事吩咐元帅，因适才赐酒，恐其醉卧误事，特遣我当面叮嘱，立等回复。"士卒信以为真，放其进堙。

堙上的守楼内灯烛尚明，子反和衣仰睡在榻上，鼾声如雷。华元径直到榻边，轻轻以手相推。子反醒来，一睁眼，见一大胡子生人立在面前，不由得一惊，急问道："你是何人？"就要起身，但被华元一把按住。

华元低声应道："元帅勿惊。吾乃宋国右帅华元是也。奉主公之命，特夜至求和。元帅若从，当世为盟好；若还不允，吾与元帅之命俱尽于今夜矣！"说着松开手，右手从左手袂中抽出一柄匕首，在灯光之下晃了两晃，架在子反脖上。

子反惊得酒全醒了，慌忙答道："有事好商量，无须动粗。"

华元收了匕首，谢道："死罪勿怪。全因形势逼人，不得不如此。"

子反坐起问道："城中光景如何？"

华元仍立在榻前，据实以告道："已万分危急。易子而食，拾骨而炊，已不能坚持。"

子反不解地问道："军者应虚者实之、实者虚之，虚虚实实才对，右帅为何以实情相告？"

华元道："元帅乃君子，非小人，所以才不隐实情。"

这话子反听了很受用,就问道:"那为何还不降?"

华元道:"君民效死,与城俱碎,岂肯为城下之盟乎?倘蒙矜厄之仁,退师三十里,我家主公愿以国从,誓无二志。"

子反道:"本帅也不相欺。楚军最后一批粮草也刚运来,只够十日之用,说耕田播种,是计也,以相恐也。明日我当奏明王兄,退兵一舍,尔君臣不可失信。"

华元道:"华元情愿以身为质,与元帅共立誓词,各无反悔。"

两人各切开手指用血涂抹唇上。

设誓已毕,子反抽出一支令箭付与华元,令其"速行"。华元有了令箭,大胆行走,直到城下,口中一个暗号,城上放下兜子,将其吊上城墙。华元连夜回复宋文公,君臣欢欢喜喜暂且不提。

次日一早,子反赶到大营,将事情经过一五一十报告了楚庄王。楚庄王正依案几沉思,案上放着屈巫的信。他一夜未眠,容颜憔悴。他已被屈巫的信深深撼动。屈巫信中写道:

闻君王释晋将解扬,此信义之举也,臣敬佩君王之所为。臣听闻孙叔曾言:园中有榆,其上有蝉。蝉欲饮清露,不知螳螂在后,欲攫而食之。而螳螂之后又有黄雀在后举颈啄之。此皆贪前之利,而不顾后害者也。臣恐晋之所为正是孙叔的螳螂捕蝉,黄雀在后之计也,君王不得不防。即便是次大军扫平宋都,恐杀敌一千、自损八百。倘若晋军突至,后来者居上,局面不可想象。臣以为当今之计,签订盟约为上,破国次之。愿君王三思圣夺。

楚庄王听罢子反陈述,虽怪子反不该将实情告知华元,但并没计较。通过屈巫的信,楚庄王已感到灭宋并非上策,业已有了盟约之心，这才道：

　　"就依你之议，退兵一舍，两国盟约吧！"

　　自此，长达八个月之久的跨年度攻坚战，落下帷幕。虽以楚国最终没有攻破城池而是与宋国握手言和而告终，但毕竟令宋国彻底臣服。更令天下震惊的是时间如此之长，晋国除了一个使者，竟连一兵一卒都没派。这让中原诸侯国对晋国彻底失望，从此改换门庭、一心事楚。

十三 树敌

楚庄王二十年(公元前594年)晚夏,楚军班师回国。回国的当天下午就在楚宫大殿举行朝会论功行赏。

楚庄王道:"是次伐宋,虽令宋国臣服,但耗时费日,楚国疲敝,实为惨胜,寡人为此寝食难安。当初子灵曾劝寡人不要轻易对宋国用兵,有先见之明,可惜寡人未予采纳。伐宋之役中,申地粮草解送及时,屡解燃眉之急。子灵规劝在前,又全力以赴在后,子灵听宣,当记首功,赏金百朋。"

屈巫离席殿中谢恩道:"全赖君王英明,众将士用命,臣不敢贪功。臣以为这次伐宋虽牺牲巨大,但足以震慑诸侯,实得大于失。臣建议不妨借势大合诸侯,以明楚国天下盟主之位。"

"子灵所言极是。会盟之事,当推首要,就由你代寡人全权筹办此事。"

"诺。"屈巫拜谢后落座。

楚庄王又道:"子重听宣。"

子重离席殿中站立。

楚庄王道:"令尹病重,子重监国,居中调停,支前有力,也功不可没,当记次功,赏金八十朋。"

谁知子重一听,并不领情,而是回道:"王兄,功不功并无紧要,臣弟一直没有封邑。王兄复封陈国时曾答应给臣弟采邑补偿,臣弟请求将申、吕之地作为赏田。"这子重属于新权贵,但没有封邑,相当于现代人只靠工资并无资产,自然对封邑求之若渴。

楚庄王没想到子重会当众在大殿提此要求,他捋着髭须,正迟疑间,就听殿下有人喊道:"君王,申、吕之地断不可封赏。"定睛一看,原是屈巫起立而呼,就赶忙问道:"子灵,何出此言?"

屈巫道:"申、吕之所以作为县制城邑,是为了征取军赋抵御来自北方的威胁。楚国的劲敌主要源于北方。假如将此赏赐给私人,就等于没有申、吕,就没有'申之师',那么晋、秦、郑就可长驱直入到汉水,楚国将国之不国矣!"

楚庄王一听,幡然醒悟。他本就从不愿将申、吕赐人,一直亲管,这才会命屈巫为申公,也是事发突然、一时迷糊,便趁机改口道:"子灵思虑周详,所议甚当,此两地事关社稷安危,实不可封赏。"子重闻言张嘴正欲说什么,楚庄王仿佛眼前没这个人似的已正襟危坐宣道:"子反、申叔时听宣。"

子重脸上一阵红一阵白,阴阳不定,讪讪而退。

退朝后,屈巫刚步出大殿就被申叔时叫住,两人并肩朝台阶下的坐车走去。申叔时道:"楚王家事公子何必多言?子重自王上复陈后就心怀怨尤,早就对公子为申公不满,也早就对申、吕之地虎视眈眈，志在必得。公子已回朝主持会盟事宜，何不借机辞去县尹而功成身退？"

"那恐于社稷有碍，申无畏就是前车之鉴啊！"

"理虽如此，我担心子重岂能善罢甘休？公子没注意当时他的神色，我只怕公子会引火烧身。"

"为国家考虑，也顾不得那么多了。"屈巫正义凛然道。

申叔时不由得停下，轻轻摇了一下头，复转身抬头看了一下黄昏中的落日，它正慢慢落下在大殿的后方，才问道："公子，不知上回所托之事进展如何？"他是指石人山起房盖屋之事。

"万事俱备，只欠主人入住。"屈巫也停下答道。

"太好了。日薄西山，老夫就如同这落日，是该告老还乡了。"申叔时道。

"先生何出此言？"屈巫不免惊讶地道。

"公子上次送我的《水经》，老夫已用心看了，已抄录了一份，回头派人将原文送还公子。果是绝世好文啊，公子闲来不妨一阅。"申叔时答非所问道。

"一定拜读，待读后再与先生切磋。"屈巫道。这时他已沉浸在会盟之中，并没有留意申叔时的弦外之音。

时隔不久，申叔时便上书楚庄王称病告退，并住到了石人山上。申叔时的离去，使屈巫朝中少了一个志同道合的同党。

十四　兄弟密谋

一场针对屈巫的阴谋正在暗中进行。

子反一返郢,上次在申县被征收粮食的商人贾就登门恶人先告状。他哭丧着脸道:"本来想趁各地粮食涨价,狠狠赚上一笔,也好孝敬司马,谁知屈巫六亲不认,把鄙人好不容易收来的粮食全都没收了,一粒不剩。"

"你没说是本司马收的?"

"哪能不说? 这不说还好,一说他竟当着众人说你身为王公,又是元帅,更应为国分忧。"商人贾添油加醋道。

"好个屈巫,一点儿都不给本司马面子。"子反怒火中烧,"竟还拿本司马的粮食邀功,是可忍孰不可忍。"

"可不是,司马率军在前方苦战,他在后方花天酒地,还让自个儿的侍妾当众跳舞取乐。"商人贾趁机火上浇油。

"什么?"

"鄙人没有一句假话。鄙人亲眼所见。那小妮子长得实在可人,人人都说'肌肤若冰雪,绰约如处子',皮肤细嫩得一把就能捏出水,小腰一掬就能……"

"够了!气死我了。"子反不待他说完就怒吼道。

真是欺人太甚。子反如同一头困兽满屋子乱转,思考着报复之法。告他?可王兄信任,明显没用。杀他?可他身边卫士如云,不好下手,也没有把握。想来想去,也没理出个头绪,只好连夜找到子重,气鼓鼓道:"气死我也!屈巫尽坏我的好事。我收了点军粮,全让他没收了,充作己出,在王兄面前邀功,连个招呼都不打。"

子重也正因申、吕之地被楚庄王驳回而恼恨屈巫,便咬牙切齿道:"那个屈巫,也尽坏我好事。"

子反道:"可不,为弟实在咽不下这口气。他住着城中最好的华屋,吃香喝辣,左拥右抱、唱着高调,就他屈巫爱楚,我哥俩不爱楚?我俩还是王兄的亲弟,哪轮着他?可他赏金比你我还多,你说气人不气人!"

子重习惯性地用右手指弹了一下左袂道:"你也犯不着生闷气,他得意不了几时。那蒍敖也熬不过几日,蒍敖一死,这令尹就空着,这令尹千万别落在他手里。"

"怎么会,你是左尹,按理也是你接,没有功劳也有苦劳。再说王兄的天下还不是靠你我哥俩卖命。"子反不解地问道。

子重心事重重地道:"不一定。这会盟是在各诸侯国树威的大事,你没看王兄也交由他主持。"

"对,理应由你。否则也得由我。华元找的是我,这才退兵。"子反不满地嘟哝道,"我得找王兄说道说道,不能出头露面的事全让他给占了。"

子重道："算了，就别自找没趣。这谁接令尹方是大事。我看王兄这次回来气色也大不如从前，世子尚小，只要屈巫当不上令尹，这朝中还不是你我兄弟为大，他也就没戏可唱了。现在我俩不妨在王兄面前多提当年斗椒叛乱之事，也不要总在外瞎忙，宫中也不妨多走动走动，添加点影响，有时事发朝中，但定于后宫。王兄多疑，决不会重用公族重蹈覆辙。"

"对，还是兄长英明。"子反道。

两人越说越投机，嘀咕到夜半方散。

果然楚庄王二十一年（公元前593年），孙叔积劳成疾病逝，时年三十八岁。他的离去对楚庄王损失巨大。屈巫不得不常常处在风口浪尖之上。木秀于林，风必摧之。好在有楚庄王全力支持，还无大碍，会盟之事进展顺利。

十五　会盟

　　楚庄王二十年(公元前 594 年)晚秋,这天在楚宫大殿的朝会之上,屈巫离席奏道:

　　"君王,托列祖列宗及君王洪福,此次会盟格外顺遂,现已有鲁、蔡、许、秦、宋、陈、卫、郑、齐、曹、邾、薛、鄫十三国,加上楚,共计十四国参与会盟。这将是有史以来参与国最多的一次会盟。齐桓九合诸侯、晋文践土之盟,均远不及此次规模之大。"

　　楚庄王一听扬袂而呼道:"壮哉!这足证我楚国令行天下,一呼百应,执天下之牛耳!"

　　此言一出,殿中如同开锅,人声鼎沸。大家啧啧称赞,激动之情溢于言表。

　　屈巫继续道:"臣已以君王之命布告各国,约以十二月朔日,共会蜀地。现已着人赴蜀择地筑会盟坛,又在周边备馆舍数处,以供君王及各国诸侯届时安歇。"

　　楚庄王正要发话赞许,忽听子重在下喊道:"此地不妥。王兄,

249

臣弟有话,不知当讲不当讲。"

楚庄王没料他会反对,道:"但讲无妨。"

子重离席,阴阳怪气对屈巫道:"我楚地千里,适宜盟会之处众多,申公为何舍近求远,独选蜀地?"

众人听来,确有道理,不免疑惑。楚庄王一听,也不解地追问屈巫道:"是啊,子灵,这是为何?"

屈巫不慌不忙回道:"左尹有所不知。蜀地在泰山之阴。天以高为尊,地以厚为德,臣听闻三皇五帝、夏商周三代,凡受命天子无不封禅泰山。当年齐桓也有此念,因管仲劝阻才未成行。臣以为君王之功远超齐桓、晋文,理应封山,以报天之高、以彰地之德。"

楚庄王一听喜不自禁。像历史上伟大的君王一样,他也好大喜功,便高兴地道:"还是子灵深得寡人之意。此地甚合寡人之心。"

子重一听,自找没趣,但仍不死心,又装作关心楚庄王:"既有此说,也无不可。臣弟以为王兄远赴他国赴会,当多带兵车,以策万全。王弟建议由司马跟随相护。"

屈巫毫不留情地反驳道:"左尹之言差矣!君王统领楚军攻无不克、战无不胜,楚军威武,天下谁人不知?安用兵车?臣以为此番应效当年齐桓公的北杏之会,为衣裳之会,再辅以军舞,以壮声威即可。"

楚庄王捋髭频频颔首赞同:"就为衣裳之会。子重守国,子反留郢相助,寡人从子灵择日赴蜀。"

会盟坛建在泰山南一块平地上。坛高七层,每层俱有士卒四面执着赤旗把守。坛顶四周遍插各国旌旗,中设的一大旌旗上绣斗大

"伯主"二字。左边一排悬九口大钟,右边一排设九面大鼓。中设一巨案几,上陈设青铜祭器和玉帛。

坛下西边立石柱两根,系着乌牛白马,庖人持刀侍立,准备宰杀。

本来安排各诸侯天明前来,但众诸侯无不五更就到,恭候在坛前,等候楚庄王大驾光临。

天色已明,冬阳高照,才见楚庄王身着冕服、乘着六马玉辂而来。前面旌旗甲仗开道,甚是威严。众诸侯立刻潮涌般围上恭迎。楚庄王下车后免不了先互相揖让一番。

早有人导引着分左右两阶登坛。左阶主登,右阶宾登。

众诸侯无不推让楚庄王在左阶先登。楚庄王由八甲士执戈前导,昂首而上。其他国家的诸侯在右阶也自发地按国之大小强弱排列而随。

一行到得坛上。左首第一位为盟主之位。

屈巫面向众诸侯而立,主持仪式。他束着高冠,身着朱服深衣,脚下的鞋也一尘不染,就像当年他最崇拜的祖父屈完站在楚蔡边界迎接入侵者一样气宇轩昂。微微寒风吹在脸上,他虽然表面上不动声色,内心里早就翻江倒海。自齐国纠集诸侯伐楚,才不过六十二年光景,楚国就一跃取而代之成为天下霸主。在他们这一代人手中,实现了楚国梦寐以求的愿望:楚人不仅回到中原,而且主宰中原。今天,由他主持如此盛大的仪式,这比当年祖父扬眉吐气。祖父,孙儿总算实现了你的愿望。阿父,孩儿总算没有辜负你的期望。看到诸侯已列站成行,屈巫稳稳神,声音洪亮地宣布道:"会盟开始。"

两边钟鼓齐鸣,声震寰宇。

三通钟鼓毕,屈巫道:"一祭天祭地。"

各诸侯行大礼。

屈巫道:"二由盟主楚王祭山。"

楚庄王单独行大礼,虔诚地道:"予小子旅,敢用玄牡昭告于泰皇:天之历数在小子旅,当允执其中。若四海干戈、天下困穷,天禄永终。"

这等于宣告楚国伯主地位源自天授。

屈巫道:"三明盟约。"

屈巫展开一简读道:"楚旅等十四国国君遵从天命,会于蜀。约曰:无相加戎,好恶同之,同恤灾危,备救凶患。若有害国,则楚率列国伐之。交贽往来,道路无壅;谋其不协,而讨不庭。有渝此盟,明神殛之,俾队其师,无克胙国。"

诸侯均面向东方,指着冉冉升起的朝阳齐誓道:"如有违约,永不见日。"

誓毕,屈巫又道:"四为歃血为盟。"

早有人传庖人宰杀乌牛白马。子荡等人将玉盂盛血,端上坛来,呈放案上,跪而请歃。

诸侯见楚庄王歃完,也分别用手伸进盂中,将嘴唇涂上牲畜的血,表示诚意。受歃毕,他们一一到楚庄王前交拜,叙兄弟之情、伯仲之谊,其意洽洽,其乐融融。

正在这时,忽听屈巫又大声宣布道:"五为观万舞。"

说完屈巫便亲自导引着楚庄王和各诸侯绕到案几后朝北而观。

原来坛后一大块平整的广场上面早已排列着一千名"申之师"的武士。他们披着犀甲,头戴青铜盔,左手拿青铜剑,右手执盾牌整齐而立。在巍巍泰山映衬下,在冬阳照耀下,那阵势、那军容、那装备,一下子就震住了所有诸侯。

一通鼓响,万舞开始。

在黄钟大吕的伴奏下,舞者动作刚劲勇猛,步伐铿锵有力,呐喊气壮山河……

看着这震撼的画面,楚庄王陶醉了。现在他不仅完成了多少代楚国君主重回中原的愿望,而且一跃成为名副其实的中原霸主、名正言顺的天下盟主。一时间,他志得意满,仿佛就如同眼前的泰山一样,充斥在天地之间。

自此,楚国强盛一时,天下莫不宾服,小国来朝,大国来聘,万邦来奏,唯楚国马首是瞻。

十六　英雄迟暮

会盟回来,楚庄王开始生病。

人之病无非两种,一种是心病。楚庄王这一辈子就是要楚国成为天下霸主,但真实现愿望,又不知再奔何事,反而心里空空荡荡,没有着落,就落下了病根。心病好医,再找点事做。像历史上伟大人物一样,实在无所事事,就开始大兴土木,这也是他建匏居之台的由来。

另一种是体病。连年提着劲在广袤的土地上,燃烧生命也透支生命,让一代雄主筋疲力尽。也像历史上所有伟大的人物一样他主宰了天下,但主宰不了自身的血肉之躯。现在腰酸背疼腿抽筋,盗汗、发热成家常便饭,令他痛苦不堪。先前须臾不可或缺的美女,即便玉体横陈在前,也提不起他多少兴致,有时勉强做做,也力不从心。男人对美女都没兴趣了,就等于失去了生命的活力,也就意味着老了,人老了就得考虑后事,可不能再像父王一走了之,把一个烂摊子留给后人。

善于察言观色的宫中之人很快就发现,楚庄王变得郁郁寡欢,常常面容严肃,令人生畏。他现在只有看世子审时,才会露出笑容。熊审才七岁,但生性沉稳,寡言少语,有着和其年龄极不相称的成熟,堪当大任。唯一令他担忧的是其过于"好乐甚",喜爱音乐都有些痴迷,往往一听琴瑟响起就如同身在梦中,魂飞天外,不三番五次唤他,都回不到现实世界中来。好在这也不是什么恶习,他也就听之任之。有时还迁就儿子陪其同赏弦乐,儿子听什么他就跟着听什么,一样的津津有味。父子俩听曲,老子听儿子的,成为楚王宫的一景。

这天父子俩各据一方正在听乐,老子随意地箕踞在案几前,儿子正襟危坐在另一案几前。室中乐师正在演奏。一曲终了之时,许姬牵着一个垂髫之女走进。这女孩明眸皓齿,粉面玉琢,衣着鲜艳,甚是靓丽可爱。近前,楚庄王这才懒洋洋地支起身子问道:"这是谁家小女,怎么寡人从没见过?"

"斗生之女,名敏,子重认作干女,带其进宫,交其母调教。小君也是在后宫无意中碰到,见其聪明伶俐,想审儿孤单,就想给他寻个伴,特来请示吾王。"

"哦,原是斗生之后。记得当年斗椒谋逆,寡人念子文辅助先王有功,也是想给子文留一条根,才将其孙改名为生,这么说也是忠良之后。好,过来,让寡人看看。"他招手。小姑娘大大方方地走近依偎在他身边。他上下打量了她一番,又疼爱地摸摸她的小粉脸,笑道:"是个小可人,那就留在宫里吧。世子在那儿,去找他吧!"

小姑娘抬眼望了一下许姬,见她点头,这才仪态万方地朝世子审走过去。世子审也早就看见一个同龄的女孩跟着娘亲进来,现见她近前,便问道:"你是谁?""斗敏。""你来何事?""母后令斗敏陪世子听乐。""陪我? 你喜欢音乐吗?""喜欢。""那好,坐这儿,我们接着听。"她就在他案几对面席地跽坐,他一扬手,乐师便开始奏乐。毕竟同龄人容易沟通,小姑娘又那么善解人意,两人一见如故,很快双双沉迷在音乐之中。

许姬傍着楚庄王而坐,两人就如同普通的父母一般一脸幸福地看着他俩,一边静静地旁听。直到又一曲终了,楚庄王才道:"这斗敏一来,倒让寡人想起尘封已久的往事。当年若敖坐大,权倾朝野,也是倾举国之力才得以平定,现在想想还心有余悸。"

"若敖是自不量力,螳臂挡车。再说都过去这么多年了。"许姬道。

"话虽如此,也不能不防,还是未雨绸缪为好。"楚庄王心事重重道。

当晚楚庄王由许姬侍奉着服过观从和侍医配制的安神药后睡去。夜里他梦见斗椒的利箭迎面朝他射来。记忆太深刻了。那是一场几乎势均力敌的战斗。两军对垒之时,楚庄王亲自执枹(鼓槌),鸣鼓督战。斗椒看得真切,驱车就直驰过来,一边拔出劲弓就朝他而射,只听"嗖"的一声,利箭飞来,直越其顶,正中鼓架。他刚一转身,又一箭射来,击中车轼。这突如其来的利箭骇得他心惊肉跳,不由得手中的枹都拿不住了。

斗椒先声夺人,只两箭就射得楚庄王晕头转向。好在当时作战还讲君子之风,斗椒并没有乘胜追击,置他于死地,他才得以领军倒退三十里稳住阵脚。后来全靠神箭手养由基利用和斗椒比箭之机，对其一箭封喉的惊天逆转，楚庄王才转败为胜。

正是夜半三更时分，屋外雨声淅沥，雨打芭蕉声声入耳，更衬得寝宫里静寂无声。楚庄王独自睁眼躺着，全身湿透如同雨淋一般。许姬躺一侧熟睡，他没有叫醒她，也没叫侍女，只让自己静静地躺在榻上，思考了一夜。翌日一起来，楚庄王就开始张罗给世子审找老师。

这已是楚庄王二十一年（公元前 593 年），楚庄王这时想为儿子挑选老师，是因他自己曾深受庸师之苦，前面提过，当年他曾被父王选的两个老师挟持为人质。他决心为儿子挑个良师。他首先想到了申叔时，但申叔时已告老还乡，他就召屈巫进宫相商。

那天屈巫应召进宫，刚到凤殿门口，突遇季芈带着两个侍女匆匆而出，看见他，不由得一愣，接着便脸一红、头一低走开，就如同一个害羞的少女，倒把他弄得一头雾水。自那年给世子取名时相见，这么多年了，他早从心底里视她为自家妹妹一般，每逢得到中原的文化典籍，他都记着不曾少她一份。往常虽相见不多，但每次见他，她都巫哥哥长巫哥哥短，问这问那，亲热有加，今日是怎么了？莫非桃李年华就应开始避嫌，不由得满腹狐疑进到殿里。

楚庄王正独自坐在那里，双眉紧蹙。

屈巫便笑谑道："君王又为何事烦扰？如此闷闷不乐。"

"秦伯派人来聘亲，可季芈不愿远嫁。"楚庄王长叹一口气道。

"怪不得臣刚才见公主匆匆而过，见面连招呼都没打。只是长兄如父，王兄所定，焉能不从？"

"可不是。当初父王过世时,她还没出生,寡人念她从没得过一天父爱,楚楚可怜,便养在宫中。平常由着她的性子,谁知越大越发不听话,几次谈婚论嫁都不同意,这年龄一天大似一天,寡人都不知如何是好。"

"臣看公主才貌两全,且个性鲜明,倒是不能勉强。是不是已有中意之人也说不定。"

"寡人倒是问过,她也不愿多说。"楚庄王说着话锋一转道,"子灵倒是很懂季芈,寡人记得子灵夫人疾故,还不如由子灵了结寡人之忧,季芈终身有靠,寡人也乐得放心。"

屈巫之心本在夏姬身上,又早已下聘,便想也没想地推辞道:"君王戏言耳。公主乃金枝玉叶,又青春年少,与臣年龄失合,若下嫁岂不委屈?再者男女辨姓(同姓不婚),也是祖宗定例。"

"也是。只记得许姬曾和寡人提过,季芈倒是很欣赏子灵之才,说是要找就找个像子灵这样的人,否则不嫁。"

屈巫一听,赶紧顺着他的话头岔开道:"公主既有如此之念,想必是重才。臣倒是想到一位,大夫士氂,人品学问都极好,年龄又相当,从未正娶。"

楚庄王道:"子灵不提寡人倒忘了,找你来就是为世子寻师。寡人也想到士氂,你看可否?"

"臣以为甚当。要是能结亲,岂不两全其美。"

"嗯,寻师就按子灵所说,寻亲另说,寡人最宠的就是她,总不能令其委屈。"

这件亲事当时屈巫虽然推脱掉了,但并没有完。后来楚庄王病重期间,许姬又向楚庄王谈及了此事。

许姬本是许国公主,素有贤名。她就是前面提到的楚庄王当年平定斗氏之乱后举办的摘缨大会的女主角。那次获胜后,楚庄王极为兴奋,当晚就举办了盛大的宴会犒赏有功的将士,这才产生了著名的"摘缨"典故。

原来夜宴上楚庄王让许姬为众将斟酒为祝,正饮到兴处,一阵风来,灯烛突灭,有人便趁机在暗中牵许姬的衣裾,许姬冷静地只是暗摘其缨(帽带)以告楚庄王。楚庄王听后不仅不声张追究,反而命与宴人员统统摘缨,然后再举火点灯,保护了那个不安分之人。这既是楚庄王的胸怀所至,也是他这次好不容易才艰难取胜,在这种场合实在不愿意扫这些有功之臣的兴,冷了众将之心。后来邲之战前楚军伐郑,那个被摘缨之人以奋力作战的实际行动,报答了楚庄王的宽容。

那许姬一直对屈巫印象极佳。除了给世子取名,平日礼数周到,更因屈巫劝阻楚庄王纳夏姬,其实这就是她的恩人。现见楚庄王病重,许姬便道:"莫敖既是望族又是重臣,小君看季芈对其有心,季芈也不小了,吾王何不赐婚,把事办了,以全季芈心愿,也笼络其心。"

楚庄王道:"寡人倒是试探过,子灵说男女同姓,年龄不当,并不积极。"

许姬道:"这虽是问题,可并非不可逾越。斗伯比也是纳其堂妹为夫人,才生子文。若论年龄,吾王可比小君年长不少。"

楚庄王道:"寡人担忧本不在此。只是如此一来,屈族势力势必更大,寡人担心于审儿不利!"

见许姬不语,楚庄王又解释道:"寡人也不是没考虑,还是先将子灵放在申地为佳,一来守住北疆,二来也可待将来审儿主政后再行起用。如果季芈确有此意,缓几年由爱姬出面来操办此事也不为迟。"

许姬点头。尽管她被子重利用,带斗敏陪世子审,勾起了楚庄王对往事的回忆,这并非决定性因素。真正左右他的还是儿子的王位是否稳如泰山。理智告诉他,两个弟弟,子反有勇无谋,子重有谋却素无胸襟,都难堪大任,但忠诚可靠。且子重贪财贪权,子反贪色贪酒,但这对于王权来说都不是致命的问题,只要不贪君就行。楚国历史上弑父弑兄弑侄的事屡次三番,像楚武王弑侄(杀兄之子自立),楚成王弑兄(杀胞兄自立),还有自己的父王楚穆王弑父(逼楚成王自尽)都是前车之鉴。必须防患于未然,确保这样的悲剧不发生在自己的后代身上。

屈巫倒是有勇有谋,让屈巫当令尹,就如同结为姻亲一样,又担心公族坐大,其子幼小,难于控制。斗椒就是例子,叛乱留给他的印象太深了,他不能不防。当初他之所以选择蒍族的蒍敖当令尹,没有直接起用屈巫,最主要的怕也是因蒍族实力弱小,便于控制,而屈族树大根深。而屈巫主政以来,声望日隆,在朝中一呼百应,如一旦变心,儿子江山难保,他自要防患于未然。可屈巫有功于楚,因此他才想到了继续令其为申公这个万全之策。

可就像天下伟大的君王一样,能主宰当世事,但身后事往往并不会如愿以偿,因为实在存有太多的变数,可能一个偶发的因素就会使一切前功尽弃。

话说楚庄王挑了大夫士亹为世子师。士亹受命有些诚惶诚恐，登门请教屈巫，屈巫让他找申叔时求教。他不辞辛苦跑到石人山，这才有了前章申叔时有关教育的宏论。虽然儿子有老师教了，士亹也堪称名师，但楚庄王觉得这还不够，儿子学到的只是知识和学问，如何当君王还得自己言传身教。因此，每天儿子一放学，楚庄王就让人把儿子送到他这里，由他耳提面命。不只是作为父亲，而是作为君王。

那天，楚庄王摒去身边所有人等，专门交代儿子道："社稷内忧在臣强。君幼臣强，难免篡位，史上多有发生，这也是父王最为担忧之事。思来想去，还是决定挑子重为你令尹。其虽非栋梁之材，却与你有血脉之亲，忠诚可靠，不至行兄终弟及之事。子重权重，你就要多用子反，以相制约。"楚庄王不无感慨地坦承心扉道，"欲成事必先忍事。当年父王就曾忍了三年。时机不到就先忍，一定等你有力量掌控局面时再审时度势，行杀伐决断。社稷外患在晋，因此申地最为重要，需干才治理。父王也是思来想去，还是决定屈巫回去当申公。其人才难得，助父王成就大业，对父王赤胆忠心，由他守申就可为你挡住北来的寒风。对了，你的名字也是他所取。得记住，君王看人得全面、得平衡，切不可偏听偏信，以偏概全。"世子审点头。可能正是这句政治交代，当后来子重、子反追究屈巫去国离家之罪时，世子审才十二岁，却不让追究，做出了屈巫对前王忠诚、有功于楚的公正评价。这是后话。

这天匏居之台落成，楚庄王就右手牵着世子审、左手拉着斗敏

261

登台望远。

两年时间,他唯一做的事就是修建此台。

站在台上,眺望着这座越来越繁华的国都,像他开创的霸业一样欣欣向荣、蒸蒸日上,楚庄王不由得深感欣慰。可面对大好河山,自己却如同这落日力不从心,又不由得悲从中来。见儿子和斗敏两小无猜,牵着手开心地由西边走过来,宛如金童玉女一般,他才抑制住心中的波澜,一手拉着一个,踱到北向台边,对世子道:"这如画江山来之不易,是历代楚王呕心沥血而来,也饱含父王毕生的努力。父王现在把它交给你了,你得爱它、珍惜它、呵护它,就像你喜爱音乐、喜欢斗敏一样。只有爱它、珍惜它、呵护它,它才会听命于你、回报于你,永远属于你。"

这时落日余晖斜照在他们身上,远远看去就如同一组披上金光的塑像。

楚庄王二十三年(公元前591年)入秋,英雄一世的楚庄王突然病重,他已预感到自己不久于人世,便急召几个重臣至病榻之前托孤。

他逐一审视其弟子重、子反、屈巫等人,断断续续交代道:"世子年幼,你们都是先王之后,本为一宗,要齐心协助世子,维护霸业,光大祖宗基业。"

众人无不含泪颔首。

楚庄王先唤子重近前道:"为兄已决定你为令尹,既为令尹,就要有容人之量,切不可再斤斤计较。切记。寡人将屈巫放在申地,自有用意,无故不得擅召回郢。"见子重点头不迭,他才将眼光落在了屈巫身上。

屈巫见此赶紧趋前一步,跪在榻边。只见楚庄王嘴唇微微翕动道:"子灵相助寡人成就了伟业,寡人都知道。活都让你干了,名声却让寡人、孙叔得了,委屈你了。楚国的威胁主要在北方,寡人将你放在申地,既是为楚国守好北大门,也是为了楚国霸业保住人才,希望有朝一日子灵也像辅佐寡人一样辅佐新君……"屈巫含泪点头。

从这一刻起,权力已不可抑制地向王族集中,楚国公族主政的历史落下了帷幕。公族政治被公子政治所彻底取代,实行公子政治的实质就是唯血统论,用人唯亲。

楚庄王终于咽下了最后一口气,与世长辞!享年仅四十三岁。

依照楚庄王旨意,年仅十岁的世子审即位为楚君,是为楚共王。

楚宫里楚共王表情凝重,身着丧服端坐。司宫正在宣楚庄王遗令,尖细的声音在大殿里回响:

公子婴齐为令尹,摄王事,主内外。公子侧为司马,主军事。屈巫仍为申公,无王命不得回郢……

一时间大殿寂静无声。百官面面相觑,怀疑是否听错了,有的还忍不住交头接耳。这太出乎意料了。申公之才,众所周知。申公治申,成效显著,由他出任令尹也是众望所归。而孙叔卒后,令尹一位一直空着,一直由屈巫代行令尹之职,屈巫为令尹几乎板上钉钉,但现在宣布的则是子重为令尹,而且摄王事。

大家不约而同地偷瞅着屈巫。屈巫一脸平静。从楚庄王托孤专门交代他时,屈巫就明白楚庄王对他是既用之又防之。

晚上他独自在书房里黑灯默坐。少艾带着侍女进来点灯,被他制止。少艾就让侍女退下，自己默默跽坐一边陪他。

好一阵子，屈巫才开口道："我累了，真想放下一切，寻一个山清水秀之地颐养天年。"

少艾道："天涯海角，妾愿追随主人。"

屈巫半天没有回应，也看不清他的表情，只听他最后道："你自睡吧。大丧之期，我就在此安歇。"

少艾起身默默安排。她先让人拿来莞簟，也就是蒲席与竹席，以蒲席铺垫于竹席下，这样较安适。《诗经》云"下莞上簟，乃安斯寝"，道的也正是此意。

屈巫却道："换寝苫、枕草。"

寝苫指睡在苫草编成的草席上，这种草席比蒲席与竹席档次低，再以草或石块作枕。

屈巫独自半躺在苫草上，倚身在石枕上，一动也不动。夜深了，才起身踱到室外，独自在院中漫步。他想是该考虑自己的归宿了。大半生都在为国操劳，也真该效法申叔时急流勇退了。

上弦月如钩，挂在头顶的天空上，四周秋虫唧唧。他忽然想到了株林，那真是一个方外之地。又想到了夏姬，不知她是否也在月下不眠而望？

彼泽之陂，有蒲与荷。

有美一人，伤如之何？

寤寐无为，涕泗滂沱。

……

默念完了,屈巫暗自思忖,虽然不能如愿接任令尹,但仍为申公,也许正是天意。申地离郑国不过咫步之遥,何不举家迁居。待楚庄王丧期满,将夏姬娶来,于此安家落户,倒也不失一条存身之道。这样一想,心里才多少好受一些,便回屋睡了。

十七 遥祝

　　六月初六,是人文始祖黄帝、嫘祖成婚纪念日。《史记·五帝本纪》载:"黄帝居轩辕之丘,而娶于西陵之女,是为嫘祖。嫘祖为黄帝正妃,生二子……"嫘祖被后人奉为"先蚕"圣母,据说育桑养蚕、抽丝织巾始自于她,但其最为人称道的还有一点就是首倡婚嫁,并以此母仪天下。郑国为姬姓,居上古八大姓之首,本源自黄帝一脉,因此每年这个时辰郑国都要举行盛大的祭祀活动,缅怀人文始祖的功德。

　　公元前590年,祭祀日一大早,郑襄公家眷一行的车队就披着霞光,浩浩荡荡驰向西南近郊的具茨山。该山距新郑三十余华里,原是嵩山的余脉,其最高处海拔七百多米,但突起在一大片平原之上,也极有气势。山顶修有黄帝祠、嫘祖庙等建筑,素为国中的圣地。

　　郑国盛产大枣。其种植历史可追溯到八千年前的裴李岗文化时期。在春秋之时,枣树已成郑国的标志性树木,在原野上连片成林,蔚为大观。此时枣树已开始挂果,一串串小枣已遮掩不住地穿叶而出,预示又是一个丰收年。

夏姬陪同娘亲姚子同乘一辆安车。由于这并非严格意义上的祭祖,所以女眷们穿红戴绿,打扮得花枝招展。夏姬此番也身着一身以朱色为基调的夏装,更显娇艳如火,灿烂夺目。

到得山顶,由于都是女眷,一行便被宫中寺人领着径到人文始母嫘祖庙前行献花供养礼拜。尸祝恭读拜文,众人齐诵嫘祖尊号,缅怀华夏民族之母的洪恩浩德。众人又按宫中尊卑排序行沃盥之礼,个个手持香花,到庙中嫘祖坐像前一一献上。

仪式完毕,女眷们才有如入水的鱼一般自在起来。大家三三两两、成群结队在各处景观随意游览,所到之处一片莺声燕语。这会儿夏姬正搀着娘亲带着两名侍女在东峰的鸳鸯台遗址前漫步。

姚子指指点点道:"这里便是传说中的黄帝和嫘祖八拜成婚之处。"

"士昏(婚)礼不都三书六礼吗?何来八拜?"夏姬不解地问道。

姚子答道:"此婚配肇始,为嫘祖所立,哪来纳采、问名、纳吉、纳征、请期、亲迎之礼?只能拜天、拜地、拜日、拜月、拜山、拜河、拜祖先,再夫妇对拜,行盟誓之约。"

"哦,原来八拜如此。"夏姬道。她想象着当年黄帝、嫘祖在这万物茂盛之时八拜成婚的情景,不由得心驰神往。

姚子瞅着女儿,触景生情,心疼地道:"我儿,你归宁都七年有余了,这届巫来聘已五年了,这一年一年的,现楚王都过世了,听说已安葬,怎么还一直没有他的消息。你大门不出,二门不迈,也对得起他了。为娘看你也别再苦着自个儿，还不如解聘，让你弟君在国内为你另寻一个好人家，别再耽误你了。"

"不，娘亲。既然受聘，就生为屈家人。女儿坚信，无论多久，屈巫一定会来的。"夏姬坚定地道。说着独自快步走到最南端，遥望着南方。这时太阳正半遮半掩地躲在白云后面，湛蓝的天空下，大地一片葱绿，有如丝织的巨毯，一直铺向无垠的远方。夏姬将如云秀发撩到胸前，抚摸着发梢上的丝缨，久久凝望，心里默念着郑地的诗歌《出其东门》：

出其东门，有女如云。虽则如云，匪我思存。缟衣綦巾，聊乐我员。

出其闉阇，有女如荼。虽则如荼，匪我思且。缟衣茹藘，聊可与娱。

念着念着，思恋之情宛如滔滔江水汹涌澎湃而出，夏姬再也抑制不住，突然对着远方放声呐喊道："夫君，等你三生三世！"

夏姬声调幽咽，令人感动。

下部

一　公子婴齐

楚共王元年(公元前 590 年)，立春到来，楚王宫北边原子重府东边新造的令尹府，张灯结彩，披红挂绿，一派歌舞升平的喜庆景象。

子重背着手站在院中，端详着新落成的大堂，志得意满，春风满面。身边簇拥的一堆属官见他如此，也无不满面堆笑，兴高采烈，就如同自己拾了蚁鼻钱。

此时距楚共王即位、楚庄王殡葬还不足五个月。《左传·隐公元年》有"天子七月而葬，同轨毕至；诸侯五月，同盟至；大夫三月，同位至；士逾月，外姻至"的记载。其中七月、五月、三月、逾月指的都是人逝后到入葬的时间间隔。之所以相隔如此之长，盖因当时交通不便，资讯阻塞，需留出通知和等待送葬亲朋好友如期赶来的时间。

春秋时丧礼习俗殡葬分开，即人去世后，先安置于一个地方，叫停棺，也可用土掩埋，称之为"殡"；时间到了，再迁到另一个地方深埋,也不起坟,称之为"葬"。楚庄王既然称王,理应先柏木为棺椁,停棺太庙如同周天子一样隔七个月后入殡才是,但子重等得心急,就借口要赶"阳和启蛰、品物皆春"的立春节气,实际上才四个多月,连诸侯的级别都不到就将其落土为安。"居丧不言乐",自然这几个月期间要停止征伐、田猎、娱乐和民间的婚丧嫁娶活动,全国都处在居丧期,主要大事就是治丧。

子重作为楚庄王之弟,又身为令尹摄王事,丧期势必带头住在倚庐里。所谓倚庐,就是守丧时住的屋子,一般搭在家宅中门外的东墙下,倚木为庐,门向北开,用柴草盖成,不涂泥,取其越简陋越哀伤之意。

当然,这期间子重始终没闲着,一直很忙。可别看他每晚都安歇于倚庐之中,可并不真的忙于守丧,例如为楚庄王修墓属治丧的头等大事,他除了开工时不得不亲自主持,平常都责成工尹(掌管工程建设)和卜尹负责,自己难得露面一回。自然,更不是忙于军国大事,这期间他还有更重要的事要做,就是翻建令尹府。子重虽贵为王子,但并无其他望族先人所传的基业,因此住处及平日吃穿用度均属寻常,盖房起屋便成为他多年的夙愿。

先前困难重重,现在大权在握,一切都不是问题。子重一当上令尹,工尹,白白胖胖得就像一个放大版的肥猫,就星夜登门。他尽管披麻戴孝却全无悲痛之色。只见他就像一个精明的买主一般,房前屋后、房左房右、上上下下张望了一阵后,这才媚笑着对子重提议道:"令尹贵为摄政,府邸还简陋如此,实有损楚泱泱大国之声誉,理应速速翻建才是。"

子重道："本令尹虽早有此愿,现正国丧期,恐有不便。"

工尹忙道："这并无关系。别说翻建,就是再造新邸谁又敢多言? 谁又会多言? 此举非为令尹也,实为楚国也。一人之下,万人之上,固当美服饰,盛车马,住华屋,非为己也,实以彰显楚王之宠也。"不待子重点头,工尹又点头哈腰保证道："只管交给臣下,断无不妥。"说到做到。翌日他就集中楚国的能工巧匠,大兴土木,为令尹在原府旁营造新居。大殿规制堪比王宫,务要金碧辉煌,极尽奢华。

恰恰子重又是个事无巨细都躬亲的人,特别是对自己关心的事更是如此。施工期间,他出倚庐就奔工地,就几步路,几乎挨着。他整天待在工地,有时还屈尊亲自上手指指点点,胖工尹虽然负责为楚庄王修墓,但墓地鲜见他肥硕身姿,他委托卜尹观从全权负责,而自己则风雨无阻、雷打不动地钉在令尹府工地上。对于他来说,活人比死人重要,尽管崩者贵为楚庄王。每当子重发话,他就如同鸡叨米似的点头不迭。也是荣登令尹摄王事后,子重才发现自己无所不能,似乎天生的样样精通,连房子都会造。属官有事自然都得到建筑工地上找他。结果就是一大堆身着丧服的人在施工,一大群身着丧服的官人出出进进,远远望去建筑工地一片灰白,就如同羊群在草地上来回转场。

虽在丧中,也难阻碍子重初尝大权在握的美妙感觉。这左尹和令尹虽一字之差,内涵却截然不同。朝中的王公贵族、大小官员,就是先前还不把他放在眼里的那几个对头,现在见他也是眉开眼笑、毕恭毕敬。其他人更不用说,无不小心翼翼,战战兢兢,见着他过来,大老远就候立一边,连大气都不敢多出一下。以至于现在他看人都习惯眯着眼,一副不屑一顾的样子。的确,朝中也真没有人值得他高看一眼。

子重本来就喜怒不形于色,身负重任后,为了树威,更是难得露出笑容。这会儿也是看着自己亲手打造的劳动成果,得意忘形之中他才真心流露,面带喜色。

自然,胖工尹察言观色,早就猜知他的心思,便会心地道:"立春乃万物复苏之日,不可不庆。令尹摄王事,新居落成,实乃国之大事,何不借机举办庆典,一来迎春,二来贺新居落成,两全其美,岂不益哉!"

属下都群起附和道:"双喜临门,理应大办特办。令尹摄王事,更应让天下知晓,举国同庆、普天同庆。"

这正合子重心意。本来当上令尹后他就有意庆贺一下,但赶巧国丧,没有机会,他内心一直引以为憾。他之所以把国丧期缩短,未必不是此念。现国葬期已过,他的新居落成,又适逢立春,更有此念。工尹不是说了吗,自己摄王事,所做的一切无不代表国家。既然是国事,又得到群臣异口同声赞同,众望所归,自不能不办,而且还不能马虎凑合,便顺水推舟地对工尹道:"既然众口一词,本令尹也不能冷了众人之心,就交由你操办吧。谨记,这可是彰显王恩浩荡的大事,断不可随意。"

胖工尹一听又是点头又是哈腰,喜上眉梢。倒不是凭空得了个中饱私囊的机会,而是他一直盯着左尹之位,急于上位,现又近了一步,焉何不喜?

胖工尹随即定下春分之日为黄道吉日（注：二十四节气虽为中国的传统节气，但在春秋时期只有立春、春分、立夏、夏至、立秋、秋分、立冬、冬至八个节气），照会各诸侯国，通知全国各地，通知郢都百姓，搞得一个庆典就如同新王登基，其规模之大之隆重，远远超过楚共王即位。

各诸侯国接到照会自不敢怠慢，这是最强国的权臣，平常想巴结都没机会，天赐良机岂会错过？又岂敢错过？于是大国小国使臣纷至沓来，送珍宝，送美女，相望于道；全国各地、朝中百官更不敢落后，不管是自愿的还是被迫随大流的，都携礼恭贺，不绝于途。一时间令尹府车水马龙、人喧马嘶，富贵祥和，难以尽述。

二　庆典

庆典如期在新完工的大堂里举行。

新起的华堂,黄金为柱,锦绣为壁,绚丽夺目,实不亚于王宫。

大堂里,子重盛装端坐主位,踌躇满志,心花怒放。这时他举爵站起,侃侃致词道:"承蒙王兄信任,把这千斤重担交付与不才(自谦)。受命以来,居倚庐,食藿食,不敢丝毫懈怠。现百业兴盛、庶民安乐,天下太平,这都有赖于各位宾客之力。在此,不才备薄酒敬各位宾客,望年年如今朝,明日胜今日。不才先饮为敬。"虽说礼应先干为敬,但他仍只象征性地抿了一小口。

来宾早已在他站起时起立举爵相待,这时见他饮过,纷纷举爵欲饮,谁知胖工尹双手持爵,高举于顶,就仿佛一只正跳腾的牛蛙,突然高呼:"谢令尹垂爱,祝令尹万寿无疆。"众人只好跟着齐呼"谢令尹垂爱,祝令尹万寿无疆",这才饮罢落座。

接着无非就是你敬我饮、我敬你饮的宴饮之乐,也无可述。

早有人把宫廷乐队调过来演奏编钟乐舞《大飨礼》助兴。虽为明目张胆的"僭制"之举，也没人敢加以阻拦。

只见一男乐人，名优孟，在十六名女乐（按礼制，十六名女乐齐舞是只有楚王才享有的待遇，大夫不能超八人）的簇拥下，从堂外进到堂中。他且行且唱，道：

令尹宴兮大飨四方侯，
巴女吴姬，鲜舞新讴。
蹁跹舞长袂，
折腰舞霓虹，
鸣钟鼓兮，气盖云梦……

这优孟曾为楚庄王优伶，其貌英俊，善于模仿，更难得有一副好嗓子，响遏行云。

"好。"子重带头喝彩道。满堂也跟着喝彩，声如春雷滚滚。

于是女乐群舞，男乐独舞，乐师弹琴，钟鼓齐鸣，众人欢呼，好不热闹。

子反本坐在主陪的首位，这时见众人都被演出吸引，便起身直接上榻举觥为贺，道："多国来庆，百官共贺，当年王兄盛况，也不过如此。令尹兄苦尽甘来，可喜可贺，臣弟先干为敬。"仰脖一饮而尽。也不待他回敬，把觥往案几上一搁，盘坐在他身旁，附耳小声道："令尹兄，虽然天下莫不臣从，臣弟还是担心国中有人不服。"

"哦？何人？"子重道。不自觉地避让了一下，他讨厌子反的满嘴酒气，虽眼睛盯着歌舞，耳朵却竖了起来。他掌权时间不长，最忌讳人心不服。

"令尹兄你看,今日列国、各公族、朝中大夫,无不到场祝贺,唯独那屈巫我行我素。"

"恐非如此。"子重放心道,"他这会儿应在申地,职责所系,非王命不能擅回。"又朝堂下扬了扬兰花指道,"再说他家尹、申地县丞都在场。"子重心细如针,早已明察了来宾。

"那算什么!"子反挑唆道,"王兄一丁点小事就跑前跑后,从没见过缺席。令尹兄天大的喜事却借公事敷衍,他眼里岂有你这个令尹? 这是明显的示威、无礼于令尹兄。"

见子重眉头皱了起来,子反又进一步添油加醋道:"臣弟多次听闻他跟族人说令尹兄无才无德,不过是靠王叔身份才侥幸当上令尹。"

子重鼻子重重地"哼"了一声。他想起在四年前,他曾请求楚庄王以申、吕之地为赏田,当众为屈巫所阻之事,不由得心中火起。

"这屈巫就会沽名钓誉。也是王兄大度,让他继续主宰着国中大县。他手握重兵,族人众多,又一呼百应,而且不服令尹兄,实在岌岌可危。令尹兄想,现在满朝文武之中能接令尹的还能有谁? 只有他。令尹兄万万不可掉以轻心。"

"可王兄有遗命,他为申公,无故不能擅动。"子重为难地道。

"那有何难? '有故'不就得了。就说让他回郢负责交接诸侯,王侄不会不同意,以王侄之命宣他回郢,外人谁又会说个不字?"

"也罢,明日就调他回来,先削他的申公之权再说。"子重端起青铜爵,一口饮了,发狠道。

"正是。这样方万无一失。只要把他降伏,楚国还有谁敢不服?还不都是你说了算。我再敬令尹兄。"说着,子反抓起面前的觥,早有侍者满上,又一仰脖,咕嘟咕嘟喝下,这才起身摇晃着回到自己的位前一屁股坐下,把觥朝案几上一拍,吼道"倒酒",看来他要一醉方休。

三　返郢

　　黎明时分,一辆四马轩车和一辆辎车从谢邑驶出,朝郢都而去。渡过汉水后,马车正沿着官道南行,前方忽然乌云翻滚,电闪雷鸣,眼看着暴雨越来越近。驾驭轩车的谢南阳忙撩辔驱马,车如流星朝前飞驰,他想赶在暴雨前尽快到达馆驿。

　　屈巫坐在车里心事重重。在楚庄王居丧期,他一直奉命待在申地。楚庄王入葬前,才被临时召回郢都参加葬礼,事毕后又让他立即回到申县,这还不到一个月,就突然又有王令宣他火速回朝。他虽不知何事,但知肯定不是什么好事,否则不会如此折腾他。新王年幼,朝政为子重、子反把持。他俩为人,屈巫深知。子重素无胸襟,器量狭小,工于心计;而子反胆大包天,行事从不以国事为重,为了一己之私,什么都敢干。

　　屈巫内心深处其实也对楚庄王隐约有些许失望。英雄一世,但糊涂一时,最终还是选择了用人唯亲。本来孙叔过世,令尹空缺。其实那一段时间,几乎由他代行令尹处理政事。他想楚庄王会任命于他,毕竟国事为重、霸业为重。他也打算像周公旦、子文一样,忠心辅助幼主,承续光大楚国的荣耀。可楚庄王最终还是把令尹之位传给了子重。子重岂堪大用？这不,一上任不励精图治,不恤鳏寡孤独,不散财发粟以赈贫民,稳定、收服人心,却大兴土木,营造私房豪宅,还大办庆典,借机敛财,这等做派岂是扶助新王承担大统？

这时,雷声轰隆,震耳欲聋,道道闪电划破天空,仿佛银蛇飞舞,倾盆大雨随之而下,冰冷的雨水从四面八方席卷而来,从他的头顶、鼻尖流下,很快就湿透了衣衫。他感到身上阵阵凉意,不由得打了一个寒噤。雷鸣电闪的冥冥雨中,他们似乎奔向黑暗的地狱,走向一条不归路。

"主公,雷电突发,暴雨骤至,并非吉兆,是不是先找地儿避避?"谢南阳的喊声唤醒了他。

"春分过,雷发声,电始闪,本属常理,势不长久,继续走。"屈巫断然道。

不管是旅途还是人生的征途,屈巫从未因畏惧而退缩。恰恰相反,越是面临风险挑战,越是激励他奋力向前,这也是芈姓一脉中最杰出人物的共性。或许正是这种个性才使他们得以逢凶化吉、转危为安。

当然,智者不涉险地。明知山有虎偏向虎山行,那是逞匹夫之勇,智者不屑为也。对屈巫而言,即便不得不深入虎穴,也会谋划缜密、准备充分,以策万全。事实上他赶回来,是还心存一线希望,就是子重既然已为令尹,当会牢记先王所托,以国事为重,和他摒弃前嫌,共同治理国家。还有,他和宫中的关系以及守一源源不断的情报让他得知子重、子反还没有准备好对他下手,这也是他回来的底气所在。

谢南阳甩了一下湿漉漉的头,然后使劲拉扯着变得又湿又滑的缰绳,驱马继续朝前驰去。谢南阳是典型的军人个性,闻令后就勇往直前,后面的辎车也奋力跟上,两车有如利箭飞向无边的黑暗。

突然雷声平息,闪电消失,暴雨骤止,又复朗朗乾坤。碧空明净如洗,四野变得开阔,他们仿佛一下子就进入另一个世界。接着,道路左边那家熟悉的馆驿就映入眼帘。

在馆驿,他们稍作停留,主要是将辎车里备用的衣装换上,在任何情况下屈巫都注意自己的衣装,这是形象,何况这是谒见君王,更马虎不得。收拾停当,喂好了马,这才在驿主的恭送下,又星夜兼程,等赶到都城正是清晨。谢南阳道:"主公舟车劳顿,是否回府稍作休息再进宫?""不,辎车回府,我先见新王。"屈巫道。

进到宫里,屈巫先见了楚庄王的司宫。他现在改侍楚共王,但白净无须的脸上已现皱纹,足见时光的无情,见到屈巫他很是高兴。屈巫从袂中拿出三串精美玉珠链对他道:"有劳司宫自取一串,另两串烦交许后和季芈,并转达问候为盼。"这送礼也是学问,切不可厚此薄彼,忽略被送者身边之人。果然,司宫因得到充分尊重心花怒放,连连道谢,又习惯地瞅了一下四周,并无他人,才低声道:"申公小心,主子也是昨日才得知你回郢。"边说边领他去觐见楚共王。

听话听音,屈巫知道果如所料,是子重先斩后奏调他回郢。屈巫略加沉吟,便思量好了对策。

十岁的楚共王有着与其年龄不相称的成熟,见了他才露出孩子气的一面,高兴地问候道:"这么快就赶回来啦! 申公辛苦。"

屈巫忙施拜礼回道:"王命急宣,日夜兼程,不敢耽搁。本分所在,职责所系,理所应当,不敢道苦。只不知大王这时突宣微臣回来为何?"新王上任,尽管看着其长大,名字还是他所取,但君臣名分更应注意,从此他称楚共王为"大王",自称微臣以示尊重,但回来的原因何在,不能不问。

"是王叔定要调申公回来,说朝中无人应对诸侯,需申公回来相助。不谷想应对诸侯本是申公的长处,不谷有事也好当面请教,便同意所议。"楚共王年龄尚小,但说话甚是得体,颇有王者之范。

当时只有楚王自称"不谷",各诸侯均自称为"寡人"或"孤"。既然楚庄王在本书中也自称"寡人",为了以示区别,这里便从楚俗以"不谷"作楚共王自称。

屈巫道:"微臣守申,本是先王遗令,本不应擅改。既然令尹另有安排,又报大王认可,微臣断无不可。微臣定竭尽微薄之力,报答大王,报效社稷。"

告退后,屈巫心里略微宽慰了些,心想国事为重,朝中新王即位,亟须众臣团结携手,共襄盛举。当务之急是重修睦邻友好,的确外交任务繁重。这也不能把人想坏了,这子重都当令尹了,想必不会再翻旧账,再计前嫌,拿他开刀。这样一想,便对谢南阳道,去令尹府。车子驰出宫门,欢快地朝北驰去。

四 觐见

屈巫下车见令尹府富丽如此，不由得暗暗吃了一惊。他上下打量了一番，等谢南阳拿着小包裹过来这才走向大堂。不料门人竟然伸手相拦。这是从未有过的，就是他进宫也从没受过这等冷遇。

谢南阳不忿地呵斥道："这是申公，刚从申地而回，还不速速禀报。"

"令尹有令，所有人等一律候见。"门人冷漠地答道。

屈巫见此，大度地道："不急，等等无妨。"就候立在大堂门前。

一些原本熟悉的大夫，见屈巫竟在此相候，吃惊之余，个个忙把头一低，匆匆闪过，大概已猜知屈巫要被冷落，便避之唯恐不及。官场上历来敏感如斯，趋炎附势本是常态，不落井下石已属不易了。屈巫体谅地摇首一笑，置之度外。但已感形势远非如他所想的那样乐观，看来子重是要对他下手了，要不门人岂敢阻他于门外？这是在给下马威。既然如此，倒不如逆来顺受，静观其变，以静制动。这样一想，便安之若素，双手交叉于腹前，抬眼望天。

就这样,屈巫饿着肚子从晌午等到掌灯,才有人出来宣他觐见。这时府内早已空无一人。屈巫踌躇了一下,还是拿过谢南阳手中的小包裹放进袂中,这才只身走进大堂。

只见子重随意侧倚坐在主案几后,正用一兽骨挖耳勺掏耳朵,似乎在享受着挖耳快感。这对于像屈巫这样的朝中重臣而言是相当无礼的行为,几近羞辱。子重这样做也是明目张胆、堂而皇之地正告他,谁才是国家之主。屈巫装作没看见,温文尔雅长揖施礼道:"属下参见令尹。"

子重这才转身面向他,装作刚发现他的样子道:"哎哟,原是申公驾临了。不好意思,让申公久等。"子重并不还礼让座,按理这属屈巫最基本的待遇:"你看看,王兄把这千斤重担托付与不才,这令尹说是一人之下、万人之上,但王侄年少,事无巨细都得不才亲管,实在忙啊。莫怪!"

"岂会! 令尹为国操劳,属下今日亲眼得见,高山仰止,实不敢望而及也!"屈巫不无真诚地道。见他坐好了,不那么装了才又继续道:"属下一早见过大王,知令尹对属下另有任用,感激不尽,只不知申县……"

子重洋洋得意哂道:"本令尹正无封地,申、吕只好亲为了,不日当告知王侄,你这个申公就不必费心了。"

屈巫一听,心中极度震惊。这可是公然有违先王遗令。临终楚庄王交代自己仍为申公,这本是楚庄王的深思熟虑之举。既让他为楚国把住北大门,放眼天下,同时也暗含对他个人的保护之意,好令他远离朝中的权力争斗,和子重、子反相安无事,为楚共王亲政后保留他这个人才。谁知楚庄王尸骨未寒,子重就敢公然剥夺他的申公之位不说,还直接将申、吕之地占为己有。

正如前文所提及,这县治同赐给臣子的封邑最大的区别是不世袭,为国家所有。县尹为国家所派,代表国家管理,直接听命于楚王。若落入私人之手,不仅赋税受损,"申之师"就会变成私卒,这支伟大的国家军队将不复存在。这真是楚国之大不幸。看来子重不仅靠不住,而且比他设想的更过分。屈巫心里虽翻江倒海,但表面却不动声色,甚至满面欢喜地道:

"恭贺令尹。申、吕之地是国之根本,令尹是国之所托,掌握在令尹手中再恰当不过,真乃地得其所,实为社稷之福。"

子重鼻子重重哼了一声,心道,你不同意又有何用。要不是当初你反对,还不早就是我的。但见他如此回答,心想还算识时务,面色才和缓一些。

屈巫道:"为国效力原是属下本分,职责所系,理应尽心。属下想新王就任,百废待兴,是不是应尽快恢复齐楚联盟……"他提出自己的计划以试探子重。

"交合诸侯,本令尹自会亲理,"子重不耐烦地打断他道,"就不劳你屈大夫费心了。"

屈巫听话听音,稍一迟疑,仍没事人一样地道:"令尹现摄王事,能亲理诸侯,实乃国之大幸。属下愿为大夫,听从令尹差遣,在所不辞。"说着从袂中抽出小包裹毕恭毕敬地呈上,道,"这块独山玉,原是卞和大夫后人所拥有,十分难得,特献给令尹。"这就是他从老者手中买下的镇肆之宝。他知道子重贪财,反复考量,最后还是决定把它送给子重。

子重本想屈巫会说什么，没想到他不仅如此平静地接受，竟还送礼，只好道："不用。你看本令尹这儿什么都不缺。"

屈巫诚恳有加地道："这玉本属申地，属下既已离开，自不敢擅存，现转申地新主，也理所应当，万望勿辞。"

"那就放下吧。"子重装作极不情愿的样子道，"你屈大夫尚能干什么？还能干什么？本令尹考虑后再说吧。"

"诺。"屈巫把玉料放在案几上，躬身告退。

子反从帷幄后踱出，看着屈巫的背影，不无幸灾乐祸地道："你屈巫也有今天。"

子重早已迫不及待地拿起玉料，在灯光下细细把玩，这会儿先赞后唤道："果是奇宝。来人，速交玉器坊刻制令尹玉玺。"等来人持玉料退下，这才吩咐子反道，"你说得对，切不可掉以轻心。别看这会儿他凤落平地，也得给我看好了，那可是百乘之家啊！"

子反道："放心吧，令尹兄。'二广'现在臣弟手里，城防也在臣弟手里。臣弟回头就令环列之尹把屈子闫的大阍给换了，再交代下去，从今开始一到戌时就关城门，卯时再开。没有臣弟的令牌，他屈巫不能走出郢都半步。他区区一个大夫，还能有多大能耐？臣弟倒要看看他还能踢腾什么？"

五　家宴

翌日晚,屈巫府上大堂,灯火通明,钟磬齐鸣,弦歌缭绕,人声鼎沸,隆重的家族宴会正在举行。

听到他回来的消息,从上午开始,族中的子闾、子荡、弗忌等朝中有职务的和族中的长者尊者都络绎不绝前来看望。寒暄过后,免不了相聚一堂,由他这当族长的宴请大家。因为亲情人们聚在一起,因为美食人们聚在一起,古往今来,别的都一变再变,就这一点从无改变。

这都是五代以内的至亲,血缘相连,关系密切。按照古礼,五世亲绝,三代以外,就可以另立别姓,一般多以祖父名号、官名或封邑为氏。好像至今三代以内为亲的做法还在延续。前文说过,像斗氏仅两代就一分为二,变成斗、成两族,但屈族一直就一姓相延,仍聚族而居。一代到底指多长时间,历史上并无定论。

晚宴觥筹交错,热闹非凡。族中子弟都很兴奋,自从楚庄王去世后,风云突变,朝中王族日渐坐大,屈族子弟备受冷落,早已窝了一肚子气,现主心骨总算回来了,都觉得有靠了。

席间,子荡由于人在行伍,又性格直爽,先忍耐不住问道:"族兄既回,所履何职?还为莫敖吗?"

屈巫含糊其词道:"昨日已见过子重,已请为大夫。"

子闾道:"大夫就大夫。族兄之才,天下皆知。不论何人主政,不用族兄焉用何人?"

"非也。此一时彼一时也!"屈巫道。这些兄弟还都是些率真之人,在朝多为中层,哪知顶层权力争斗之激烈险恶?由于都是亲近族人,他说话便放得开,这时便正色相告道:

"想楚国之所以有今天,斗、成、屈、蒍四大公族功不可没,并非王族一枝独秀。那若敖氏叛乱,先王诛族,斗、成两族就此烟消云散,化为陈迹,这是咎由自取。只是先王虽然强化王族,仍令蒍族孙叔为令尹,兄为莫敖,旨在平衡王族和公族之权,互相加以制衡。现孙叔已过世,蒍族早已难以为继,只剩下我们屈族一家独大。虽然为兄我也位在先王托孤之列,又担负御北之重任,但先王刚入土为安,就被仓促召回卸任,难道就没有别意吗?风发于青苹之末,为兄我担心我们屈族树大招风,树欲静而风不止啊!"

这一席话暗示他们,树大招风,风雨欲来。

大家一听,都觉有理,气氛变得沉重起来。

过了一会儿,一直沉思不语的弗忌,这是一个谦谦君子,现为清尹(谏官),也是屈巫所保荐,这才小心翼翼地道:"族兄是否多虑?再怎么说我等也是芈姓子孙,又从不乱权,岂会至此?"

"其他三族,又谁人不是始祖血脉?"屈巫道,"先王在,大局尚握,现新王年幼,子重、子反掌军政,用人唯亲还是用人唯贤,不言自明。为兄担忧我屈氏一族恐凶多吉少啊!尤其是子闾、子荡要当心,你俩身在军旅,势必首当其冲。"

坐在子闾、子荡下首的谢南阳,这时突然站起粗声大嗓道:"主公有大恩于楚,有目共睹,当不能过河拆桥。"

见谢南阳愤愤不平,屈巫不由得有几分感动地道:"南阳虽非屈姓,可不是外人。来,兄长敬你。"说着先举爵一饮而尽。跽坐身边的少艾连忙亲自斟上。只有屈巫她亲自负责上酒,其他人自有侍女侍候。对了,当时习俗,家眷都不上这类家族宴席,她这才专门过来服侍屈巫。

看大家个个垂头丧气,人人盯着案几也没心思用餐,屈巫便呵呵一笑,朗声道:"山雨欲来,不是还没来吗?大可不必如此悲观。自古以来,臣强主弱,势难长远,假以时日,新王亲政,定有所变。关键是存活其时,方是正道。子闾说得对,大夫就大夫。常言道三十年河东三十年河西。小心方驶得万年船,既然如此,"他扫了大家一眼,见大家均凝神而听,便加重语气道,"自今日起,尔等要约束家人,晓谕族人子弟,今后务必谨慎小心,在外断不可惹是生非,否则本族长定严惩不贷。"

"诺。"大家齐声应道。屈巫在家族本是族长,又向来以贤能著称于世,一直位高权重,素为族人信服,他这样说,自会群起响应。

从令尹府出来,屈巫心中就凉了半截。他明白同子重、子反已势同水火,他们不仅不会用他,也必不能容他。子重借口调他回来分管外事,那不过是在楚共王面前玩的遮眼法,其实质是剥夺他做申公的实权,变相地囚禁于他,好找寻机会除掉他。没想到他们动手会这么快。现在已身陷虎口,危机四伏,不得不防。当务之急是不能有明显把柄落在人手,给对手机会,因此才借家宴告诫族人好自为之。

家宴结束后,屈巫背着手,焦虑地在书房里走来走去,思考存身之道。去找楚共王戳穿子重谎言,楚共王现无力量控制子重,这不仅于事无补,反而会加速变故。束手待毙,又岂是他屈巫作风?他英雄了大半辈子,怎会甘心败于他俩之手? 他衡量了一下形势,手头除了家卒,还有那支令人投鼠忌器的"申之师"。当年,楚成王即位也才十岁,便由楚文王之弟令尹子元执掌朝柄。子元相中了寡居的嫂嫂息妫,就在她寝宫旁修建馆舍,整天歌舞不息,意在挑逗勾引。后来干脆入住王宫,欲行篡权夺嫂。息妫也是忍无可忍,这才密召申公斗班除奸。楚成王八年(公元前 664 年),斗班就是以"申之师"为后盾杀死子元,改由其兄子文接任令尹,这才使楚国大治。子重、子反不会不知这事。在彻底掌握这支劲旅之前,他俩是断不会对他贸然下手的,这就给了他周旋的时间。想到此,屈巫叫来守一,让他将府中所有存金全数拿来,又叫来谢南阳,吩咐道:

"虽然申地就要成为子重的封地,但'申之师'是你我一手打造,不能落入他手。你速速回去,掌握队伍。只要子重还用你,你就要最大限度保持统领之位。"

"不,在下愿跟随主公,誓死保卫主公。"谢南阳道。他在宴会上已听出屈巫的话外之音,才发话不满。

"你按我所说就是对我最大的跟随和保护。"屈巫又强调道,"切记,你不是解甲归田。只要'申之师'掌握在你手里,我就会安全。"其实他也舍不得谢南阳离开,但目前形势下不能让他留在身边,这既是自保也是保护他。

"在下明白,主公。"谢南阳道。

"你还记得上次到石人山吗?就是为申叔时找的隐居之地。那里偏僻,不为人注目。你拿着这些钱,悄悄到其附近找块有水有地的山谷多盖房舍,我回头自有用处。"

"诺。"谢南阳道,"在下这就回去。主公保重。"他拿起装钱的袋子,含泪长揖而别。

子夜时分,少艾见屈巫仍在书房中踱来踱去,她心中焦虑,又不知如何替他分忧,就亲到庖厨炖了藕羹送去。只见橘黄的灯光下,屈巫脸上阴晴不定,同白日判若两人。她将食物放在案几上,正起身离去,突被他一把拦腰抱住。少艾连忙道:"主人,妾一直在庖中忙碌,还没来得及洗浴。"他像牛一样喘着粗气道:"主人就要原汁原味。"说着掀起裙子下摆,把她上身朝下一按,就从后挺了进去。古人并无裤子一说,天寒时只加穿袴,这袴与裤最大的差别是两裆不相连,在背腰处开衩,类似于现在小孩穿的开裆裤。

屈巫就像一头发狂的野兽,动作粗野,还不时拍打她雪白的俏臀,仿佛在把全部苦闷都发泄在她身上……

六　方外之人

　　前晚折腾得狠了些,第二天日上三竿,屈巫才醒。少艾领着两个侍女正侍候他洗漱时,忽听越人在帘外报道:"主公,有客相访,自称楚狂和桑扈。"

　　原来守门家卒一早就见两人前来拍门,指名道姓嚷着要见屈巫。这两人甚是奇特,一胖一瘦。胖子裹着件讲究的华服深衣,严严实实,寸肤不露;瘦子须发皆白,只在私处系着一块赤布,全身赤裸,路人侧目,仍旁若无人。家卒见来者不同寻常,急忙去向守一报告,正好遇上越人从马棚出来。越人一听便过去问清名姓,这才进来禀报。

　　屈巫连忙令少艾速整衣冠。他知道这楚狂和桑扈都是楚国的高人。前者是狂人,后者是隐士,都是方外之人。当年也曾想见,但两人踪迹不定,一直遍寻不到。没想到这刚刚赋闲,却自己找上门来,真可谓有意栽花花不开、无意插柳柳成荫。他特意交代少艾道:"这两人行事乖张,不寻常理,沃盥之礼可免,只须备乐相迎。"边说边迈步出堂。

守门家卒正站在阶下,一看主人亲自相迎,连忙一溜烟跑去招呼同伴打开大门。

看见两人,屈巫大老远就长揖施礼道:

"久仰两位贤名,如雷贯耳,两位造访,屈巫荣幸之至。"

两人也不客套,昂然阔步而进大堂,自分左右相对踞坐。

他们正是楚狂和桑扈。那天两人酣睡山上,也不知过了多少时日,等幡然醒来,方才发现山中只一日,世上已多年,早已不复当日模样。二人便急急忙忙爬起,头也不回地下山朝东南奔去。来到郢都,进到屈府。当时那桑扈在后,他走了几步,心有不甘,又回身捧起那早已变得斑驳的黑坛仰头而饮,发现一滴不剩,这才失望地信手一扔,连忙追楚狂而去。那坛子滚了几滚,竟然完好地滚落到那巨石下边的草窠里。杂草已露出春芽,旁边一丛迎春花正在盛开,一只毛发尽脱的熟睡的老灵猴被响动惊醒,但它只睁了一下眼,又复睡去。

屈巫一边在主案几前踞坐以示尊重,一边吩咐越人换觥而饮。他知道对这种世外之人得投其所好,不能上水上浆得大觥上酒,方是待客之道。那边乐师早就奏唱宴饮之歌《南有嘉鱼》。待曲毕,屈巫才道:"高人光临寒舍,实蓬荜生辉,屈巫一直憾无缘相见,今日才得偿所愿,不知有何见教于屈巫?"

"我等闲云野鹤,本不理俗事。可楚国毕竟是父母之邦,也不想见其战火频烧,民不聊生,更不想其人亡霸灭。听闻申公从申地被召回,又听闻被束之高阁,故特来指点迷津!"胖楚狂狂傲不羁道。

"哦,请赐教。"屈巫心想这消息传得可真够快。

"当年穆王商臣还是世子时,其父成王要废掉他。他求教太傅潘崇如何办,知否?"楚狂问道。

屈巫不置可否,此事他焉能不知,只是不便回答,便侧耳倾听。

楚狂接着道:"我来告诉你。潘崇道:'你能事奉新王吗?'商臣说:'不能。'潘崇道:'能逃亡出国吗?'商臣说:'不能。'潘崇道:'能发动政变吗?'商臣说:'能。'结果商臣率领家卫逼其父成王自缢,这才有了楚穆王,也才有了楚庄王,也才有了今日楚国天下霸主的地位。"他侃侃而谈。

那边桑扈举觥而闻,满意地点头称道:"果是香茅好酒。"就如牛饮水般一饮而尽,贼亮的小眼睛直盯着侍者满上,这才不慌不忙地道:"不知申公听后有何讨教?"

屈巫听后心里不由得一震。这是暗示他直接夺权。固然整个楚国就他有这等实力,但如此一来,势必血雨腥风,输赢姑且不论,必致楚国大伤元气。他追随楚庄王创立的霸业也必将毁于一旦。此事他连想都不会想,更别提做了,因此便避而不答,只是举觥而敬道:"容屈巫先敬此觥,先干为敬。"饮罢,这才道,"高人是要屈巫三条路中择一而行吧?"

"正是。"楚狂道。

"且慢选择。老夫先来问你。"桑扈眼光一扫,先喝完觥中酒,看着侍者满上,才道:"像我等放浪于形骸之外,流连于天地之间,申公能行乎?"

"不能。"

"既然不能,楚狂贤弟早已道明,复有何难?"他又自顾自饮完一觥,然后盯着侍者满上道。

这边楚狂见此又继续道:"我闻之,人生有三德。上德是生来大富大贵;中德是生来知维天地,谋识过人;下德是生而长大,美好无双,少长贵贱见而皆悦之。有此一德者,足以自立于世,而申公三德占全,何不效仿先人,取而代之,以成就大业? 如此上不负上天美意,下不负黎庶之望。现只要申公振臂一呼,势必群起响应,蝇集蚁附。事若不成,有雄师在手,申地也可为君,又有何忧?"说罢,自端起酒一饮而尽。

"正是。此圣人之行,而天下之愿也。如天既予之而不取,当断不断,必有天殃,必受其乱矣!"桑扈附和道,又是一觥,然后盯着侍者满上。

谁知屈巫再次端起酒敬酒,饮罢,语气和缓但态度鲜明地道:"高人教诲,屈巫没齿难忘。屈巫也曾闻楚地有歌谣云:'凤兮凤兮! 何德之衰? 往者不可谏,来者犹可追。已而已而! 今之从政者殆而!'屈巫不才,就教于两位高人。"

屈巫所说的楚歌谣记载在《论语》中,名为《楚狂接舆歌》,为楚狂后人接舆唱与周游楚国的孔子。意思是:"凤凰啊,凤凰啊,你的德运怎么这么衰弱呢? 过去的已经无可挽回,未来的还来得及改正。算了吧,算了吧,今天的执政者有多么危险!"这其实是暗示已经厌倦了争权夺利,选择退隐。

果然,楚狂和桑扈一听,大失所望,久久无语,后各将面前酒一饮而尽,将觥朝案几上猛地一放,也不和主人打招呼,起身就出,边走边喃喃自语。一个道："道不同，不相为谋。"另一个道："只可惜终将楚材晋用。"一个道："饮酒误事，下山晚矣！"另一个道："贪酒误人，行来迟矣！"两人嘴里不停地咕噜着，摇着头，晃着脑，扭着颈，失望而归。

屈巫起身追到堂门前便停住，木木地站在那里，仿佛入定一般。等来人的背影消失在大门外，越人才建议道："主公，来人之话不无道理。何必受他人窝囊气，不如取而代之，以图大业。"他素敬重屈巫，最看不得主人受欺负。

呆了很久，屈巫才如同梦醒一般道："屈族本先王一脉，世受国恩。屈巫一直受先王器重，又看着楚共王长大，断不能做这不忠不义之事。子重虽倒行逆施，但为令尹也是先王遗命，并非罪大恶极，我岂能抢而改之？常言道忍一时风平浪静，还是先相忍为安吧！"说罢，黯然神伤。

从此，屈巫被迫也是自我选择退出了楚国的政治权力中心。

七　家居生活

尽管早早做好了退隐的思想准备,这忙惯了,一下子清闲下来,屈巫开始还真难以适应。

往往一早起来,按多年习惯穿好朝服,这才想起既不用上朝也不用办公,便只好自嘲一笑,仍盛装移至书房坐着。除了檐下燕子掠过的啾啾声,或门前的应答侍女和少艾等进出的轻微脚步声,遥远飘来的人语喧哗声和动物的偶尔叫声,屋里就如同一口古井般悄然无息。这一坐一天,也无人请示,也无事相扰,除了到点吃睡,都不知干什么来消磨时光,自免不了无情无绪,度日如年。

这种状态一直持续了十天半月,他才渐渐适应,心情也宁静下来。

这天他无意中看见申叔时送还的《水经》,就放在案几旁,便拿起,尽管先前也看过,这次悉心读来,又是一番感受。这其实就是老庄哲学的源头,也是楚文化的精髓所在。楚地多水,后来楚国人老子、庄子就从水利万物而不争的这种至柔的特性出发,悟出了柔能克刚、大道至隐、隐大道于无形的哲学,并使之成为与儒家文化、法家文化齐名的三大文化之一。就影响而言,老庄哲学和儒家文化一直在中国文化史上并驾齐驱,不分伯仲。

屈巫联想自己先前的所作所为,恐怕在人们心目中,就如同楚国在诸侯国中一样,的确锋芒毕露得咄咄逼人。固然积极用世,富于进取,但如按书中所言,似乎只有张,没有弛,只有一面,极难持久。看来这做人、做官同治国理政一样,刚柔相济,一张一弛方是大道。他又想起少时父亲所授的《鹖子》里有"欲刚,必以柔守之;欲强,必以弱保之。积于柔必刚,积于弱必强。观其所积,以知祸福之乡"之语,细加揣摩,又是一番感悟。原来守柔的思想先人早已有之,只是没加注意。父亲当年恐怕也是担心自己年轻气盛,锋芒过于毕露,才早早传授《鹖子》予己加以约束,只可惜没有早点理解父亲的良苦用心,不由得喟然长叹。

既然如此,就从此开始换一种活法,守柔吧!

屈巫开始积极适应这种新生活,慢慢觉得这种富贵闲人、大隐于市的生活也不乏乐趣。

屈巫本喜爱骑马,原先总是苦于没有时间,现在则不成问题。每日寅时,到后园中骑马,以此保持运动的习惯。生命在于运动并非今人的专利,古人早就身体力行,只是不喊口号而已。除了送给越人的那匹枣红马,他还有一匹宝马,叫黑骓。此马黑色白蹄,眼大眸明,毛色光泽,结构匀称,极为俊美。它和那匹枣红马都源自秦地,按现在理解都具有中亚血统,出身高贵,血统纯正,就如同马中之"贵族"。只不过此马相较而言性情更为温驯,禀性也更加灵敏,他一向视如珍宝。每天越人都早早备好马等在阶下,这两匹马都是由越人同槽精心而喂,一夜用上好的马食亲自加餐三次,个个养得膘肥体壮,毛色格外发亮。屈巫每次都先亲热地拍拍马面,黑雅用一只前蹄刨地,短促而轻微地嘶叫着回应,就仿佛是见到老友,这总让他心情舒畅,再飞身上马,由越人骑着枣红马相陪。主仆俩或任马徐行,或策马飞驰,往往顺着家中的小湖边来回跑上一个时辰,直到马和人都酣畅淋漓,这才尽兴而返。

白日或观书,或亲自辅导屈狐庸课书。天气晴朗的日子,或到后园散步,或在水榭中观景。这是一年中最好的季节,梅雨已过,万物生长,生机盎然。天是如此湛蓝,纯净得让人心醉,白云就像棉花糖一样洁白,美丽得让人感动。各种花草争奇斗艳,树木郁郁葱葱,按着生命的轮回生长,生机勃勃。湖水碧绿如镜,微波荡漾。黄昏的时候独坐在水榭中,看着平静的湖面,归鸟,太阳落山前最后一缕光芒,想想人生这样也非常美好。有时他也奇怪,怎么原来从没发现这些?那天忽然想到父亲屈干当年,恐怕也是这样的逍遥自娱吧,那一瞬间,他似乎多少有些理解了父亲。

不仅生平第一次有闲情逸致感受到了自然之美,这么多年了,也是他第一回有闲暇巡视自家的领地。这才发现屈府就如同一个浓缩的集市,五花八门,什么行当都有,干什么的都有。马厩、牛栏、猪圈、鸡舍自不待说,还有粮仓、油坊、酒坊、臼坊、洗坊、织坊、染坊等。其中执斫(木工)、执针(缝纫工)、织纴(纺织工)等职业,他先前闻所未闻。他由守一陪着,带着几个分管的家大夫,逐一察看,就如同当县尹时视察基层。

那天走到臼坊，正在舂米，几个汉子，人手一个舂米杵，在一个大石臼中一上一下砸谷子，把米糠分开。这有点儿像中医用药罐捣药，原理虽一样，但更耗体力。在古代，舂米其实是一个家庭最重的体力劳动，单调而辛苦。而屈巫就像我们观看表演一样新奇。石臼是加工谷物粮食的主要工具，农业社会人们生存须臾不可或缺。就像水井一样。

尤其是看着府中人等，各司其职，或织衣洗衣，或劈柴烧火煮饭，或喂猪喂牛喂马，无不忙忙碌碌。人们边干活还边聊着天，脸上溢满劳动者单纯的快乐。屈巫原先从没注意过他们，他们大都是战争中缴获的战俘，一般人都被充作家奴送到了封地，有一技之长的才有幸在府中服役。现饶有兴致地看着，甚至于有些羡慕他们的自由自在、了无牵挂。生活简单，也不用争权夺利，这多好呀！当然这是一种居高临下的观感。相比较而言，由于有封邑、俸禄和战争所获，尤其是齐国女间带来的巨大的财富，屈府中家臣奴仆吃穿用度远比别的府强，大家都以在屈府谋生为荣，精神面貌就不一样。

这么多年了，府中人员还是第一次和屈巫如此零距离接触。往常他都是众星捧月，满脸肃然，凛然不可接近。虽都在一个府中，从不见他涉足这些家务劳动区域。现在人们才经常见他。那次一个正在洗衣坊外洗衣的妇女，大概是个家奴的女眷，带着一个女童，她劳作时小丫头蹲在旁边的泥地上和泥玩耍，屈巫正巧过来碰见，小丫头抹了他一身泥，他不仅不怪，还弯腰逗逗孩子，和蔼可亲。

大家都感到主人变了，原先像夏日令人可畏，现在像冬阳令人可亲。

是变了。除了心情的放松,有闲暇之趣,屈巫还有了闺房之乐。那天起来,少艾领人伺候他洗漱,他照镜子,无意中看见眼角的鱼尾纹,不由得用手指抹了抹,感慨不已地道:"不知不觉间,老冉冉其将至,恐修名之不立!"

少艾一听不由得抿嘴一笑道:"主人前日曾引《周易》的'潜龙勿用'来自勉,难道就忘了吗?何况妾听闻男子有吉祥三宝——胡须、鱼尾纹和黑皮肤,妾看主人还不够黑,好像还差着档咧。"随着感情日深,她现在偶尔也会对他开几句无伤大雅的玩笑,活跃气氛。

屈巫一听,为自己也会变得如此矫情而好笑。真是英雄气短,儿女情长。既然选择了与世无争,就不可徒增烦恼。这样一想,也就心安理得,我行我素,安享居家之福了。

八 食为天

少艾不知为何近来特别快乐,脸上洋溢着细瓷般的光泽,更加艳丽动人。屈府中最高兴主人这种闲居生活的就是她。能相执手,也能大显身手,岂能不乐?她从夫人那里学会了哄男人要先哄住嘴的诀窍。大概天生的好女人都有这种本能,就像夫人先前做的一样她常亲自下庖厨。

少艾下厨并不是越俎代庖,亲自当炉。如同现今一样,春秋时的专业庖人多为男性,并不是男人做饭就比女人高明,只因那时讲究吃鲜活之物,几乎每天都要屠宰鸡、豚、羊、牛等动物,男人更拿手。这刀刀见血,自然非少艾所能。那时也并无现在意义上的灶台和锅,当今习以为常的铁锅炒菜,那是宋朝以后才有。现在意义上的铁锅、灶台等炊器当时就是青铜鼎。在鼎下烧火加热煮熟鼎中盛放的食物就是当炉。而这鼎也只是屈府及少数士以上阶层的家庭才能拥有,平民百姓只能用鬲。前面曾提及的楚式鬲,就是楚国的形制,三个中空的足更为饱满,更便于烧煮加热南方的食材。鬲虽

303

然功能同青铜鼎一样，但为陶制，成本低廉，自然导热也就慢，所以需要更多加热的柴火。这才有后来的中国人开门七件事：柴米油盐酱醋茶，总把柴放在第一位。盖因这柴才是日常生活消费的大宗，源头恐来自此。所以，少艾入厨，也不当炉，多只是亲手调"羹"。

这"羹"是春秋时期最有名的菜式。这时的"羹"是指带汁的肉，而不是我们现在所理解的汤。基本做法就是把各种肉放进鼎、鬲中，有时也加点蔬菜或水果之类的植物同煮，或者只是米、麦等谷物和蔬菜同煮。当然前者仅是贵族日常所享，所以贵族又有一称呼叫"肉食者"，平民多以后者为主就叫"藿食者"。当年鲁国的大夫曹刿还不是大夫时就说过一句名言"肉食者鄙"就是此意。当然这鄙可不作卑鄙解，而是指贵族们鼠目寸光。而少艾出手调的"羹"口感更佳。这有点类似于现在的名厨更会画龙点睛地使用调料，一样的食材却调出不一样的味道。

少艾每当下庖厨时，守一之孺人（家大夫之妻）总会不离左右。这是一个慈眉善目、身体稍微发福的中年女性，总带着一副乐天知命的快活神情，同守一的面无表情迥然不同。她就像一个老妈子真诚地帮助女主人一样乐于提出自身的"想法"供少艾参考，自然越来越赢得少艾信赖。每道菜出鼎前，少艾总不忘让她"把关"，她总是用青铜勺子舀上一勺仔细尝了后吧嗒吧嗒嘴道"鲜得不得了"，这令少艾万分开心，钻研起来更有劲。

除了妙手回春的调"羹"之技，少艾似乎还天生擅长烹鱼。她采取清蒸的方式，用一种专用的陶制工具，叫甑。这是一种底部有孔的容器，先将鱼放在甑里，再将甑放在鼎里蒸，蒸好后鲜美清淡，极其可口，屈巫、屈狐庸百食不厌。当时鱼虽排在牛羊猪之后，仍为佳肴。《诗经》中就不厌其烦地具体列举了鲂、鳟、鲔、鲤等，当然这多为北方的鱼，虽无文献记载南方的鱼名，但凭常识就知南方江湖池塘广布，鱼儿只会更多，品种只会更丰富，这足令她大显身手、大有作为。

当时，最有名的菜式还有一种叫"醢"。此为肉酱，北方是用碎肉加小米浆和盐，放在米酒里发酵做成。南方食材想必用鱼，因未见确切史料记载，可姑且名之为鱼醢，无非是将鱼剁碎，再配上姜米、甜酒、盐等，置放于坛中腌制而成，现苗家的雷山鱼酱仍以此做法传承至今，足见这并非臆测。在做"醢"方面，孺人贡献给少艾的"想法"更多，以至于连屈狐庸都夸"鱼醢越来越好吃"。

总之，当时"食文化"还远没进化到今天这般天地，以"色、香、味、形、名"著称。它还属于草创期。因此，平民百姓的"以食为天"就是果腹而已，只有贵族阶层方能享受美食。要说，这和现在也并无大的不同。

屈巫身为高等贵族，本来对吃就极为讲究。这赋闲了，自然更精益求精：食材得新鲜，味道得纯正，且形式还得规范。

先前忙于军国大事，常出外征战，出使他国，又时常参加宫中宴会，往往很难控制自身的作息时间，现在有条件了便严格遵守"食不时不食"，这是孔子所说，意思是严格按规定的时间吃饭。

这里有必要先科普一下古人的用餐制，以便读者更好地理解。先秦时期不像现在一昼夜分二十四小时，而是采纳十二时制。也就是把一天划分为子、丑、寅、卯、辰、巳、午、未、申、酉、戌、亥十二个时辰,每个时辰相等于现在的两小时。由于古人日出而作,日入而息,其食制都是一日两餐(三餐是东汉以后才慢慢兴起)。第一餐就叫朝食,又叫"饔",是按太阳在顶空的位置计出时间,大致相当于后来的辰时,现在的上午九点左右。《左传·鞌之战》中齐惠公曾说"余姑剪灭此而朝食",意思就是小看晋军不禁一打,天亮后交战,消灭了晋军还耽误不了吃早餐。还有前文列举的《株林》诗中的"朝食于株",也是此意。第二餐叫哺食,又叫"飧",相当于后来的申时,即现在的下午四点左右。"饔""飧"二字在古书中就是表每日的两餐。

屈巫不仅"食不时不食",还"食不语"。这本是屈府一脉相传的传统,在他这儿更加发扬光大。屈巫朝食一般由少艾、屈狐庸、守一夫妇作陪,相对简单。少艾升为如夫人,便开始上桌吃饭。只是她尽管坐在他旁边的案几边,仍操心着他的一举一动,没办法,养成了习惯,改不了。但哺食正规,钟鸣鼎食,该上的菜肴,该有的繁文缛节一样不少。往往一到点,家中的乐师开始敲磬,屈巫衣冠楚楚准时踏着磬声走进,屈狐庸、守一、越人和其他几个家臣或族中亲戚不等,见他在主位落座后,才各自坐下,见他用食这才开吃。席间除了磬声和乐师弹奏的乐音,再无一点动静。大家陪着他吃,都感到压抑,就如同现在的小干事恭忝末座陪着大领导吃饭,小心翼翼,不能尽兴。尤其是屈狐庸和越人如同坐监,两人一吃完饭出来,就相互一视,长出一口气。

每日傍晚时分的茶自不能少。

那天少艾照旧领人过来送茶。这天,她穿着一件丝织的新绿纱襦裙,梳着发结,好像换了一个人似的。屈巫端坐案几前,照例饮茶。饮毕,当少艾指使着侍女收完茶具,正待离开时,他无意中一抬头,看着她的肢体在裙中忽隐忽现,忽然觉得她的臀部竟然如同一个成熟的妇人似的丰满撩人。食色性也。他忽然有了男性的冲动和激情,很长时间他都没有这种冲动和激情,就道:"稍等片刻。"少艾转过身来,还以为他有何吩咐,谁知他只用手指了指身边。少艾微微一笑,便示意侍女先走,过来刚跽坐在他身边,他就迫不及待地转身将她放倒,撩开裙子就跨腿而上。

除了回来的那晚,屈巫从不在书房行云雨之事。这里本是他处理军国大事和读书思考养性之地,更别提白昼了。

少艾忙道:"主人小心。妾恐怕有了。"

屈巫一听,就如同中了一箭似的,一骨碌从她身上翻下,问道:"多长时间?"

"可能就是那晚在这里,差不多有四五个月了。"

屈巫这才发现她胖了不少,怪不得不像先前那般灵巧轻盈,刚才添水,动作迟缓,就像变了一个人。

屈巫又撩开裙子仔细一看,其肚皮果然微微鼓起,条条蓝色的血管清晰可见。屈巫也顾不得矜持,把头贴在她的肚皮上,忽然泪流满面吟道:"乃生男子,载寝之床。载衣之裳,载弄之璋。其泣喤喤,朱芾斯皇,室家君王。"

屈巫吟的是《斯干》之句,意思是生下了男娃,让他睡在床上。为他穿上衣裳,再给他一块玉璋。他哭得声音响亮。朱红祭服辉煌,周邦未来的君王。

吟毕屈巫起身而坐，若有所思。

少艾从没见主人如此温情的一面，在她面前他一直是个强有力的男人，就如同一只猛虎般威不可挡。少艾便也爬起来，相向而跪，嘴里喃喃道："主人，为何如此？难道妾不该怀上吗？"

"非也。乃天佑我屈族。"

"妾听孺人说生女喜辣，生男喜酸。妾最近好吃辣，怕是个女子。再说主人也没女子。"

"一定是个麟儿。"屈巫不容置疑地道。让她两手相支，两股伸开而坐，姿势虽然不雅，但对孕妇而言会舒服很多。他躺在她两股之间，将头枕在她的大腿根部，面向她的腹部，闭着眼，嘴里吟着："麟之趾，振振公子，于嗟麟兮。麟之定，振振公姓，于嗟麟兮。麟之角，振振公族，于嗟麟兮。"少艾虽不确解其意，但知道是好意，像一个母亲一样，用手来回抚摸着他的头发。也是这会儿她有了他的女人的感觉。她真希望两人就这样相依相偎，直到地老天荒。

九　渔夫

　　越人现在到齐华子那里去的次数少了,几乎整天都在府中。他同齐华子过了缠绵期,早已不像当初那样如胶似漆、"一日不见,如三秋兮"。夫妻间大都如此,很快便从浓情似火归于平淡如水。而他大丈夫情怀,更不屑于柴米油盐。再说齐华子的女闾生意兴隆,忙得不可开交,并无闲暇陪他。现在屈府门庭冷落,他已不用须臾不离地在大堂门前值守,就剩早上陪主公骑马一件事,白天就差不多成了专业渔夫。

　　后园小湖连着琵琶湖,近水楼台,越人便整天划着独木舟,去湖上捕鱼。或在水边安放一个罾(渔网)网鱼,一般前天下,第二天起。他擅长捕鱼,或钩或下罾,从不空手。有时还秀秀神技,箭射活鱼,这令屈狐庸羡慕崇拜不已。屈狐庸正是玩耍之龄,夏日炎热,也不用上学,只在家里跟着父亲学习,有的是空闲,便喜欢跟着越人跑。男孩子生来就喜欢渔猎,这本是贵族家庭家教的一个方面,屈巫现在自己不能带孩子出去,便鼓励他跟着越人学习。因此,一个夏天下来，屈狐庸晒得像黑木炭，只有牙还发白。

酷暑多雷暴天气。那几日连着闷热异常，接着就是一场滂沱大雨，直下得天昏地暗，一连几日。这日傍晚大雨停歇。屈狐庸在屋里闷了几天，正窝憋得难受，忽见越人在窗牖前招手，喊他去钓鱼。小伙子不由得心花怒放。

两人在后园水面与琵琶湖的相接处停下。这里只长着几棵小柳树，这会儿还正滴着雨水，下面青草繁茂，一直铺到水中。在雨后，草色就如同水洗一般青翠欲滴。不仅人看着舒坦，想必鱼儿也自是喜欢。不错，越人有经验，此处有内外两处水面交接形成的"鱼道"，的确是钓位的不二之选。

越人早就从庖厨拿了一块新鲜猪肝，放在钩上。这是他为钓鱼专门让王宫的青铜坊打制的青铜鱼钩，当时算是钓鱼的利器。越人小时用藤萝绑着大蚂蚱钓，后来用兽骨打磨成钩钓，现在用上了青铜钩。他又叫屈狐庸找少艾要了丝线，丝线细而结实，自然如虎添翼。这次他意在钓鳖。夏日甲鱼食欲十分旺盛，钩鳖正当其时，他早就发现了一个大家伙在渠道里留下的印迹。他已注意其行踪多日，就是不曾上手。

屈狐庸不解地问他道："你不是说入夏后要晨钓，怎么改成下雨后钓？"

越人耐心地解释道："大雨过后也适合钓鱼。下雨前天气都比较闷热，鱼跟人一样也怕热，所以雨停之后，都会到水面来凉快，容易上钩。"

屈狐庸便睁大眼睛一动也不动地盯着水面，看鱼漂一动一动的,他沉不住气了:"上钩了上钩了。"他叫道。

越人一手持竿,嘴里正咬着一根青草梗,眯缝着眼扫视着水面,一听便吐出草梗,笑道:"莫急,小主公,这是小鱼小虾在闹腾。"

正说着,猛地鱼漂往下一沉,越人赶紧扬竿,竹竿一下子被扯成了弓形。他赶紧两手握竿,兴奋地道:"小主公,这可是个大家伙。"屈狐庸一听便屏息静气地盯着,紧张得手心冒汗。越人开始缓缓放线和鱼拉锯。线这会儿显短了,鱼牵着越人跑,一会儿南一会儿北,一会儿东一会儿西,最后把越人牵进了水中。竹竿已成直线,水已漫腰,这会儿如果松手,肯定鱼跑,前功尽弃。越人赶紧往回拖,一步一步朝岸上退。哪知鱼异常的力大,越人又复被拖进了水中,水已淹顶,人突然也变成了一条线,鱼儿拖着越人劈波斩浪,最后消失在湖面的拐弯处。屈狐庸着急地喊着"越人",沿着水边奔跑着追赶,哪有越人的踪影,他急得快要哭出声来。

猛地浪花四溅,越人从水里一头钻出,手中拖着一条银白色的大鱼。他边朝回游边高兴地喊着"小主公"。屈狐庸这才破涕为笑。

原来这次咬钩的是一条一人多高的鳡鱼,重达百斤。这是一种凶猛无比的鱼,人称水老虎的食鱼之鱼,所有鱼都会被它毫不留情地吞入腹中。本来这种鱼在自然水域很难见到,更别提如此之大了。越人被它拖进深水中,也是乘它一懈劲,游上去靠天生神力和宝刀孟劳才把它制服。

府中人都围过来看稀罕。少艾也由孺人陪着闻讯过来,她低头察看,喜形于色。她知道这种鱼味道鲜美,又有了她大展厨艺的机会。她拉着屈狐庸的手，一迭声地问是怎么钩上的。屈狐庸骄傲地绘声绘色地讲述着，仿佛就是他亲手钓上一般。

这次胜利极大地鼓舞了两个钓者。不久后的一个晌午两人再接再厉，终于逮住了那只向往已久的大鳖。两人便兴冲冲地掂到了堂前，屈狐庸忙跑进去喊阿父出来看收获。

屈巫出来一瞅，果然是不可多得的天物。几乎像车轮一样大，颜色青黄，大头黄颈，实乃神品。但这并非鳖而是鼋。鳖和鼋最大的区别就在于个头，前者能上十斤就了不得，而后者能重达百斤。这鼋头可比鳖头伟岸，也更上档次。奇怪的是看见屈巫过来，这鼋不缩头反而伸着脖子看他，双眼灵光四射，仿佛有所待。屈巫不由得心里一震，就让放进后园的小湖中好生养着。

屈狐庸不满地嘟哝道："阿父，这可是难得美味，孩儿和越人逮住它可不容易。小姆要是见了不知有多高兴。"

屈巫道："阿父知道。非常之物必费非常之力。但此为灵物，食之不逊。何况阿父想起一事，更是于心不忍，还是放生吧！"

屈狐庸只好噘着嘴，又和越人抬着它，朝小湖边而去。

这并非是屈巫不杀神物，而是看见此鼋，他不由得想起十六年前郑国发生的事，心有戚戚焉。

原来郑穆公过世时，接位的是郑灵公，并非郑襄公。郑灵公就因为一只鼋开玩笑，惹恼了庶叔公子宋而被后者所弑，在位不足一年。后人曾将此事浓缩为成语"染指于鼎"，以比喻占取非分的利益。

事发楚庄王九年（公元前 605 年），郑灵公初即位时，屈巫建议楚庄王送大鼋祝贺通好。鼋为北方所不产向来被视为珍馐。那天正巧当国的公子宋与公子归生一同进宫朝见郑灵公。公子宋食指大动，就对公子归生说："之前我食指只要大动，必尝特殊的美味，这屡试不爽。"正说着，就看见庖人正在解割大鼋，两人不免相视而笑。郑灵公见他们一直在笑，就很奇怪问所笑何事，公子归生据实回答。谁知鼋羹煮好后，郑灵公虽也召来众臣和公子宋宴飨，但所有参宴者人手一鼎鼋羹，却单单没有公子宋的。公子宋大怒，就不顾一切地将食指伸入郑灵公的鼎中蘸食鼋羹后拂袖而去。郑灵公也不由得暴跳如雷，声称非杀掉不敬的公子宋不可。公子宋回家后仍怒气难消，又听说郑灵公要杀他，便先下手为强弑君，并扶助郑灵公之兄即位，是为郑襄公。

这件事当国君的有错在先，不该为君不尊，无礼于大臣。春秋时因失礼、无礼于臣而遭臣反杀的国君比比皆是。如宋国闵公，也是对手下的猛将南宫长万屡屡出言不逊才惹来杀身之祸，故此管仲才会把礼敬大臣、爱护下属和勤政作为当诸侯的首要之责，曰："人君惟不爱与不敏，不可耳。不爱则亡众，不敏则不及事。"当然，身为臣子仅为一时的受辱就犯上作乱弑君更是错上加错。君臣相处之道，理应互相尊重，主贤臣忠，方是根本。只是这说起来容易做起来难！这不，为这区区的一鼎鼋羹就招致身死国危，实在不值。像楚庄王前三次讨伐郑国，两次都是打着征讨公子宋弑君的旗号，直到郑襄公不得不杀了公子宋才算作罢。由此看来，意气用事，逞一时之快，无论是对君还是对臣，最终都难结好果。

自然由此鼋也令屈巫想起了夏姬。奇怪的是这段时间他很少想起她,好像已经把她淡忘,其实不过是深藏于心。但真爱犹在,要不然也不会这会儿一见这鼋,尘封已久的记忆和思念便如破堤之水汹涌奔来。

屈巫知道她在等他,他现在是她的全部,而他还做不到她那样纯粹。他还有牵挂,尽管他爱她。

也不能因此太苛求我们的屈巫。历史上所有功成名就、位高权重的人都很难拥有真情。对他们而言,爱情不过是人生的点缀,功名才是他们不懈的追求。正因为如此,那些用情专一、不顾一切,哪怕一失足成千古恨的故事才会为我们长久记忆。如唐明皇之于杨贵妃的"三千宠爱于一身"、吴三桂之于陈圆圆的"冲冠一怒为红颜",甚至一些红颜祸水带来的倾城倾国也照样会带给我们人性的感动。屈巫之于夏姬,他与别人不同的是虽并非只贪夏姬之色,但此时仍不能为她放下所有。他被身外的欲望引领惯了,还需假以时日才能真正听从心灵的呼唤。此刻尽管他已被子重、子反排挤出了权力之外,但内心里还在自觉不自觉地期待着有朝一日会被楚共王重新起用。似乎每一个有志天下的男人都会如此,并没有人生来就只爱美人不爱江山。

那天楚狂和桑扈突然造访,提出造反的提议,是处于金字塔底层或超然物外的人们并不了解早已置身于生物链顶端之人的心态。譬如他,该有的都有了,自立为王既非所愿,一个令尹之位更不足以令他破釜沉舟。其实屈巫不是不明白楚庄王的担忧所在,既然伟大如楚庄王都以王权为重而不是以霸业为重,又怎么能指望他无怨无悔地去为霸业献身而在所不惜呢? 这也太高看他了。其实他从令尹之位迟迟不定时就已萌生了退意,之所以还迟迟不行动,也不过是他和楚庄王的关系、他所受的教育、他的贵族血统和已享有的地位等惯性使然,已远非我们所熟知的忠君和报效国家的信念。如果子重、子反不相煎何太急,不急于罢免他的申公之位,说不定他还会这样一直干下去,因为按世俗标准这也是多少人求之不得的待遇,足以立世。他本已萌生了待楚庄王丧期毕,寻机会将夏姬娶了,就此了结余生之念。

如果结局真的如此,那充其量只是一个一切以自我为出发点的自私自利的人的所作所为,并非真爱。没有牺牲,何来爱情?就他而言,夏姬归郑现已七年,一直在望眼欲穿地等他。而他虽然承诺娶她,可时至今日仍在随波逐流、得过且过,从没全力以赴地去努力和她团聚。这样对她不仅不公,有负于她,更无男子的担当,是在逃避责任。这样想来,屈巫不由得心里隐隐作痛,有如蝼蚁啃噬。

屈巫低着头朝屋里走去,正迈腿欲跨进堂门,忽然心里一颤,仿佛听到有人正在呼喊他。他停下转身四望,只见阳光灿烂,四处寂然。这是六月初六,人文始祖黄帝、嫘祖结婚纪念日,这一刻正是夏姬站在始祖山上遥望他呐喊之时。他虽然不明就里,还是感受到了她思念的呼唤。真心相爱的人总会有这种说不清道不明的感应,纵然相隔万水千山。他闷闷不乐地回到书房,随意拿起案几上放的竹简,一看是首诗,就有意无意地看了起来,竟然一下子被吸引:

击鼓其镗,踊跃用兵。土国城漕,我独南行。
从孙子仲,平陈与宋。不我以归,忧心有忡。

315

爱居爱处？爱丧其马？于以求之？于林之下。

死生契阔，与子成说。执子之手，与子偕老。

于嗟阔兮，不我活兮。于嗟洵兮，不我信兮。

　　这首《击鼓》中两句"执子之手，与子偕老"，当初被屈巫慧眼独识选来让人镌刻在青铜镜上送给夏姬，作为对她海誓山盟的表白，而现在再看不过是莫大的讽刺，不过是一纸空言。难道真如诗最后一章所说"于嗟阔兮，不我活兮。于嗟洵兮，不我信兮"，会因相距太远而无法重见和分离太久而无法信守誓言吗？他不由得陷入深深的自责之中。

　　看来不能再听之任之，是该有所行动了。屈巫起身而出，凝望着屏风上的凤鸟暗自道。

十　山中问答

申叔时此时业已告老，回到了石人山隐居。他住在屈巫给他修建的竹篱茅舍之中，只带着几个童仆过着离群索居的生活。

申叔时生性淡泊，很快便适应了隐居生活。他常常只带一个童子，倚杖而行，山前山后听松涛观云景，怡然自得度日。

先前的生活，他只保留了弹琴的雅好。天气晴好的日子，他便一早起来，先到琴台抚上一曲。

这琴台位于悬崖边的一块巨石之上，有一松如盖。松下有一天然石案，仿佛天造地设的琴架。他一眼就相中此地，就作为自家的琴台。这会儿便面向群山万壑，抚琴而奏，高山流水、万壑松风、水光云影、虫鸣鸟语尽在琴中。白云缭绕在身边，琴声悠悠在天际，就如同仙人在仙境弹奏仙乐一般。

这天一曲已了，余音袅袅，忽听身后有人击掌朗声赞道：

"两年不见，先生的琴声越发的古朴高妙，果然大音希声呀！"

申叔时一听就知赞者为谁，便高兴地转身相迎，果然看见了那个熟悉的身影,正由越人牵马相陪,站在身后,不由得悲喜交加。

为了避人耳目,屈巫化装成郑国的行商,越人扮作跟班。两人三天前傍晚骑马出城,日夜兼程,这才一早赶来。古人虽然有千里马之说,顾名思义,即宝马可日行千里,夜行八百,但这是夸张,并不属实。古代最快的五百里、八百里加急,并非我们想当然的一人一骑昼夜不停跑八百里,而是需三十千米换一次马,一百千米换一次人,轮换接力才能办到。一般而言,骑马日行也就百余里。而郢都距石人山近八百里,他俩三天就能上得山来,真可谓神速。

相互寒暄问候毕,申叔时令伴随身边的童子速去沏茶,越人便趁机告退跟着去屋后的山上放马,他两人便在琴台边相向而坐畅谈。茶送来时,申叔时道:"这是早春时在山上采摘的野山茶,由老夫亲手蒸青,请公子一品,看与昔日公子请老夫饮的独山毛峰可否一比?"

屈巫呷了一口赞道:"实为妙品,有过之而无不及。"屈巫又遥看了一下周边,续赞道,"此琴台天造地设,好一个所在。"

申叔时捻须微笑道:"还不多亏公子,全老夫心愿。"

屈巫笑回道:"原是应该的,何足挂齿,要不也断无此口福。看来未雨绸缪还是好过临渴掘井啊!"

两人便边饮茶边叙话,互道了近况后,屈巫道:"此次前来,一是心中牵挂,特来相访,看先生静好,也就心安;二来实有事不明,决心难下,想请教于先生。"

申叔时道:"请教不敢当,公子不妨道来,同商同议。"

屈巫道:"新王虽聪,但年纪尚小,子重当权,朝中无贤人相佐,恐霸业难以为继,是为担忧。"

"月亏则盈,月盈则亏,世事皆然。楚国有此一劫,也是天数。何况这种格局恐一时半会儿也难以改变,何不听其自然呢?"申叔时劝解道。

"先生所言极是。"屈巫又品了一口茶,"先生返还的《水经》,我认真读后深有所悟,这一路行来,见青山绿水、竹篱茅舍,更生此念。我想辞官不做,回到封邑,或也到此结庐和先生比邻而居,与世无争,终此余生,不知先生意下如何?"

申叔时沉吟了一下方道:"急流勇退,我申叔时可以,但公子不可。楚国虽大,子重、子反当政,岂有你容身之地? 你若如此,正中其怀,就一句对新王不忠之罪就置你于死地,断不可行。"

"那能否步先生后尘,就像先生昔日所为,大隐于朝,以待时变?"

申叔时认真想了想摇摇头道:"也不可行。王上当日之谋篇布局,未必不存此想。子重、子反既敢违先王遗令,剥去你申公之位,自不会给公子时间。尽管公子自觉与世无争,但有时你的存在就是别人的威胁,不除之不快,岂能容你存到那时?"

"那为之奈何?"

"公子是否听过《沧浪之水》?"申叔时吟道,"沧浪之水清兮,可以濯我缨。沧浪之水浊兮,可以濯我足。"

"先生的意思是我可以选择走?"

申叔时道:"天地之大,何拘于一室一地。走,或许海阔天空。"

屈巫不由得想到了那天楚狂和桑扈临走时撒下的"楚材晋用"

之语,为何申叔时会与他两人不约而同?难道自己真的只剩下出走这一条路吗?他内心激烈地挣扎着道:

"可我是王室一脉,这里是我的根。"

"命都不保,何谈背叛?"

申叔时的话坚定了屈巫选择出走的决心,他一时沉思不语。

申叔时见状,俯身珍惜地抚摸着琴道:"真是一把难得好琴,老夫现还给公子。"

"不,不,先生,我本不擅琴,若与我岂不明珠暗投?"

申叔时淡淡一笑道:"公子忘了,这是你上回从陈国带回让老夫所修。现修旧如旧,不过物归原主罢了。当时老夫一看就非凡品,此便是大名鼎鼎的'号钟'。只是此琴原是齐桓公的爱物,听说后来成为郑国宫中之物,可不知为何会落在公子之手,且从陈国带回?"

"先生莫非也有所耳闻?"

申叔时答非所问道:"天生尤物,性可移人,唯有德者居之方可。老夫德薄福寡,全赖公子之赐,才能有幸弹奏一曲,早已感激莫名,岂作他想?与此琴齐名的还有'绕梁',据说流落宋国,若有幸一见,亲手奏之,也不枉此生了。"

屈巫深信不疑地道:"先生放心,他日先生必见'绕梁'。"这里说明一下,春秋时的"号钟""绕梁",两汉的"绿绮""焦尾"一向被人们誉为中国"四大名琴"。

"有劳公子。"申叔时自知一诺千金,也并不客气,只是又感慨道,"错过一时,不能错过今生。只可惜老夫平生不曾有此等机遇,此琴就权当老夫的贺礼吧!"

"多谢先生理解。"屈巫起身施拜礼。此时看着故人之琴,他已坚定了自己未来的选择并萌生了新的想法。

当日申叔时用丰盛的山肴野蔌招待屈巫和越人,宾主尽欢。饭毕,屈巫要走,申叔时知他不便多停,也不挽留,而是执意相送他下山。申叔时坚持送了一程又一程,两人携手而行,依依不舍,难舍难分。他们嘴里不说,心中都明白这说不定就是此生最后一次相见。越人牵着马,和一名童子徐徐在后相随。

在和合峰下,这是一高一矮两峰,似两兄弟紧紧依偎,申叔时遥指山峰道:"传说,这和合峰为和、合二仙的化身,和、合二仙原为兄弟,二人互敬互让亲密无间,不愿分开,便化石于此,长相厮守。"

屈巫细观了一会儿,感慨地道:"山犹如此,人何以堪。尽管我和先生不能像此峰朝夕相处,但不论身在何方,屈巫的心都和先生联在一起。"

申叔时道:"老夫又何尝不是如此。"

到得山脚下,已现暮色。屈巫回转身道:"送君千里,终须一别。屈巫就此告辞。"说罢从越人手中接过缰绳,飞身上马,两人双双朝山外而去。

申叔时一直目送他们消失在山道拐弯处,正要返身和童子上山,忽见屈巫又单骑飞马而回,到得近前,一勒缰绳,也不下马道:"望先生保重,静候佳音。"申叔时点头,屈巫这才复驱马绝尘而去。

申叔时尽管甘于隐,但并非真心如此。每个有志者又有谁愿意早早自我埋没呢? 也是担心当年他曾力主陈国复国,子重掌权势必挟私报复，尤其是见申无畏如此结局，这才心寒而执意告老。

　　屈巫回郢四个月后，少艾如期顺产了一个健康男婴。屈巫令孺人带着乳妇在深屋另养，严密封锁消息，府内外并无人知晓。即便是子重、子反广布眼线，也不曾探知一星半点消息。

十一　祭典

孩子满月，眼看夏历新年到来。

中国古代有三大历法：夏历、商历、周历。三大历法大致相同，主要区别在于每年开头的月建不同，如殷商正月建丑（夏历的十二月为岁首），周历正月建子（夏历的十一月为岁首），夏历正月建寅（夏历的一月为岁首），也就是前文所说的夏历要比周历迟两个月进入新年。

与中原各诸侯国大多采用周历不同，楚国实际上一直使用夏历纪岁。举例来说，像先秦时北方的著作如《春秋》《孟子》等都使用周历，而《楚辞》就采用夏历。《诗经》中则夏历和周历并用，需具体篇目具体分析。顺带说一句，为了便于读者理解，本书涉及的年月日，阿拉伯数字为公历，汉字数字的则统一为夏历。

为欢度第一个新春到来，这天楚共王饮宴群臣，这在当时称宴飨。众人济济一堂。屈巫穿着朝服，十个多月了才第一次公开露面。明显不同的是，他走路不再像先前一样昂首阔步而行，而是谦和地低头碎步而进。这是无足轻重的小臣小吏的走姿,极其谦恭和低调。

由于孙叔过世,屈巫现在升坐在楚共王左首第一位置上,正对着子重。这位置本应为令尹之位,但子重属同姓,只好仍在右首第一的位置不变。没办法,屈巫虽为大夫,但世袭公族,又曾为莫敖和申公,尽管长期没有上朝,表面上的地位、尊重却依旧如故,只是在这种场合他现已变得同先前判若两人。

楚共王看见他到来很高兴,按规定酌酒之后,特地先向他献酒。在当时这属于燕礼的范畴,即"一献之礼"中的"献",并关心地问道:"听王叔言申公因身子不适,无力国事,自请为大夫,不知近来康复如何?"楚共王一直仍习惯称屈巫为申公,即使他现在为大夫。

屈巫连忙一饮而尽,起身避席拜谢道:"有劳大王关心。令尹所言不虚,前些日子微臣确染微恙,托大王齐天之福、列祖列宗之德,现已痊愈。"

"那就好。母后、季芈姑姑一直关心申公,昨日还问候来着,还令不谷代为问安。"

"不敢劳许后、公主挂怀。烦请大王代微臣向许后、公主问安,祝许后、公主新春康乐!"

楚共王道:"不谷一定转告。申公身体安康也是社稷之福,朝中尚有许多事有待申公操劳。"

"这是做臣子的本分,微臣求之不得。"有了楚共王这话,屈巫便借着"一献之礼"中的"酢"和"酬",就势奏道:"微臣想,大王即位,一年来风调雨顺,四海升平,既是大王英明,也是令尹躬亲、诸位大夫同仁齐心而劳，更有赖列祖列宗在天之灵。微臣认为祭祀的作用是'昭孝息民，抚国家，安百姓'。现一年之始，万象更新，正是大祭之时。这是大王第一次大祭，更应隆重。现时不我待，微臣斗胆建议由令尹亲躬立即筹备行祭祖大典，以报答列祖列宗恩德，祈祷来年人寿年丰、国泰民安。"

《左传·成公十三年》云："国之大事，在祀与戎。"在古代祭祀是同征战一样的大事，向来是国家事务的重中之重。

楚共王看看右首的子重，道："还是申公老成谋国，王叔意下如何？"

这种事名正言顺，的确早该筹办，但子重上位后忙于弹冠相庆，起房盖屋，反把这等大事给忽略了，现屈巫提出，等于是为他补过，还真没理由拒绝。他对这事之所以不热衷，一来并无多少油水可捞，二来繁文缛节不胜其烦，故才没加留心。再说屈巫回郢后不久，他就亲自带着心腹之人去申地接收。一接行政，见账簿清晰，井井有条，暗赞人才难得。可一想到这早就该是他子重的，又气不打一处来。本想找事修理屈巫，以消积怨之气，以除心腹大患，可十个月来，屈巫大门不出，二门不迈，不理政事，连族人都很少联系，要找碴也没逮住机会。最主要的是他还没拿下"申之师"统领谢南阳，而留下接管"申之师"的家臣报告说，谢南阳是本地人，在军中关系盘根错节，一时难以替代，尚需一段时日，所以才暂时隐忍，但防范之心从未放松。这会儿他听屈巫道此，心想谅也不会有啥名堂，便先和右手边的子反互相交换了一下眼色，后者早已喝得满面通红，才站起也不离席回道："不才认为理应举办。不过，还是由屈大夫主持为好,屈大夫对此驾轻就熟,原本调他回郢,也正是为此。"子重在此称呼屈巫大夫官称,既是对楚共王仍称屈巫为申公隐隐不满,也是以免别人仍尊他为申公或莫敖,也是小肚鸡肠,殊不知在众臣看来,楚共王极其尊重屈巫,他自己与屈巫两人关系也还好,要不然也不会如此推荐,这是他所没想到的。

楚共王道:"正合不谷之意。"执政以来,他多少也对这个叔叔有所了解,这种事他的确干不好,就道,"有劳申公辛苦。"

屈巫道:"这是微臣荣幸。属下也感念令尹信任。"他对楚共王施礼后又对子重施了一礼,才回到席位。

原来从申叔时那里回来,屈巫就下定了出走之心,但如何全身而退,让他颇伤脑筋。要是纯为自身,他本可以一走了之。当他听子闾、子荡赋闲,守一报子反就是为了针对他才开始关闭城门时曾不以为然地笑了笑,这都在他意料之中。这也太小儿科,城门防守再严,又岂能困住他? 不照样进出自由往返石人山,又有谁能阻挡得了? 屈巫所牵挂的是这么多追随的人、这么大的家业怎么办? 他作为一家之主,得对得起他们,得向他们负责,对他们未来的生活负责。责任感,才是一个顶天立地的男人真正最可宝贵、最值称道的地方。冷血无情从不是他人生的选择。

一些外围人员,屈巫令守一找理由打发走了。他们恋恋不舍,前面说过,屈府对下人很大方,但一些跟随多年的家臣奴仆他一直没想好如何安置。他知道,一旦他离国出走,这些人极容易成为替罪羊,必须做最坏的打算。将其转到封邑,目标太大,并不是最好的选择,只有另寻不为子重、子反所知之地方为万全,所以他才会事先安排谢南阳早做准备。可人员、财产如何在子重、子反眼皮底下不引人注目地大规模出郢,是个难题。思来想去,他想到祭祀。他知道新年到来,必有大祭,而祭祀得有人主持,他拿定这种事会落在自己身上,这才主动出击,并一击得手。

这贺岁过年习俗历史上源自何时实难考究,一般认为起源于殷商时期岁末年首祭神祭祖活动,我们姑且称这为过年。都城百姓本都为过年忙忙碌碌,屈巫则领着卜尹、乐尹等属官为祭祀大典忙碌,一时间府前车水马龙,又恢复了往日的热闹景象。城里人都说,屈巫复出又得势了,看那架势还真像那么回事。这样好,做何事都名正言顺,不致引人怀疑。

祭祀之日到了。楚共王斋戒沐浴毕,被屈巫导引、群臣簇拥着到太庙。太庙就在宫中楚宫后边。这是和楚宫一样规格的豪华建筑。里面按定制摆着列祖列宗的牌位。一庙之中供奉着四亲(高祖、曾祖、祖、父)、二祧(两位功德卓著的祖先)牌位。排列顺序,自始祖之后,左为昭,右为穆;父为昭,子为穆。排列时,两个始祖祝融、鬻熊并列居中,三昭位于左方,三穆位于右方,不过是按制而行,无须多述。

只是楚国既以鬻熊为始祖,但为何又以祝融为始祖呢? 这里需要解释一下,始祖指得姓的祖先,因鬻熊本姓芈,只是祝融之后中最著名的一支。那祝融本名重黎,是炎帝的火正(司火之官),因"光融天下"才得名祝融。据传说本是芈姓季连之苗裔,而芈姓季连源自黄帝之孙颛顼高阳氏。这颛顼高阳也是五帝(黄帝、颛顼、帝喾、尧、舜)之一,向为世人敬仰。之所以楚人视祝融为楚国始祖,排在鬻熊之前，除了因为他们都是祝融的传人，祝融又血统高贵外，还在于火给人带来光明，掌管火的祖先自然会令后人为之骄傲。

还有与其他诸侯国不同的一点，楚国的祭祀放在晚上举行。据说是楚国建国之初过于"筚路蓝缕"，以至连一般的祭品都提供不了，只好派人偷了邻国的一头小牛。偷来的祭品自不能在光天化日之下光明正大地行献祭，就改在晚上偷偷进行。沿袭成习，楚国一直都在晚上祭祀。

屈巫按最高规格筹办。列九鼎（牛、羊、乳猪、干鱼、干肉、牲肚、猪肉、鲜鱼、鲜肉干）于案。这如同上面的七庙制一样是周王才拥有的待遇。按理诸侯只能七鼎。楚国本早就称王，自当同周王室平起平坐，现又是天下第一大国，自不能像子重办楚庄王葬礼似的自降规格，有失国体。

太庙里明烛高悬，亮如白昼，气氛庄严肃穆。屈巫身着一身黑色朝服执祭，楚共王主祭，王族一脉参祭。

屈巫朗声宣道："孝子审，进献美好的礼物给皇始祖及列祖列宗、皇孝旅。"不过是按初献、亚献、终献的程序，以周礼祭祀行三叩九拜之礼的最高礼节按章行事，在此就不再耗费笔墨详述。

最后的叩拜进行完，屈巫方依旧朗声宣道："先祖是皇，神保是飨。孝孙有庆，报以介福，万寿无疆！"这是代神灵祖宗祝福献祭之人。本源自周王室的祭歌《楚茨》，意思是："祖宗大驾光临来享用，神灵将它们一一品尝。孝孙一定能获得福分，赐予的福分宏大无量，赖神灵保佑万寿无疆！"

需要说明的是，乐是礼的一部分，所以在行礼后要奏乐，奏乐时

有歌有舞。屈巫早已安排妥当,因此,楚共王一行礼毕,便被导引观看演奏。歌由优孟唱来,词为《简兮》:

> 简兮简兮,方将万舞。日之方中,在前上处。
>
> 硕人俣俣,公庭万舞。有力如虎,执辔如组。
>
> 左手执龠,右手秉翟。赫如渥赭,公言锡爵。
>
> 山有榛,隰有苓。云谁之思?西方美人。
>
> 彼美人兮,西方之人兮。

舞为万舞,但不像蜀之会盟演以武舞,而是以文舞为主。由八人为一列,八列计六十四人齐舞,如此众多武士戴青铜面具,执乐器和雉羽跳舞。在灯光下,场面很恐怖也很刺激,令人就如同观看镇压人犯的杀戮,心中既害怕又忍不住想看。楚共王由于年龄尚小,更是欲罢不能,几次以手掩面,只在手缝中观看。

舞罢,由司宫领着阉人代楚共王向参加祭祀的众人赐胙。赐胙毕,祭祀便告结束。群臣人人手中掂着一块胙,就如同现在参加完会议领了一盒纪念品,个个兴高采烈,全无刚才的肃穆之色。屈巫恭送楚共王出太庙门时忽然奏道:

“大王留步,微臣还有要事相奏。新主登位,除大祭外,到始都丹阳复祭必不可少。千里迢迢,路远行难,微臣请求由令尹或司马代大王前往。”

新王登基需赴故都祭拜是为定例,就像现在新人成亲、添丁进口会专门回到祖籍庆贺一样,因此屈巫才如此请示。

楚共王一听,问子重、子反道:"王叔意下如何?"

子重、子反一听,一想舟车劳顿,耗时费日,便不约而同回道:"善始善终,还是由屈大夫代王一行为上。"

"不谷也认为王叔此议甚当,那就有劳申公辛苦一趟。"楚共王道。

子重和子反难免狐疑地互相看一眼,也不知屈巫葫芦里卖的什么药。看样子也是照章办事,没有什么不正常的。子重示意了一下子反,子反出来时招一亲信令他盯着点,忙追赶着楚共王走了。

那个亲信隐在一堆下人中远远地盯着,见屈巫回府后,直奔祖庙。守一领着人早按规定摆好了七鼎祭品,少艾领着屈狐庸等家眷正等着。人分两队,男左女右。见他过来,忙各就各位。守一执祭,他主祭。守一道:"孝子屈巫携孝孙屈狐庸等(含幼子),进献美好的礼物给皇高祖屈瑕及祖父完、皇孝干,敬请笑纳。"仪式基本雷同刚举行的国祭,不过只三庙,一昭一穆,与大祖之庙。至于庶人只能在家里立一个牌位磕头,同现在的平头百姓所作所为并无不同,也毋庸多述。

家人都散了,屈巫仍独跪在列祖列宗的牌位前,痛哭流涕。最后只听他感情沉重地痛诵道:

> 父兮生我,母兮鞠我。抚我畜我,长我育我,顾我复我,出入腹我。欲报之德,昊天罔极!
>
> 南山烈烈,飘风发发。民莫不穀,我独何害!
>
> 南山律律,飘风弗弗。民莫不穀,我独不卒!

屈巫吟的是《蓼莪》中之句。这是一首思念父母之歌,屈巫吟此,既借此对先人和父母之邦讲述自己不得不走的原因,也表达了其不能报养父母和楚国之恩的悲恨绝望心情。

那个亲信自不能理解这些,他等得实在不耐烦了,就赶紧回去禀报子反。子反像一头大黑猪正赤裸着趴在榻上,由两个家中的女乐揉揉捏捏,他哼哼唧唧地正舒坦着,哪有心思理会这事,便道:"知道了,你跟着一块儿去,盯紧就是。"便又继续沉湎于感官的享受之中。前面说过,子反嗜酒,经常误事,其实他的懒惰同样的误事,这不,正是他的疏忽大意,才使屈巫的计划得以画上圆满句号。

十二　生离

　　屈巫早就知道子反派人盯梢,所以一直在演戏,但跪在祖宗牌位前痛哭流涕是真的。他以吟诗的形式,请求列祖列宗原谅自己的离国离家出走。请求他们保佑少艾母子。自从少艾有孕,特别是生子后,他就有心存留一脉在楚国。祭祀之时更坚定了此念。他是楚国的子孙,自己走迫不得已,但根得扎在楚国。这会儿一想到她母子就要离开自己,儿子还如此之小就不得不面临独自成长的命运,就心如刀绞,眼泪也就如同山间溪水哗哗直流。

　　祭祀完,屈巫交代守一连夜安排其家眷孺人以及府中其他应走的人员做好准备,次日卯时就出发。然后便直接到了内宅少艾房中。她现住在原夫人房中,刚带着女眷参祭完,卸罢装,才让人把儿子接到房中,为了避人耳目,她只有夜里才能和孩子相守在一起。这会儿正踞坐在榻上,满脸幸福的小母亲样看着甜蜜熟睡的儿子等他。

　　一见屈巫进来,她赶紧起身相迎。屈巫一边示意她坐下,一边走到儿子身边。他目光温柔地端详好一阵,才开口道:"郢都不可留,封邑也不安全。我思来想去,决定另为你和孩子找个地方安身。"

少艾一听忙道:"妾不愿离开主人。"

屈巫仍看着孩子道:"我何曾舍得你离开?但事出无奈。君子不立危墙之下,又不知将来如何。不得不如此。这是屈氏血脉,得为屈家留一条根。"

少艾一听,低头抹起泪来。

屈巫这才抬头看着她安慰道:"不用担心,我准备的财物足可安身。那个地方现叫谢家里,当年我们上石人山时你也曾路过那里,我早已着谢南阳建好。这次先由孺人等心腹家人陪你同往,回头我再让守一过去帮你打理外事。屈家的祖宗牌位和礼器也交由你保管,不要忘了每年的祭祀。还要记住,到后先隐姓埋名,若外人问起就说姓谢,原谢国谢侯之后。"

"主人,那你呢?"少艾一听牌位、祭器也交由她保管,就知事情重大。这祖宗牌位和青铜祭器对古人而言可是立家之本,现交由她,一时半会儿岂能相聚?

"我送你母子过去,然后回郢暂留,相机行事。"屈巫道。

"主人,何时全家方能团聚?"少艾趴下忍不住大哭起来,只是怕吵着孩子和侍女才没大放悲声,但肩膀耸动,足见痛不欲生。

屈巫沉吟了一会儿后还是很坚定地说:"着实难定。"

少艾素知屈巫定下的事便不可更改,便强忍着悲痛,抬头道:"妾不能在身边侍候,主人千万当心。"然后又看了一下孩子,泪眼婆娑地央求道:"给儿子取个名吧,主人。"

屈巫沉思了一下道:"就名灵,字平吧。灵是我字中一字,平是希望他一生平平安安。等孩子长大后,记住告诉他是屈氏之后,是高阳的传人。"

屈巫然后解下随身所带须臾不离的龙凤玉佩放在孩子枕边,又面对少艾郑重地躬身施了一礼后道:"现将灵平托付与你,望悉心教导,培养成才,使其长大为楚国效力,也赎罪屈巫。"

"主人。"少艾早已泣不成声。

天刚蒙蒙亮,车队就行到了郢都到申的官道上。

正是乍暖还寒的时候,天地一片铅灰,令人倍感压抑。整个车队就如同一字长蛇,缓缓前行在一片灰黄苍茫之中。

打头的是几辆公车,拉着全套祭祀用的青铜礼器、乐器和参祭的人员,中间是屈巫的轩车,紧随其后的是府中的车辆,除了少艾母子乘坐的一辆安车,全都是清一色的辎车,自成一队,由守一统领。府中车辆比公车更多,途中在驿站休歇时,府中车辆都另挑一处,围成一圈,就如同安营扎寨一般,戒备森严。伊始那个盯梢人闻有婴儿啼声,也不免盯着那辆安车探头探脑,守一拦住他道,这是府里、族里女眷到封邑祭祖,内有本家尹的孺人,还是非礼勿视为好。这理由很充分,屈邑也正好同故都一个方向,这人就想怪不得会由屈巫掌管大祭,就是不一样,一个家族祭祖也这么大动静,就如同搬迁。他讪讪而去,断不会想到这不过是屈巫借机把少艾母子及一些跟随多年的家臣及家眷一并安排送出。

屈巫乘坐在自己的五马轩车上,由越人驭车。他专门邀副手卜尹观从同乘,道:"听家父讲,当年屈巫取名,还有赖老卜尹之灵卦,今日有幸同领王命,自当请老卜尹移尊。"老卜尹千恩万谢道:"抬手之劳,竟令莫敖挂怀,实不敢当。当年老朽就看出莫敖之不凡,果然应验,也是天命所至。既是莫敖之惠,自不能辞,唯有恭忝末座。"尽管这车堪称豪华,观从又身子硬朗,但这种跋涉奔波对他这个年龄实在过于辛劳,一路上都在闭目养神。

车队急行了七八日,到穰邑时正是傍晚。这是分路口,朝西北而行是朝始都而去,但朝石人山下新建的谢家里就需朝东北而行。屈巫早就派人私下通知了谢南阳。谢南阳穿着一身褐服,就如同一个山野农夫早就等候在穰邑驿站外。他见到屈巫自不免激动。由于这时老卜尹正在身边打盹,屈巫自不便和他多说,只是努努嘴示意后面紧跟的安车上是少艾带着幼子。谢南阳自然明白,便亲自上去驾着那辆安车,并不进驿站而是直接前行,守一带着府中的车辆自然跟随而去。等老卜尹睁开眼,车已停院中。屈府的车队就像一阵风似的早已不见踪影,如此吊诡,他不免有几分诧异。这时穰尹早领着人围上来迎候,屈巫也不理会老卜尹,而是对穰尹吩咐道:"卜尹年事已高,不堪劳顿,今晚我等就在此安歇,务必妥善安置,不得有误。"又对随行交代道,"本大夫也不堪其劳,始都已近,从此便日行夜宿,尔等也就不用再披星戴月赶路了。"一行闻之大喜,都齐道大人所虑甚当。这些大都是郢都的文化人,早就个个累得如同散了架一般,巴不得一觉不醒才好,自然不愿赶路。而事发突然,那个盯梢人就是想跟随府中车辆探个究竟,也没机会,只能眼巴巴看着车队消逝。好在主目标屈巫仍在,他也就安心睡大头觉去了。

随后的旅程就变得异常轻松,就如同游山玩水一般。丹阳究竟地望何处?众说纷纭。楚人素怀旧念祖,国都虽迁,其初名往往不改,如称丹阳的就不下三四处,称郢的也有六七处。本书鉴于春秋楚国令尹墓已现身河南省淅川县下寺,并为考古发掘所证实,故从丹淅说。屈巫率他们到丹阳祭祀完,这才不慌不忙回到郢都,复命楚共王后,又称病不朝,闭门谢客。所有事务均由守一出面打理(他早就从谢家里赶回),就如同昙花一现,屈巫很快又从人们视野中消失。

十三 公子侧

　　楚庄王过世，子反也着实悲痛了几天。虽然平日也暗暗对楚庄王重用屈巫有所不满，但王兄真的撒手走了，想起他对自己的种种好处，没有楚庄王的信任断无他今日的地位，心中不免难过。亲人离世，人总会不好受，这是人性。子反也按规矩在府中门外搭了一个倚庐，但没住几天，就忍受不了其苦。屋子窄小而简陋，都立秋了，蚊虫依旧肆虐，他尽管皮粗肉厚，还是被咬得彻夜难眠。先前在外作战尽管有时也很苦，但帐篷足够大，还可借酒解脱，现在可好，除了躺在这狗窝里，什么也不能做。这会他猛地朝脸上就是一巴掌，虽然拍死了一只不长眼的大蚊子，但更多的蚊子依旧勇敢地前赴后继。他只好不停地拍打脸上身上，噼噼啪啪就像是在打鼓。末了，还是一屁股坐起，就如识途老马直奔堂中，捧起酒就饮，嘴巴一抹，到房倒头就睡，睡得那个酣畅。睡足而醒，他自我原谅道：只要心中真心哀悼就行，不必拘泥于形式。当然，时不时还得进倚庐里象征性地住住，一般为来人时装装样子，人一走，府门一关，该干吗干吗,我行我素。不久就心情变得大好。没有了楚庄王的制约,他就如同一个一下子失去严父管教的孩子顿感无拘无束的轻松,在外也越发肆无忌惮起来。

子反变得更加颐指气使,飞扬跋扈,不可一世。不仅在军中,就是在朝会上也是如此。往往别的大夫话还没完,就粗暴地打断,还不时傲慢地训斥,有时出言不逊,令子重都紧皱眉头。后来的鄢陵之战,子反因醉酒耽误军机,真正令他自杀谢罪的并非楚共王而是子重。子重专门遣使者责怪他道:"先大夫子玉之败,司马所知也。纵吾王不忍加诛,司马何面目复楚军之上乎?"子重这样做,同楚共王令子反当元帅,而命他这个令尹只领一军,大权旁落,面子上挂不住有关。子重器量的狭小的确有负楚庄王的信任。当时哥俩还有共同的敌人屈巫,还需要在朝中树威,便精诚团结如一人。渐渐地整个朝会只听子反的大嗓门在响,或子重的尖声细语在飘荡。大殿一片沉寂,倒是挺符合当时理应哀痛的气氛。

由于养尊处优,这半年来子反腰上就如同套了个"游泳圈",体形明显膨胀。他肤色本来就黑,这看上去活脱脱就从猛牛变成了大黑熊。走起路来,满脸横肉乱颤,一摇三晃,就如同一只大螃蟹横行"霸道"。"都他姆的扯淡"成了这时他公然的口头禅。也难怪,看着王兄过世,才不过四十出头,更深感人生苦短,得及时行乐。他变得什么都不想,就是吃喝玩乐,纵情享受,得劲一会儿是一会儿,哪管他明日天塌地陷。要说这也是酒徒、赌徒的本色。

如果说还有什么事不满,那就是这哥哥掌管着军政大权,能得到申、吕之地大把大把地进账,能大兴土木起华堂高屋,能名正言顺办庆典收礼受贿,一下子就成为天下首富。而自己虽贵为司马,统帅着军队,但这一年半载也没战事,治丧期休战是惯例,军费开支就少,几乎没有捞大钱的机会,心里就有些不平衡,加之那天参加庆典,见子重一天收取礼物多如牛毛,更是深受刺激。当场他就喝翻了,回到家里依旧愤愤不平、闷闷不乐。

这晚子反正在堂中百无聊赖地独饮。商人贾突然进来。他本是府中常客,熟门熟路。这商人贾见楚庄王过世后,子重、子反得势,为了取得子反的支持,干脆将自家米肆换成了公子粮肆,算是跟子反合伙经营。军商联合便一家独大,很快垄断了郢都的粮市。现在左右"二广"的军粮也都由公子粮肆独家供应,价格比市面上翻了一番,也不愁销路,他狠捞了一把。为了抱住这个大粗腿,自然日常孝敬不少。

看着面前一堆蚁鼻钱,子反这才眉开眼笑,很久他没有这么开心了。

商人贾道:"司马,这只是本季的分红。现在运输占大头,如运粮成本降低,收益还会翻番。"

子反道:"这有何难?本司马明日就传令下去,以后三军的辎车都任你随意调用。"

商人贾一听收粮运粮今后都可由军车士卒担当,简直就是无本生意,便喜笑颜开,又感恩戴德地跪拜道:"多谢司马恩典。司马就是鄙人的再生父母,这让鄙人何以为报?"

商人贾站起近前,饱含深情地阿谀奉承道:"如此良辰,人人都在醉生梦死,只有司马还在为国殚精竭虑,不得不借酒消愁,这怎不令鄙人感动万分！司马南征北战，九死一生，楚国才有今天的霸主之位，我等庶民才有幸福安康的生活，这全托司马之赐呀！只是司马千万别累坏了身子，鄙人听说，这独喝闷酒极易伤身。"

"没办法，身为王叔，王命在身，守土有责。"子反大言不惭，不过商人贾的马屁话却提醒了他，总不能独饮，便对立在身边侍候的侍女道，"真没眼色，没看见来客了吗？去，拿觥来，上酒。"他对商人贾示意道，"坐吧，陪本司马一饮。"

商人贾连忙摆手相辞道："不敢，不用。"他深知子反喜财喜酒，更喜色，便小眼一眨，话题一转道，"司马何不换个地方痛饮？鄙人知道一处，有酒有肉，活色生香。"他又暧昧地补充道，"有美人侑酒喝再多也不会伤身，不知司马是否愿意赏光一往？"

"哦？啥地方，如此之好？"

"齐国女间。鄙人听说又复业了，还新进了燕卫女子，甚知交接之妙，人人都呼朋唤友，争相前往，听说门槛儿都挤破了。"

原来楚庄王治丧期全国都停止婚丧嫁娶活动，风月场所齐国女间自然也歇了半年业，把一些风月客急得乱蹦，现又重新开业，自然是天大喜事。

子反本是酒色之徒，虽府中不乏女乐、女子供他消遣，但总感到不满。那齐国女间自成为郢都首屈一指的夜生活场所，早就为他所知，也早就怦然心动，这一听更心痒难忍，只是碍于身份才没立即表态，毕竟贵为司马，便举觥咕嘟灌了一大口道："此处倒也听人说过。"

商人贾见状就会意地说道："司马也不需声张，不妨以粮肆肆主身份前往,由鄙人作陪。鄙人和闾主相熟,并无不妥。"

子反一听这才点头。他亲自将钱币收起,进里屋放好,换了一身褐服出来。出门时,子反见商人贾的犊车正停在门前,就疑惑地问道:"坐这车?"

商人贾道:"鄙人并无资格乘坐轺车。"按当时规定,商人即便富甲天下,也不能驾乘马拉之车,只能使用牛牵之车,否则属僭制之举。

子反扭头就吩咐家臣备一辆轺车。商人贾惴惴不安地道:"这怕不妥。"子反不以为然道:"都他姆的扯淡! 本司马现特招你入'二广',出为右广,谁人敢管。"

两人进到女闾。商人贾本是常客,这和齐华子咬耳朵一嘀咕,立马齐华子就春风满面地迎上,亲自把子反领到了女闾最豪华的临河房间。果然同府里的大不相同,女闾中女子,不像府中女子般羞羞答答,只会承受。这里的女子个个擅长主动出击,打情骂俏,降龙伏虎,驾轻就熟。子反肥胖,这女在上,倒插蜡烛,省他力气。一来二往,就如同酒、赌一般上瘾,常到此寻欢作乐,一天不去,就如同白活。反正都由商人贾买单,自己白快活,何乐而不为?

十四　计中计

　　时光过得飞快,转眼又是一年秋风劲。秋收了,商人贾又去乡下购粮了,子反便有一段时间没有去女闾消遣。如三天不赌手就痒的赌徒,他闷得慌,六神无主,度日如年。这时令虽已入秋,但丝毫不感秋意,晚上反而"秋老虎"肆虐,把子反更是热得如同热锅上的蚂蚁,坐卧不安。子反百无聊赖地踱到门前,凭栏眺望着远处河对岸的齐国女闾的灯光,那灯光时明时灭,就仿佛浪女在一眨一眨地向他抛媚眼,令他再也忍耐不住渴望。这情欲若是发作,可比赌博更加汹涌难抑。他脚一跺,干脆回屋换了身褐服,只带着一个心腹卫士,驱着一辆小轺车就直奔齐国女闾而去。

　　轻车熟路。他刚一进门,齐华子就仿佛正等着他似的迎上,热情有加地责怪道:"哟,肆主多日不来,想煞本闾了。是不是另寻好地,另觅新欢,把这儿给忘了?"

　　子反装模作样地道:"哪里哪里,近日出门进粮,这不秋收嘛,刚回郢还没顾上回家就赶来了。"他总是以商人身份出面,其实商人贾早就把他作为靠山宣扬得无人不知，只是他不自知罢了。

齐华子装作不知情的样子道："哟，肆主挣大钱，等会儿可别忘了多赏我们女闾几个。"一边说一边把他让进他惯常使用的临河房中，"这房间一直给肆主留着，从不给外人用。肆主来对了，本闾新进了齐卫佳丽、吴越美人，不知肆主属意于谁？"

"只管挑最好的，多多益善。"子反贪心地道。

两名浓妆艳抹的丽女进来，左右依偎在子反身边。他左搂右抱，乐不可支。他和女闾们喝酒，恣意欢笑，正咧着大猪嘴噙着一个樱桃小口时，忽然门帘一掀，屈巫走了进来。

屈巫长揖道："芈公子，好久不见，没想此地重逢。"屈巫称他的姓，王族芈姓。

虽也没规定朝廷重臣不能出入风月场所，那时还没这个概念，但毕竟这也不是登大雅之堂的正大光明之事，何况突然老对手出现，子反不免有点儿发慌，有点赧颜。不知为何，他心里一直有点儿怵屈巫，大概是屈巫身上的胆识令他自惭形秽吧，子反不由自主地站起，磕磕巴巴、不无慌乱地回答道："幸会幸会，屈大……"但一想这么称呼不合适，就硬把说出的半个字又咽了回去。

屈巫见状会心一笑道："屈巫也是闾里常客，本就在隔壁。也是听公子的声音相熟，这才冒昧一访。诗云'子有酒食，何不日鼓瑟'，总不能辜负了大好时光，徒留后悔。"

子反一听心安了，连忙道："正是正是。来来来，当与子灵兄同喝。"他总算想好了称呼。

两人落案相对而坐。两女子见状退出，齐华子进来，将一个新金罍放在屈巫面前,跽坐斟酒。

由于齐华子在场,屈巫举罍体贴地祝道:"敬芈公子。先饮为敬。"

子反举觥同饮后,摸了一下大嘴,感慨不已地道:"还是子灵兄活得快活,不用上朝操心,在外搂美人,在家也搂美人,里外逍遥。对了,听人说新纳的如夫人可是个绝色。"他想起了当初商人贾汇报之事。

"莫提了,红颜薄命,年初就走了。"

"可惜了。"子反惋惜地道。

屈巫道:"女人嘛,还不就那么回事,旧的不去,新的不来。常言道家花焉有野花香? 这里北国南国花儿朵朵,天天可以尝鲜货,岂不比总见自家的那几个熟面孔更有趣? 别说你我兄弟,当年齐侯还不是流连忘返。"说着又特意交代齐华子道,"闾主,这位芈公子正巧是我一个莫逆,正所谓相约不如偶遇,极为难得。今晚由我做东,佳酿只管上来,芈公子所有开销都记我账上。你暂且退下,容我和芈公子说几句知心话。"

"诺。"齐华子斟酒后起身徐徐退出。

子反有点儿不好意思地道:"无功受禄,使不得。"

"有什么使不得? 你我伯仲还分彼此? 再说屈巫还有祖上留下的薄邑,足以养家,不像司马,家大业大开销也大,由屈巫付账理所当然。来,共饮。"两人同干后,他又亲自给子反斟上,想起什么似的道:"司马为何不开肆? 听闻朝中有不少大夫都在暗地里开肆。要说这开女闾可比开粮肆强,这人到娱乐场所都一抛千金,从不讲价,若论做买卖,天下哪还有这等好事?"

子反刚尝到商人贾分红的甜头,便道:"可不是。只是听说这女闾是齐国上卿高公所开,存续经年,岂能相夺?"

"生意只为获利,只要出得起价,岂用相夺?司马要是有意,屈巫和他也算故交,让他易手给司马还不是一句话。表面上仍是这些人经营,私下换司马做东家,实神不知鬼不觉啊!"

子反一听,喜不自胜,忙问道:"不知易手费用几何?"

屈巫装模作样地掐指算了算道:"屈巫看一千朋足矣!由司马一次付清。这看上去花费不菲,但按目前的势头,不出一年本金就可全部收回,以后就财源滚滚喽。"

"好极,好极,好极!可子灵兄……"子反言外之意屈巫为何帮他。

屈巫笑道:"司马当闾主,岂不比外人强?屈巫来可要打对折。再说族中子弟日后还要仰仗司马关照。听说子闾、子荡也赋闲在家了,他们不像屈巫,还年轻啊。"

子反一听原来如此,便大包大揽道:"小事一桩。事成,子灵兄来闾费用全免,子闾、子荡自当考虑。"

"还是司马爽快,敬司马,共饮。""同喝。"两人推杯换盏,仿佛亲兄弟一般。

正喝得高兴,忽然屈巫眉头一皱,想起什么似的道:"不可。"

眼看鸭子煮熟了要飞,子反急了,眼瞪得如铜铃,忙问:"有何不可?"

"高公远在齐国,这事又不能捎信,需面商,如之奈何?"屈巫道。

"是啊,如之奈何?"子反不由得愁眉苦脸。

"有了。听说齐侯今夏鞌之战中败于晋国,早就欲联楚讨鲁雪耻,不知是否当真?"

"确有其事。子重正犹豫要不要出兵。"子反疑惑地道,"莫非子灵兄的意思是联齐?"

"善哉!齐是大国,强强联手,功莫大焉!"屈巫道。

子反一听猛一拍腿恍然大悟道:"对呀,联齐势必需人出使告知齐国。若子灵兄能去,岂不两全!"

屈巫所说的齐晋鞌之战是史称的春秋五大战役之一,另四大战役分别为晋楚城濮之战、晋楚邲之战、晋楚鄢陵之战、秦晋崤之战,本书前均述及,在此就不再展开。而齐晋鞌之战发生于公元前589年六月十七。当时,晋国的中军将郤克在出访齐国时因长相残疾而受辱,为报齐国受辱之仇,便借鲁、卫求援之机,发兵攻齐。主战场为鞌,故史称"鞌之战"。是役因齐顷公"马不披甲、人不朝食"轻敌,导致齐国大败。

"屈巫闲云野鹤,已不想再过问政事。"屈巫假意推辞。

"哎!这种事非子灵兄莫属。子灵兄可千万不能推托。这既是为了兄弟,也是为了社稷。"子反央求道。

"那好吧!"屈巫装作无可奈何的样子道,"谁让我们都姓芈呢!如能联齐,屈巫就权且走他一遭,把司马的事办了。"

"敬子灵兄。"子反高兴地举觞道,"都在兄弟身上。"

果然,宫人第三天上午就过来宣令:着屈巫代楚王出使齐国,择日启程，不得有误。子反果不食言，又派人送来一千朋。

原来子反翌日就找子重提议实行联齐之策，答应齐国要求出兵，并推荐屈巫出使。子重有些犹豫，除是否联齐还拿不定主意外，他更不想好事落在屈巫身上。上次大祭由屈巫主持，不仅楚共王满意，朝中都认为屈巫复出，一些人还由此想改换门庭。理智告诉他，不能再给屈巫出头露面的机会；再者他也不想屈巫脱离掌控；还有他对竟然是子反提出此议也不免有些疑心，他本是个疑心很重的人。

子反也并非无能之辈，他早就想好了打动子重之策，这时仿佛是在为子重出主意般道："臣弟之所以这般提议，是为社稷着想，联齐有利于楚。再者这也是剪除屈巫的天赐良机。"他凑近道，"正好可借出使支开他，以出师伐鲁之名调'申之师'到郢，必不见疑。来后先利诱谢南阳，令其诬告屈巫谋反，如不愿意，就宣布他谋反，先斩后奏，这就解决了'申之师'这个兄长的心头大患。我们还可把消息封锁，等屈巫一回国，就拿下他说他私调'申之师'进郢，意在谋反，不由王侄不信，朝中不服。"

子重一听，果是好计，正合其意。他一直想早日除掉屈巫，平日没少在楚共王面前进他谗言，但楚共王每次听奏都无动于衷，一言不发；他也令其母没少在许后跟前进他谗言，但许后不为所动，令他无可奈何。他知道，如此下去，倘若一旦楚共王年长，收回权力，他恐更难如愿。他之所以拖了两年还没下手，就是忌讳"申之师"和屈族势力，这会儿一听子反之话不无道理，便道："此计甚好，他不在家，群龙无首，屈族便不足畏。只是他不会借机出逃吧？"

"令尹兄多虑。你想年前他前往丹阳祭祖都没跑，那可是他的大本营。这回出使齐国，齐楚一向交好，现齐国又有求于楚国，岂会有他容身之地？"

子重一听，确有其理，便点头应允。

十五　出走

　　再说屈巫昨晚从女间出来一到家就立即令守一着心腹家人速速变卖家私、回笼齐国女间的资金、早早收拾细软家当,装在十二辆府里的辎车上待命。为了不打草惊蛇,对外只说要到采邑收取赋租。秋收时节,拥有封邑的贵族无不如此,动静再大也无人见疑。又着守一去找子反退回那一千朋,托辞事情重大,由子反派心腹家臣携金跟办为妥。子反一听更为放心,自无不允,届时便派家尹自带一车跟着出使。而这时屈巫便借口辞行,进宫去叩谢楚共王。

　　按当时出使礼仪,国君任命使者,使者要再拜稽首辞让,国君不准许辞让,方可成行。现子重摄王事任命人员,但于礼,此类重大任命当事人也须向楚共王面辞。

　　屈巫除了于礼当见楚共王,还有一个重要原因,就是想借机进献忠言并举荐申叔时回朝。这固然有其私心,朝中总得有自己的代言人,但更是为国荐贤。他用人从来都是唯才是举,不拘一格,这才是他和子重最大的不同。这也是不得已而为之。他知道申叔时虽同子重有前嫌，但平常锋芒不露，进退有据，子重、子反尚能容之。有他在朝，不至于他兄弟俩一手遮天，何况他有打动楚共王的大杀器在手。因此，到达凤殿，按礼数向楚共王辞让一番后，屈巫就道："十一日后为朔日，此为黄道吉日，微臣拟于此日出发使齐。"

"甚合不谷之意。申公就按此准备为是。"楚共王道。

"微臣遵令。只是行前微臣还有一事想禀报大王，不知可否？"屈巫请求道。

"申公但讲无妨。"楚共王道。

屈巫进言道："现百废待兴，正用人之际，固然有令尹、司马主持朝局，但群贤毕至，野无遗漏方是一国兴旺之象。当初先王也是求贤若渴，孙叔敖举于海。"

楚共王频频颔首认可，道："申公看何人可用？"

"微臣以为申叔时老成持重，先王用之称贤，大王何不起用其继续为国效力？"

"不谷记得君父曾多次提及此人。只是楚有致仕最老之制，他已告老，尚可用否？"

屈巫道："据微臣所知，申叔时是因有疾致仕，现已疾愈。虽大夫七十而致仕，那百里奚年七十方出任秦国上卿（首相），太公望（姜子牙）年七十还垂钓渭水，非常时期需非常之人，自不能拘于定规。微臣企盼大王可不拘一格量才用人，以共襄盛举。"

楚共王道："申公言之有理，不谷明日便宣于王叔，着其回朝辅政。"

屈巫道："如此甚当。据微臣所知，申叔时不仅精于治国，尤其擅琴瑟,一曲未了,往往惊天地泣鬼神,真可谓当今天下第一弹奏高人矣!"

楚共王,拿现在话说,是个典型的音乐控、音乐达人。楚共王一听申叔时有如此琴技,立刻来了兴致,急忙探身追问道:"当真如此?"

屈巫道:"千真万确。"

楚共王身旁侍立的司宫这时也突然参言道:"小人(当时楚之侍者谦辞)也曾听闻申大夫琴技高深莫测。"他关键时刻施以援语,算是以自己的方式报答了屈巫。

楚共王兴奋地站起,恢复了童真。他激动不已地在木台榻上来回走着,只管念念有词道:"太好了。申公何不早言?明日不谷便宣他还朝。不谷正恨无高人指点琴艺矣!"

正是屈巫所提议,申叔时被召还朝,退而复用为泠人(乐官),并因琴技之故,深得楚共王信任。这期间,申叔时作为时刻陪伴楚共王身边的首席琴师,不仅自保有余,还积极进言献策,为楚共王一朝楚国的霸业、政治清明和屈族的再次崛起发挥了不可替代的作用。一直到楚共王十五年(公元前576年),他才真正告老还申,重居石人山。史载,翌年晋楚争霸的又一大战役"鄢陵之战"爆发前,子反曾专程上山求教申叔时,申叔时曾预言楚国"内弃其民""外绝其好"、无人肯拼死一战,此战必败无疑,建议避战,而子反不听。结果楚军再次被晋国打败,丧失中原霸权,这是后话。

屈巫见此心中真是百感交集。难为楚共王,如此小小年纪就要挑起这千斤重担,本是快乐无比的年龄,却一人独守在深宫里,可自

己就要走了,话却不能不说,便道:

"大王宅心仁厚,假以时日,必能大成。"说着,声音不由得呜咽起来。楚共王还处在兴奋之中,并未加注意。屈巫控制了一下自己的情绪,等楚共王回到案几前,这才又进大礼后道:"《书》云:'皇天无亲,惟德是辅。民心无常,惟惠之怀。'望大王常思之。《书》又云'无稽之言勿听,弗询之谋勿庸',兼听则明,多谋则善,此先王之所以成大业之由也,大王不可不察也。望大王慎之、审之,承继先王光荣。"屈巫再拜,"大王保重,容微臣告辞。"

"不谷谨记。"楚共王虽心有旁骛,但仍礼节性地道,"有劳申公辛苦。"

屈巫百感交集地走到楚宫广场轩车前,这才恢复常态。正欲上车,忽见季芈从车后闪出,身后跟着四个侍女,拿着犀尊等酒器。这还是那次凤殿相遇后两人再次相见。因为曾挑开了话头,季芈又多时不见屈巫一下子反而有些不自然,但她马上就恢复了落落大方的常态。此时她双瞳剪水,脖颈上戴着他送给她的玉珠链,在雍容华贵的王家风韵上更添了几分女性的妩媚。现在的屈巫内敛至极,更加散发出一股成熟男人才有的韵致。

屈巫赶紧施拜礼,季芈还礼道:"听闻屈兄出使,特备薄酒,前来送行。"

"多谢公主。"屈巫也并不介意。

"一直道屈兄身子不适,季芈甚是担心。"

"不过是偶感小恙,已无大碍。多谢公主惦念。"

"季芈虽在深宫,但对朝政也并非一无所知,也曾和许后谈及当年息后召斗班除奸之事，只憾身为女流，常常无能为力。"她微微蹙眉蹙额道。

屈巫自知她所指，只淡淡一笑，道："时过境迁，当改弦易辙。何况不过是倒行逆施，暂不妨听之任之。为兄记得始祖鬻子曾言：'运转亡已，天地密移，畴觉之哉？故物损于彼者盈于此，成于此者亏于彼。损盈成亏，随世随死。'如此看来，又有何妨？"

"屈兄开导的极是。不提这些，好在屈兄又担重任，此为社稷之幸，季芈也始心安。只是屈兄此行，不知何日方回？"季芈道。

屈巫顾左右而言他："屈巫心愿已了，在此本无牵挂。只忧时光荏苒，韶光易逝，时不我待，既公主一直尊屈巫为兄，此刻也就不再以公主相称，还望妹妹早日'之子于归'。"

"时光荏苒，韶光易逝，妹妹只等着屈兄归来。"季芈断然道，"上酒。"

侍女忙将两个雌雄鸡骇之犀角杯用托盘呈上。这在当时是属于和夜光之璧相匹配的宝物，即便贵为屈巫，也极难一见，更别提拥有。

季芈端起雌杯，道："往常都是妹妹接受屈兄礼物，也无礼可回，此为王兄走前特送给季芈的念物，望屈兄饮了此酒，留下雄杯，此行长路迢迢，长夜漫漫，也作个念想，不忘妹妹今日相送之情。敬屈兄。"说着一饮而尽。

话都到此，屈巫自不便多说，他端起杯一口将酒饮了，将杯袖于左袂中，道："妹妹美意，却之不恭，兄长这厢领了，望妹妹保重。"说罢又施一礼才上车而去。

"屈兄保重。"季芈目光追随着屈巫,直到轩车远去,消失在茅门之外,她才缓缓地声音低沉地吟咏卫地的《伯兮》诗道:

伯兮朅兮,邦之桀兮。伯也执殳,为王前驱。
自伯之东,首如飞蓬。岂无膏沐?谁适为容!……

正是早秋天气,秋高气爽,可时光如梭,自世子取名之日两人在河边水榭之会早已过了十年,虽一样的时令天气,却已不一样的心情,并非时光无情,而是环境逼迫着人们改变,从而选择了不一样的人生。

楚共王二年(公元前589年)十月朔日清晨,天刚放亮,郢都东门的守门卒,睡眼惺忪地按子反的新规定卯辰之时刚打开城门的两个小门,远远就看见车队从城中浩浩荡荡驰来。除了屈巫的轩车,十几辆辎车清一色一律四马所拉。打头的前车一人高喊:"快开城门,屈大夫奉楚王之命出使齐国。"

守门卒赶紧打开城门中门,城门洞开。一名新门卒看着从跟前辚辚驰过的车队,不无羡慕地对身旁的一名老门卒感叹道:"这么多车子!楚国送给齐国的礼物真厚啊!""这你就不懂了,新王登基,得笼络各国,广交善缘;哪像先王时,都是小国来朝、大国来聘,不绝于道。"老门卒见多识广,既开导又不无感叹地道。

在两人的嘀咕声中,车队缓缓地驰过门洞,迎着已泛出鱼肚白的东方而去。

越人御车,屈巫父子同乘轩车在车队最后压阵。屈巫恋恋不舍地回头张望都城巍峨的城门，泪水在眼眶里打转。

儿子屈狐庸"髦彼两髦"（男子未行冠礼前，头发齐眉，分向两边状），已是一个嘴唇上长出了浅浅唇髭的英俊少年了，这会儿见状便不解地问："阿父，离开虎狼之地，理应高兴才是，却为何如此感伤？"

屈巫道："这恐怕是为父最后看一眼郢都了。生于斯，长于斯，为父在这里已生活了四十四年，不知此生还能不能再看上一眼，故难分难舍。唉，故国难离呀！"

"楚国对不起阿父，阿父走了，它就会知道损失有多大了。"儿子愤愤不平道。

"不是楚国对不起阿父，而是楚国的不肖子孙。"屈巫纠正道。

"这有区别吗？"儿子不解地问道。

"有，大着呢。"屈巫道，"正因为如此，为父才选择离开楚国来缓和矛盾。相争相斗，不管胜负如何，受损的终还是楚国！再者为父一直是屈族的大树，大树倒了，想必能换来整个家族的平安。只是又有几人能理解为父的良苦用心呢？"说着，眼泪就悄然流出。

屈巫一直盯着这生他、养他的故园，眼睛也不眨一下，眼泪也不擦一下，任滂沱涕泪挂在脸上，直到郢都模糊在视线之中，渐渐消失在林木、地平线后面。

前方一轮朝阳冉冉升起，霞光满天，大地一片绚烂。

车队沿桐柏山北麓通向息县的驲道迤逦向东而行，这是连接楚国东西的干道，也是楚文王时所修。车队一直到息县才停下歇脚。

息县原是姬姓侯爵诸侯国，为周文王庶子所建。前文提过，楚文王为了得到息妫，便灭息国置县，并于此组建了"息之师"，一向是作为与"申之师"并驾齐驱的楚军精锐。这里为楚国的最东北边境，是去齐国的必经之路，也是个三岔口，正北有当年还是息国时修的官道通连郑国，往东北通连宋国、齐国。

现息尹闻讯，早就领着众随从恭迎在治署的大门前。息尹虽老态龙钟，却精神矍铄，热情周到地将屈巫一行在原息侯宫室安顿好，又摆宴洗尘。当然，也不过是迎来送往的官样文章，无须多言。

从息县出来，屈巫让守一带着屈府所属车辆径直取道往北而行。他已事先交代守一先联系谢南阳一起在方城道的"缯关"等他。又嘱守一务必交代谢南阳如接到让"申之师"进郢军令，千万不能同往。他早已料定子重、子反会借机分化"申之师"，因此防范在前。自己则仍由越人御车带着儿子乘轩车随出使车队往齐国继续行驶。

途中，屈狐庸不解地问道："阿父为何还行东北，我们不是也应直朝北而去吗？"

屈巫道："既受命于君，岂能半途而废？王命在身，还是先履王命。"他又不无酸楚地道："这也是为父最后一次为社稷服务了。"又想起什么似的补充道："为父此生从没做过对楚国不利的事。为父所做的一切都是为了楚国的王道霸业，包括我们这次出走。要不是为势所迫，迫不得已，何至如此？"

"阿父为楚国、为屈族操劳了半生，考虑一下自个儿并不为过。"屈狐庸道，"孩儿只是有一事不明，一直埋在心里，不知阿父为何要先送走小姆和弟弟，带他们一起走不好吗？"屈狐庸向来对少艾感情深厚，少艾被送走，他最为恋恋不舍。

屈巫道："我们这一走，前途难料，吉凶未卜。弟弟年幼，不能涉险。再说我们是楚王血脉，也得把根留在故国。"屈巫又朝着车外石人山方向遥看了一会儿，方喃喃自语道，"与其朝朝暮暮，还不如相念天涯。"

小伙子虽连连点头，似乎并没听清和理解他后一句话。

屈巫收回目光，看着儿子，想了想，还是不能瞒他，就又道："还记得我跟你讲过的那首《关雎》吗？诵与为父听。"

屈狐庸应声背诵道：

> 关关雎鸠，在河之洲。窈窕淑女，君子好逑。
> 参差荇菜，左右流之。窈窕淑女，寤寐求之。
> 求之不得，寤寐思服。悠哉悠哉，辗转反侧。
> 参差荇菜，左右采之。窈窕淑女，琴瑟友之。
> 参差荇菜，左右芼之。窈窕淑女，钟鼓乐之。

屈巫道："'窈窕淑女，君子好逑'说得何等好啊！为父也找了个'窈窕淑女'，至今她已等了为父八年。为父这辈子没负过楚国，没负过楚王，没负过任何人，也终不能负她。为父此行就打算'琴瑟友之''钟鼓乐之'。"

"孩儿知道是夏姬。"

"你也知道？"

"她是天下第一美女，人人都想得到，孩儿怎会不知？不过，孩

357

儿觉得阿父才是淑女好逑,孩儿为阿父骄傲。"

"你这孩子。"能得到儿子认可,令屈巫感到莫大欣慰。只是不知他人会咋想咋说。功过自有后人评说!

屈巫转悲为喜。父子俩一路上说说笑笑,朝齐国而去。

屈巫离开郢都,曾路遇申叔跪,也就是申叔时的儿子,他本已按例嗣为大夫。那天临朝,几乎从不发话的楚共王竟然当众问起申叔时现在何处,申叔跪一听连忙出席施拜礼答道:"家父现致仕在石人山。"楚共王道:"速速接尔父进宫,不谷要与之切磋琴艺,不得有误。"这把子重也弄得一头雾水,不知楚共王为何会突冒此念? 就是想反对也来不及。与屈巫相遇时,申叔跪正应召用自家的两马轺车载着老父由石人山赴郢。

更让申叔跪奇怪的是常与父亲相互来往唱和的屈巫,这两车相交而过,屈巫连扶轼俯首而"式"的礼节都没有,而父亲也同样如此,仿佛两人素不相识似的。只互相对视,无只言片语。

当儿子的并没注意到,申叔时此刻的目光中既有感激、敬佩、欣慰也有担忧。感激就是他知道此次重被起用全赖屈巫之力。敬佩的是整个楚国只有他清醒地知道屈巫之才。屈巫就是出走也能全身而退。作为老友,自是欣慰和敬佩。因为当时王子公孙、大夫出走也司空见惯,但均属事到临头,不得不落荒而逃,如丧家之犬。又有谁能像他这样走得如此从容? 欣慰的是屈巫的出走是社稷之福。屈巫不走,势必两强相斗。以屈巫的智慧,子重、子反岂是对手? 现在他选择出走,所以是社稷之福。一旦楚材晋用,又会给楚国带来巨大损失,这又是楚国之祸,是为担忧。

至于他俩不说话，因一切都在目光中。出使车队鱼龙相混，自然人多嘴杂，何况还有子反家尹在其中，难保日后不泄露风声。智慧之人从不会落任何把柄在他人之手。因为屈巫毕竟是借机出走。如此一来，即便东窗事发，也不会与他申叔时有任何干系，这是自保。两车分开后，申叔跪对父亲发了这番感慨，而申叔时只一声叹息，道了句"祸福相依，何再多言？"

屈狐庸也不解地问屈巫道："咦，那车上不是申叔时吗？怎么阿父也不问候？"屈巫以"王命所系，不能耽搁"为由遮掩过去。他之所以不语，正是为了保护申叔时。归根结底，这一切又岂是他们小辈儿所能理解。

十六　胜利大逃亡

当时出使称朝聘。聘就是代表国家访问友邦。春秋时期,列国相争,为了最大限度地孤立敌人,构建强大的统一战线,各诸侯往往互派使臣到友邦,同盟之间也常常举行盟会,巩固友谊。《国语·周语》记载的周朝上卿单襄公的一席话可令我们一清二楚。

屈巫一行一到齐国疆界,高公早就率人迎候在关塞。屈巫是楚王使者,又是为齐国出兵盟约而来,自然接待规格堪比周天子及诸侯。齐顷公还亲迎到郊。屈巫一到临淄,就令越人将子反的家尹安顿到齐国女闾,这可是正宗的花天酒地之所,而且所有费用均由越人出面结算。家尹何曾得到这般享受,早就乐得与越人亲如莫逆,恨不得同穿一条裤子。看火候已到,屈巫才让人将那装有一千朋的木箱收下,并以高公口吻写了回复与他,以便其带回复命子反。信中不过是费用收到,同意转让楚国的齐国女闾与子反等语。接着又令越人在当地备了一份厚礼送与家尹。见一切安排都妥帖了,方叫来越人吩咐他与家尹一起先行启程回国。

越人一听不要他陪着出走了，就焦急地道："主公，你还是另派他人吧。越人一切都是主公所赐，主公恩同父母，越人岂能离开？"

屈巫道："我素知你忠心。这也是不得已而为之。我这一走，子重、子反势必恼羞成怒，我担心他们会伤及无辜。他们身边得有我的人潜伏，以便有事及时通风报信，好令我早作应对。你和其家尹已熟，我看其人像子反一样贪色贪财，易于利用，你有他作掩护，可以在郢都生存，用处会更大，更能发挥作用。再者齐华子现还在郢都，不能撇下她不管，你夫妻也可就此相守。"

越人听此便单膝跪地，抱拳施礼，泪如雨下："越人明白。越人此心永与主公在一起，越人静候主公召唤。"

屈巫挽起他道："不用伤心，回头我会派人找你。你我虽是主仆，实为兄弟，天意既令你我结识，自不会分开。"

后来屈巫让越人带着齐华子远赴吴国，跟随屈狐庸。越人从此定居吴国，并在此生根开花，这是后话。

越人走后，屈巫不过是按例完成使命，这才指导着屈狐庸御车，又率队从齐国返楚。到息县休歇一晚后，第二天一早出发到十字路口时，屈巫令屈狐庸停住车，叫来副手弗忌。这次他专门挑其作为副手，也是想给他历练机会，以便日后好脱颖而出。相比较而言，在子阎、子荡、弗忌三名族中的后起之秀中，弗忌最为他看重，他一直想把其作为接班人，也就是接替他的屈族代言人来培养。这会儿屈巫把齐顷公送给楚共王的回复及礼物——让其指认，又从袂中拿出封好的书简交给他，道："族兄有事需往郑国一趟，而王命不可违，王事不可误，你带队先回去复命，务必把这信亲手呈交大王。"

虽是自己族中子弟,屈巫此刻也没有对弗忌明说,旨在自保,也是为了保护他,多说无益。

"诺。"弗忌恭敬地双手接过道。

"出发吧。"屈巫道。弗忌长揖辞行,自带着车队朝郢都而去。而屈巫和屈狐庸朝北驰去,两者分道扬镳。

守一和谢南阳及车队正等在方城道的"缯关"边,由于申吕之地现已成为子重的封邑,亭长和守关的几名士卒早就不知所终,只有他们一行在此休憩,当地的几个小商小贩正围着他们兜揽生意。远远地看见屈巫的车驾,谢南阳骑着那匹白龙驹就迫不及待地迎上,兴奋地高喊着:"主公,在下来也。"

"来了就好。'申之师'入郢了吗?"谢南阳一近前,屈巫忙问道。

"入了。按主公所示在下推托没去。"谢南阳答道。

屈巫知又一次化险为夷,便松了口气道:"这就对了。老人家可安好?"

"来时已将其搬迁到谢家里,现和如夫人、小主在一起,甚是自在。她嘱托我此生跟着主公,勿以她为念。"

"如此甚好。家人如何?"

"在外都说是谢国贵族之后,并无人见疑。"

"母子如何?"

"母子安好,只是如夫人甚思恋主公。"

屈巫一听沉默不语,但能从他脸颊肌肉的颤动上感觉到他内心巨大的波澜。他们并辔朝前驰去。

不远处,守一正等在路边,见屈巫过来赶紧掂着乘石迎上,搀扶他下车。屈巫指着辎车上的一个木箱对他道:"这是一千朋,你带往谢家里,跟随服侍少艾母子,也和家人团聚,务必保其母子平安。"守一含泪施礼答道:"守一谨记。主公放心,守一自知责任重大,定当视小主为主公,见小主如见主公,生死相从。"说罢,这才让人将木箱搬到自己车上。屈狐庸过来托他问候小姆。谢南阳将白龙驹套上辎车,也过来同他告别。屈巫见这个从不流露感情的汉子真情如此,心中早就翻江倒海,但他只点了一下头,便和屈狐庸跳上车,由谢南阳御车,朝郑国而去,车队跟着缓缓随行。守一伫立在路边,直等到车队消失在山道上,这才抹了一下眼泪,将乘石收起,恋恋不舍地跳上辎车,抖辔朝东南的谢家里驰去。

谢家里的后山,孺人驾着辆犊车正等在山边。这是隐居,自然他们便入乡随俗改此车代步。山头上,少艾正抱着灵平北望,守一的大女儿叫素儿的在其身边相待。少艾泪眼婆娑中仿佛看见屈巫的车队在缓缓北行,往事历历在目……她轻吟着《蒹葭》:

蒹葭苍苍,白露为霜。所谓伊人,在水一方。

溯洄从之,道阻且长。溯游从之,宛在水中央。

蒹葭萋萋,白露未晞。所谓伊人,在水之湄。

溯洄从之,道阻且跻。溯游从之,宛在水中坻。

蒹葭采采,白露未已。所谓伊人,在水之涘。

溯洄从之,道阻且右。溯游从之,宛在水中沚。

"主人、主人"，她嘴里喃喃地轻声呼喊着，泪水落在了孩子身上。小孩子的脖子上套着屈巫的玉佩，张着两只小手，朝她伸着，眼睛一闪一闪。

　　北行中的屈巫知道，生命中的那个人就在北方不远处翘首以待，而另一个生命中的她也将永远遥望北方。爱情往往就是爱一个人的同时伴随着对另一个人的伤害而结束。最热烈的爱情往往需要付出最惨痛的代价。

十七　余音

楚共王二年(公元前 589 年)秋,楚国大夫屈巫为娶夏姬为妻,经过精心筹划,借出使齐国之机携家出走,娶夏姬后从郑国逃到晋国,被晋景公封为邢大夫。屈巫便以巫为姓,单名一个臣字,改名巫臣。翌年,四十五岁的夏姬为他生了一个女儿。这个女儿长大后,经晋平公赐婚,嫁给晋国公族、太傅、著名的外交官叔向。叔向因《国语·叔向贺贫》名满天下,素为人敬仰。

中国传奇美女中,只有夏姬是集不幸与幸运、淫荡与贞洁于一身的女子。说不幸是其飘零半生,命运最为坎坷曲折;说其幸运,她遇见了真心爱人。说她淫荡,是她曾与那么多男人同床共枕;说她贞洁,屈巫一登场,她所有的香艳绯闻都销声匿迹。夏姬不过是一个历经沧桑才意识到何为幸福又得到幸福的女人。

当然,屈巫为爱情付出的代价不可谓不大,史称"去国灭族"。屈巫出走的消息一传来,子反就嫉妒得发狂。爱一个女人能让人发狂,嫉妒一个男人则令人毁灭。子反像疯了一样立即闯进宫中让楚共王给晋国送重礼,以令晋国永远不用屈巫。楚共王只冷静地看了他这个王叔一眼,并没有答应他。十二岁的楚共王这时说了一席话,记载在史书上,相对客观地肯定了屈巫对楚国的贡献。

《左传·成公二年》载:"子反请以重币锢之,王曰:'止!其自为谋也,则过矣。其为吾先君谋也,则忠。忠,社稷之固也,所盖多矣。且彼若能利国家,虽重币,晋将可乎?若无益于晋,晋将弃之,何劳锢焉。'"

楚共王的明智没能阻止子重、子反不顾一切地挟私报复。

史载,子反随后找到子重,俩人合谋屠杀了屈族的子闫、子荡及弗忌,尽分诸人家产。子反仍不甘心,他又亲手杀了曾霸占过夏姬的黑要,这才稍微平息了一下心中的恼怒。

现在子反终于举家迁进了他渴望已久的屈府,这里早已是人去楼空,但仍不改其富丽堂皇。子反既洋洋自得又愤懑不平地站在那个屏风前,一抬头,看见那只凤凰,虽然这只美丽的大鸟安详地用一只明亮的眼睛看着他,但此刻在他看来那不是赞赏而是莫大的嘲讽。他拔剑朝它砍去,但楠木如同石头一般坚硬,只留下一道浅浅的印痕,倒是震得他虎口出血,佩剑也"哐"的一声掉在了地上。子反歇斯底里地嘶吼起来:"快来人,搬走、烧了,别让我再看见这只恶禽。"声音有如鬼哭狼嚎,在空荡荡的厅中久久回荡。

屈巫,现在叫巫臣,赴晋后在朝中从没做任何有害于楚之事。他只想在邢地和夏姬超然物外,寄情山水,安度余生。此地南滨黄河,北依太行。他二人历尽千难万险,总算把不可能变成可能,有情人终成眷属,便格外珍惜来之不易的团聚。正是冬去春来,春光万点之时,夏姬抚琴谷中潭边,"号钟"的失而复得令她欣喜万分。她玉指托抹挑勾,琴韵悠悠,和山溪互答,在山谷传响。屈巫在旁含情脉脉而听,每到妙处,便轻轻击掌,四目相视,会心一笑,两人都沉浸和享受于真正爱情的恬静甜美之中。就夏姬而言是苦尽甘来,而巫臣则更多的是找到人生安慰,两人都心满意足,别无所求。

谁知晴天霹雳,屠族的噩耗由越人派人报来。巫臣愤怒了,他眼前不停地闪现着子荡、子闾、弗忌的音容笑貌,悲痛欲绝。巫臣绝没想到子重、子反会如此冒天下之大不韪,会杀害如此多无辜的族人。痛定思痛,巫臣立即写信由来人带回,交越人并着他送达子重、子反手上。那天一早,这两兄弟先后醒来,不约而同地看见了各自床榻边的竹简。子重不免满腹狐疑地打开,因从不会有竹简放在那里;而子反只随手打开,他从来都是大大咧咧。两人各自一看,只见信中发誓般写道:"尔以谗慝贪惏事君,而多杀不辜;余必使尔罢于奔命以死。"(《左传·成公七年》,意思是"你们用邪恶贪婪事奉国君,杀了很多无罪的人,我一定要让你们疲于奔命而死"。)子重倒吸了一口凉气,面色煞白;子反像牛一样喘着粗气,面如死灰。

史载,巫臣为报灭族之仇,建议晋国联合楚国东境的吴国共同夹击楚国。晋景公采纳他的建议,并于翌年派遣巫臣出使吴国。借道莒国时,巫臣偶遇季芈,今是而人非,自然又是一番感慨。吴国国君寿梦和巫臣一见如故,像他这种天纵英才没人不欢迎,便与晋国通好。巫臣领着谢南阳教会吴人先进的军制与战术,并留下其子屈狐庸为吴国行人,以联络各诸侯国。吴国迅速强大,频繁袭扰楚国,而"蛮夷属于楚者,吴尽取之"。楚国不得不东、北两线作战。史载是年子重、子反一年七次出征,在东南、西北路上疲于奔命。他们最终为自己的狭隘、贪婪、狠毒付出了应有的代价。

楚共王十六年(公元前575年),子反因鄢陵之战败于晋国,不得不在子重的逼迫下自刎谢罪。

楚共王二十一年(公元前570年),子重率师征伐吴国,被屈狐庸、越人率领的吴军打败,遂遇心病而亡。

楚昭王十年(公元前506年),吴国大军攻陷郢都,几乎造成楚国灭国,这是巫臣始料未及的。

终其一生,申公巫臣不得不顶着叛逃者、好色者的恶名,伴随着这个浪漫而又真实的爱情故事被湮没在历史的尘埃中。

图书在版编目（CIP）数据

倾城倾国/天纵伊夫著. --郑州:河南文艺出版社,2020.12(2023.7 重印)
ISBN 978-7-5559-1107-4

Ⅰ.①倾 … Ⅱ.①天… Ⅲ.①长篇历史小说-中国-当代 Ⅳ.①I247.5

中国版本图书馆 CIP 数据核字（2020）第 268087 号

策　　划　李　辉
责任编辑　李　辉
责任校对　赵红宙　殷现堂
书籍设计　刘婉君

出版发行　河南文艺出版社
本社地址　郑州市郑东新区祥盛街 27 号 C 座 5 楼
承印单位　涿州汇美亿浓印刷有限公司
经销单位　新华书店
纸张规格　890 毫米×1240 毫米　1/32
印　　张　11.75
字　　数　251 000
版　　次　2020 年 12 月第 1 版
印　　次　2023 年 7 月第 3 次印刷
定　　价　50.00 元

印厂地址　涿州市东仙坡镇挟河村 1 号
电　　话　15711230955